温暖的故事

月圆之日的修车人

YUEYUANZHIRIDEXIUCHEREN

华颖/著

敦煌文艺出版社

图书在版编目（CIP）数据

月圆之日的修车人 / 华颖著. -- 兰州 ：敦煌文艺出版社，2013. 6
（温暖的故事）
ISBN 978-7-5468-0540-5

Ⅰ. ①月… Ⅱ. ①华… Ⅲ. ①故事－作品集－中国－当代 Ⅳ. ①I247.8

中国版本图书馆CIP数据核字（2013）第128926号

月圆之日的修车人
（温暖的故事）
华　颖　著
责任编辑：汪　泉
封面设计：三合设计公社

敦煌文艺出版社出版、发行
本社地址：(730030)兰州市城关区读者大道 568 号
本社邮箱：dhwy@duzhe.cn
本社博客（新浪）：http://blog.sina.com.cn/dunhuangwy
本社微博（新浪）：http://weibo.com/1614982974
0931-8773084(编辑部)　　0931-8773235(发行部)

北京泽宇印刷有限公司
开本 710 毫米×1000 毫米　1/16　印张 12　字数 190 千
2013 年 9 月第 1 版　2013 年 9 月第 1 次印刷
印数：1～5 000

ISBN 978-7-5468-0540-5
定价：23. 80 元

序言

Preface

读人间万象，品世态炎凉。记得在物质贫瘠、精神荒芜的年代，父亲讲述的《神笔马良》《田螺姑娘》《七侠五义》和母亲悄悄哼唱的地方小曲，成了我幼年最好的礼物。我不知道，从未上过学的父母是从何而知的，但正是这些来自民间的东西，给予了我最初的启蒙。

16岁知青下乡后，是一本本残缺不全的读物，支撑我走过了7年青涩的岁月。也正是我在田头地角，现炒现卖的“戏文”，给沉寂、枯燥的乡村生活，抹上了一丝欢快的色彩。也是这段艰辛的岁月，成了我珍贵的生活积累。

柴米油盐，春露秋霜。不经意间，好客的皱纹爬满了浮躁的心脉，而那个扎根在少女时代的故事情结，让人到中年的我，在寻寻觅觅中挤进了故事圈。自此，讲故事、写故事成了我一生的最爱……

我的运气真的不错。至今，在全国15家故事刊物发表作品近160篇。我创作的一些故事在刊物杂志上发表的同时，又侥幸挤进了一些“新故事征文大赛”的获奖名单。并几次入选了年度《中国故事精选》。

记得，《墓碑前的生日蛋糕》（首发《古今故事报》）刊发后，一个虎头虎脑的男孩对我说：“这个故事讲的是我们家吗？我妈妈就是这么凶我奶奶的……”面对孩子清澈的眼睛，我百味杂陈。而《群主喊你吃饭》（首发《上海故事》）妙趣横生的情节、信息时代的商机，则让我成了好几个在父母眼中，被视为迷恋网络的坏孩子的“知心姐姐”。

尤其，创作那篇《捡到少妇钱包以后》（发表于《中国故事》2012年11期）时，我为笔下的拣包少年石磊的诚信、善良，为他被“富二代”了的无辜、无奈、纠结、感叹，嘘唏不已……

错过了欲飞的季节，却在梦里生出了翅膀。2009年11月我21万字的专辑《滴血的容颜》由大众文艺出版社出版发行了。翻阅我的专辑，浏览刊登着我作品的众多样书、样报，我突然萌生了再出本适应青少年阅读的故事书的愿望。

说实话，我的文字功底不深，作品也显粗糙，实在不好意思“著书立传”，但回顾这些年走过的路，是故事创作给予了我快乐，是编辑老师和读者朋友们的厚爱，给予了我自信和动力。我创作的一篇篇不同的故事，犹如一个个不同的生存状态，我常常情不自禁地与笔下的人物同悲共愤，我要和我的读者朋友们一起去体味人情世态，一起去见证人性向善……

世事难料，唯有人性向善，才能给予我们彼此的温暖；而保存在心底的那一点温暖，便是走出逆境的曙光和动力。这也是我出这本故事专辑的初衷。

收入此专辑的40余篇故事，基本上是近年来发表在各杂志刊物上的。敬请故事界的前辈、老师，和爱好故事的朋友们评析、指教。

谨以此书，感激所有关心过我、指导过我的师长、编辑！谨以此书，献给和我一样爱好故事，至今仍在故事园地努力笔耕的朋友们！

我不熟悉序跋类文字，也真的不会写，勉强将此文算作序，实在是献丑了。敬请行家、老师雅正。

芸芸众生相，故事你、我、他！愿这本专辑能带给读者朋友们愉悦和快乐！

华　颖

2013年3月30日

目录

Contents

第一辑　墓碑前的生日蛋糕

第二辑　寻找信任

第三辑　会变魔术的红包

第四辑　守株待鼠的猫

第五辑　人生的驿站

第一辑

EPISODE 1

墓碑前的生日蛋糕

母爱

阳春三月的一天，阿烷背着简单的行装回到了阔别多年的故乡。一下车他就傻了眼，熟悉的家园，早已成了一片拆迁后的废墟。阿烷叹了口气，走进拐角处的一家火锅店。他叫了碗牛肉粉丝，却毫无食欲，只是望着窗外发呆，好像在寻找儿时嬉戏的影子。

“孩子，你也爱在这里吃牛肉粉丝？我儿子……”一个憔悴的老妇不请自到，坐到了阿烷的对面。阿烷不善交际，可不知为何，这个陌生老妇的这声称呼，让阿烷感到了久违的亲情。于是，你一言我一语两人聊了起来。老妇自称林姨，有个也爱吃牛肉粉丝的儿子。今天儿子去春游了，故她特地在这里等候儿子回来，吃碗粉丝再一起回家。

更幸运的是，得知阿烷还没找到工作，林姨热情地邀他去自家的小杂货店帮忙。阿烷正愁无处安身，自然求之不得。阿烷跟林姨来到了南街杂货店，草草收拾后安顿了下来。可不知为啥直至晚餐时分，仍不见林姨的儿子回来。更让阿烷不解的是，几次欲问，都被林姨的女儿莉红制止。

次日，林姨的女儿莉红悄悄把阿烷拉到一边：“小兄弟，谢谢你陪我妈聊天，我妈的情绪稳定多了，今天她没去等我弟弟。其实，我弟弟早就死了，七年前出门去春游就再没回来。可我妈仍天天去等他。我妈她，她这里……”莉红有用手指指自己的脑袋。

阿烷惊愕万分，他想不到林姨多次提及的那个爱吃牛肉粉丝的同龄人，原来早已经阴阳两隔。七年如一日等待永无归途的亡儿，是多么深沉的母爱与磨难。阿烷感慨万千。他原打算暂时在此落脚，有机会再另谋职业。听了莉红这番话，阿烷动了恻隐之心。看看这家人，弱的弱，老的老，杂货店里的粗活、重活，确实需要个男的才能承担。于是，他决定先留下来干段时间再说。

日月如梭，眨眼阿烷来南街杂货店打工已有半年。虽然这里待遇不高，活儿不轻，但雇主母女对他十分友善，除了同吃同住，他的工钱从无克扣拖欠。更主要的是，阿烷在这里感受到了林姨的慈爱，莉红姐的手足亲情。只要能亲如一家地相处下去，阿烷甚至别无他求。

但事与愿违。“中秋”节的晚上，从东家林姨的卧室传出了母女俩的争执。次日，林姨的女儿莉姐双眼红肿，泪痕满面，见了阿烷也是一反常态，冷若冰霜。阿烷不知道自己做错了什么，但他知道莉姐心情不好，肯定是林姨的病又犯了。

阿烷早已从莉姐口中得知，林姨从儿子不幸早逝后，便落下了间隙性精神障碍的病根。阿烷知道“中秋”佳节，本就是合家团圆的日子，街坊邻居儿女成双，欢声笑语的喜庆场面，一定让林姨触景生情想起了亡儿，引发了旧疾。俗话说，久病无孝子。莉姐侍候了病母整整七年，忙得至今连男朋友也没找过。她是如何的身心疲惫可想而知，也真是难为她了。阿烷十分同情莉姐，也很想让林家母女走出亡者的阴影。

“中秋”后的第三天，莉姐又默默地对着张泛黄的照片黯然神伤。阿烷知道，这一定是莉姐怕林姨伤心，悄悄藏匿的已故弟弟的照片。也许，是好奇心的驱使，阿烷很想知道，把亲人带进痛苦深渊的，到底是怎么样的一个人。

机会终于来了，阿烷趁莉姐陪伴林姨上医院的时候，偷偷地找到了那本夹照片的旧书，他急忙打开一看，“啊——他、怎么、怎么会是他——”倏忽间，阿烷浑身一震，脸色激变。他清楚地记得七年前的那场斗殴；记得和另一拨小混混决一胜负时，那个突然闯进来吃牛肉粉丝的中学生；记得自己的水果刀，误插进那个大男孩胸口时，男孩瞪着他的那双无辜的大眼睛……阿烷原以为七年的牢狱、父母的绝情，足以抵消年少时的过错，此刻他才明白，七年前那罪恶的瞬间，给这位可怜的母亲留下了一生的遗恨。

阿烷做梦也想不到，自己走进的竟会是他的家。这、这不是自投罗网吗？若是让林家知道自己就是杀害他们亲人的凶手，还不生吞活剥了他。阿烷想到后果不寒而栗。三十六计走为上计，阿烷打定主意找机会溜之大吉，连工钱也不要了。

还未等阿烷找到溜的机会，林姨病倒了。林姨忧郁成疾，她的肺癌已经到了晚期。莉姐关了杂货店，天天和阿烷一起陪伴，照顾在林姨的身边。“孩子，回家，快回家……”弥留之际的林姨昏睡中常喃喃自语，睁开眼又望着阿烧欲语又止。

三个月后，林姨走了。办完母亲的丧事，莉姐把一封信递给阿烧。“……孩子别任性了，快回家吧。别怪你父母不肯接纳你，你接纳过你的继父吗？不要再伤你母亲的心了，她有权选择自己的生活……我帮你打听过了，这一带拆迁的都搬进了清苑小区，去找她们，去求得她们的原谅。我知道他们一定会原谅你的，因为我是个母亲，我知道母亲的心……”

阿烧不知道林姨咋会晓得他是不被父母接纳的人，更不知道林姨在悄悄帮他打听母亲的下落。当然，他更庆幸林家最终没把他认出来。

阿烧决定回家。也许，阿烧要把这块给了他亲情温暖的地方，留进记忆的深处。走前，他抓起水桶、拖把，卖力地为林家打最后一次工。在清理林姨卧室时，一个手绢裹着的小包从林姨的床角跌落，阿烧赶紧捡了起来，只见里面是一叠婴孩至初中生模样的照片，照片下还有张对折的纸，阿烧好奇地打开，这是一张七年前的通缉布告，上面是个刚满十七岁，名叫刘达烧的少年……

半碗稀饭

中午时分，昏厥的农妇终于睁开了眼睛。“大妈你醒了。哦，你住哪里？我送你回家……”小保姆阿玲，是在屋檐下发现她的。主人急着上班，临行前交代阿玲，等迷路的大妈醒后送她回去。此刻，小保姆见自己给老人灌下的半碗稀饭起了作用，十分欣慰。

“家、我、我没有家……”听小保姆提起家，大妈神色黯然，竭力回避。小保姆傻了眼，她不知如何处置老人，只得等主人回来再说。

傍晚，做服装生意的主人洪芸一进门，阿玲便据实汇报了老人的状况。洪芸略一思索，示意小保姆留老人暂先住下，再想办法帮她联系家人。

眨眼三天过去了，迷路的大妈慢慢恢复了元气。但她除了自称姓许外，仍是闭口不提家事。这不成了“湿手捏干面——粘上甩不脱了？洪芸和丈夫开的服装店规模不是很大，家里又已经请了小保姆，说什么也用不着再请帮工了啊！夫妇俩商量后，决定和老人摊牌。

“什么，你是被儿子赶出来的？……”洪芸夫妇的开诚布公，让许大妈再也不能沉默是金，只得透露了自己在外漂泊的缘故，并提供了儿子史崇礼家的电话号码。洪芸哪敢耽误，立马打电话和许大妈的儿子联系。

谁知史崇礼接了电话，得知老娘被洪芸收留在家，哼哼哈哈了好一会，连个谢字都没有，接老娘的事更是只字不提。也许史崇礼真有难言之隐，洪芸只好再细细盘问老人。

从许大妈口中得知，她儿子史崇礼是个包工头，手下打工仔就有二十多人，儿子一家住在宽敞的小楼里，还把旧屋出租了赚房租，并非家境拮据无力赡养老母。洪芸气愤难抑，声言愿意出钱请律师，帮老人讨个公道。“不，我不能告他，他，他是我亲儿子啊……”无奈，许大妈怎么也狠不下心来和儿子打官司。

儿子不养娘，老娘又不肯对簿公堂，这花甲老人总不能在这里“落叶归根”?! 洪芸夫妇一筹莫展。“……给电视台打电话，让黑心儿子曝曝光，看他管不管娘……”还是小保姆阿玲头脑活络，想到了应对的措施。

面对媒体的介入，史崇礼只回答了一句话：“我是不差多吃这一碗，可什么都有价值，干吗让没用的人白吃……”不孝子把娘赶出门，还振振有词。电视台播出的这条新闻，让观众动了义愤，当场就有人给电视台打电话，谴责不孝子的行径。打进电话的市民除了把史崇礼叫做“死重利”外，还对收留老太太的洪芸表示了敬意。

整整三天，花甲老人被亲儿赶出家门的事，在街头巷尾传得沸沸扬扬。看来这也是提高收视率的好机会，台领导决定趁热打铁，以此事件为切入点，策划、发起和谐社会和家庭关系的论题，并开通了热线电话，请市民参与、互动。

周一上午，市电视台“百姓话题”栏目组，特去洪芸家实地采访。面对伸到眼前的话筒，许大妈双目迷茫，喃喃自语。“……干吗让没用的人白吃……没用的人……”从小保姆处得知，许大妈自从看了那天的新闻后，不是坐在那里发呆，就是反反复复唠叨这几句话。漂亮的主持人青荷，禁不住湿了眼眶。把老娘当成没用的人扫地出门，如此冷酷无情的儿子，真的让人寒心。

主持人青荷决意做好这档节目，可许大妈精神恍惚，颇不配合。青荷只好退而求其次，把采访的重点，放到了收留老人的洪芸夫妇身上。洪芸几次推辞不成，只得答应周四晚上去电视直播现场做嘉宾。

“……收留老人给她口吃的，是、是因为我知道饿的滋味……”直播准时进行，满脸憔悴，一头白发的老人，让观众顿生怜悯，而好心人的这番开场白，才让人知道开服装店的洪芸也曾有过露宿街头，饥寒交迫的经历。

17 年前，远在南方的打工妹洪芸，接到母亲病重的消息急返家乡，在中途转车时遭了贼手，离家还有百八十里，身无分文的她再也没钱买车票了，只有步行回家。一路上捡瓜皮菜叶果腹，喝凉水解渴，老家所在的县城终于遥遥在望了，但她又冷又饿昏倒在农家的一个菜窖旁边，是好心人的半碗稀饭让她起死回生的。“……半碗稀饭救了我的命，让我赶上了见我娘的最后一面……”

受人滴水之恩甘当涌泉之报。只是洪芸昏厥时神志模糊，记挂母亲又连夜上路，只晓得是县城附近，实在不记得是哪个庄哪个村。受人恩惠的洪芸，从此不管落难的还是要饭的，只要走上门来都会给予援助。

“……呶，就是这只碗。结婚前我给老公看过，儿子周岁时我给他摸过，等儿子大一点我还要告诉他，半碗稀饭能救人一命。我也要让他做好事做好人……”如今，作秀炒作的人多，何况是个做生意的女老板。洪芸声情并茂的叙说，似真似假，让人不置可否。这会儿，见她当场从挎包里摸出只做工粗拙，还豁了一个口子的旧碗，不管是坐在直播现场的，还是电视机前的观众，人人瞪大了眼睛。

不知咋的，唯唯诺诺的许大妈一见洪芸手里的碗，浑身一震扑了上去。“百姓话题”栏目的编导，临场发挥的本事确实不错。见老太太一把抓过碗，左看右看神色怪异，忙把摄像机镜头对准了她。

许大妈目光呆滞，语无伦次：“小牛，你、不不，我、我……”老太太的反常举动，让人不知所措。洪芸听得小牛两字，心里打了个激灵。当初她曾问过好心人的名字，对方自称小牛。洪芸料理了母亲的丧事后，也曾四处寻访过，只因没具体的地址，农村又习惯用小狗、小虎什么的起名，叫小牛的男孩方圆近百里不胜其数，最终没能确认下来。洪芸虽然不知道此牛是否彼牛，可好歹也是条线索，哪肯轻易放过。

“小牛？大妈您原先住在哪里？您也认识一个叫小牛的？快，请您快告诉我！”60多岁的许大妈身心俱伤，浑浑噩噩。面对洪芸的连连追问，她答非所问。“碗，碗……报应，报应！……”许大妈捶胸顿足，仰天悲呼。突然，一口气接不上竟瘫软了下去。

旁边的主持人青荷，一步蹿上去扶住了老人。从许大妈颤抖的手里接过那只破碗，青荷心头猛地一跳，她突然发现碗底的几条乱纹，似乎就是个史字。“啊！大妈，这只碗是您家的？小牛就是、就是您儿子?!”许大妈没说一句话，两行老泪滚了下来。见老人双眼发直，踉踉跄跄，直播只得草草结束。许大妈被送进了医院，虽然这期互动节目做不成了，但许大妈欲言又止的神态，分明是另有隐情，媒体自然欲罢不能。

三天后，市电视台和《都市晨报》联手的追踪报道出来了。女老板洪芸寻访未遇的好心人小牛，正是把老娘赶出家门的黑心儿子史崇礼。其实，史崇礼从小也是个善良、懂事的孩子。12岁时，做泥水匠的父亲不幸摔伤成了残疾。生活贫困，求助无方，母亲渐渐变得暴躁，易怒。那天发现儿子把半碗稀饭送给了过路人吃，她一时懊恼，狠狠地责罚了儿子。

小牛第一次挨打真的吓坏了。而母亲边打边哭边教训的那几句话：“半碗稀饭也是辛苦赚来的，也是有价值的，干吗要给没用的人吃……”深深地印在了12岁孩子的心底。自此，自卑、敏感、多疑、自私，小牛的性情慢慢改变了。史家的家境早已今非昔比，但儿时母亲的教诲，仍让他刻骨铭心。凡事看价值，成了史崇礼的座右铭，直至把没有用了的母亲赶出家门……

眨眼又有一月余。据说，洪芸的完璧归赵（破碗），唤醒了史崇礼的天良，终于把母亲接回家去。又据说，许大妈自知被儿子嫌弃，是半碗稀饭的因，结了如今的果。痛定思痛，悔不当初，悄悄离开医院不知去向……

老爸失踪以后

楼晓峰刚跨下长途汽车，便接到了妻子的电话。得知老爸不知去向，顿时懵了。

孝道不分儿女。当初楼晓峰和妹妹商量，两人承包父母各尽孝道，妹妹、妹夫毫不推诿、满口答应。他这当哥的自然也要发扬些风格，便把烧一手好菜的母亲让给了妹妹晓莺。自己把 70 岁的父亲接回了家。说实话，老人都有退休金，接回家经济上没什么压力，又不用再想方设法挤时间去“常回家看看”，真可谓是两全其美。

谁知父亲来了不到半年，性情大变，难见笑颜。每日里不是翻挂历数日子，便是喃喃自语。楼晓峰带父亲去了趟医院，医生的结论是未见器质性病变，只告诉他老人似乎有点忧郁症的先兆。这样的诊断结果，实在不能让楼晓峰认同。这不愁吃不愁穿的何来忧郁？按妻子林铃的说法，父亲生在福中不知福，不是忧郁是痴呆。

楼晓峰痴呆两字一闪而过，禁不住打了个激灵。他猛地想起，十天前带父亲去逛超市，回来路上不慎走散了，结果十来分钟的路，父亲竟走了近两个小时。哎呀，父亲不认路，难道，难道他真的是患了“老年痴呆症”！楼晓峰哪敢耽误，跌跌撞撞撞奔回家，厉声吩咐妻子分头寻找。

楼晓峰夫妇累得腰酸背疼腿抽筋，也没老人的半点踪影。“哎，我出差没在家，你怎么搞的，我爸到底是昨晚就不见了，还是今晨……”林铃晓得自己失职在前，见轻易不发火的老公暴跳如雷，倒也没敢针锋相对，只是小声提议是否和城西的妹妹联系一下。

其实，楼晓峰不是没想过给妹妹打电话，只是当初父亲分给自己时性格随和，身子硬朗，如今妹妹承包的老妈好端端在家，当哥哥的反倒出了状况，真的叫他难以启齿。林铃见老公面有难色，只得自己出面拨了小姑家的电话。

“……看看老爸带了什么东西出门，好，我马上去看……”从妻子和妹妹的对话中得知，老爸失踪的事已惊动了母亲，楼晓峰一把抢过了话筒。姜还是老的辣。楼晓峰原本怕老妈得知父亲失踪的音信，担忧、哭泣，着急上火。不料68岁的老妈处惊不乱，条理清晰，一开口就抓住了重点。

楼晓峰窜进卧室把老爸的单人床查了个遍，也没发现老爸随身带走的是什么。倒是妻子林铃发现厨房里一包杏仁蛋糕没了踪影。楼晓峰这才想起，那天把蛋糕拎回家时，老爸就捧着盒子瞧了好几遍。当时曾让他想吃就吃，可父亲把头摇得像拨浪鼓，这会儿倒好，身无分文的老爸来了个“吃不了兜着走”。

父亲的怪招让楼晓峰哭笑不得。他正要给妹妹通报“勘察结果”，桌上的电话徒然炸响。“什么？让我们打的过来？好，我马上来……”见对方一连声催他们过去，分明是有了老爸凶多吉少的信息，吓得楼晓峰夫妇穿着拖鞋冲下楼去。

半小时后，的士在城西的佳苑小区戛然而止。可不知咋的，等候在路口的楼晓莺没让哥嫂下车，反拉开车门挤了进去。“哥，我、我老妈她……”得知妹妹去了趟小店买料酒，前后不过十来分钟的时间，老妈也不见了，楼晓峰目瞪口呆。

楼晓莺见哥哥一筹莫展，更是急白了脸。带着哭腔要司机放慢车速，并要哥哥和自己分占左右车窗，瞪大眼睛一路搜寻。林铃原以为婆婆不会跑远，才默许了小姑的“扫描法”，谁知的士慢吞吞地转悠了半个多钟头，仍没半点蛛丝马迹。望着计价器上一闪一闪往上跳的数字，林铃实在按捺不住。“哎，这样转悠也不是个办法，也许妈……”晓颖知道嫂子是心疼这打的费，不过，老妈也许回家了的说法，倒也不无可能。

楼晓峰夫妇急匆匆随妹妹回了家。只是事与愿违，除了6岁的外甥女待在房里看动画片，哪里有老母亲的身影。老爸没找到老妈又丢了，眼看夜幕渐渐降临，楼晓峰别无良策，决定报警。

“什么，老妈今天穿的什么衣裤？我，我想想……”楼晓峰向警方求助的提议，立马得到了妹妹的认可。可面对哥哥的询问，楼晓莺怔在那里，瞠目结舌。

说实话，不论是警方备案，还是张贴寻人启事，失踪者的身高、长相，衣着特征，都是必不可少的，楼晓莺忙静下心来细细回忆。老妈身着羊绒衫、棉背心、羽绒服的模样，走马灯似的在她眼前打转，可就是不能确定失踪前老妈到底是穿什么来着。“妈，妈您到底会去哪儿呀？哇——”楼晓莺搜肠刮肚也没定论，急得跺脚捶胸。

见妹妹急得直哭，楼晓峰夫妇更是乱了方寸。“舅舅，我知道外婆最爱去哪了。呶，就是这里，外婆经常和我说的……”正在束手无策之策之际，外甥女雯雯走了过来。她怯怯地瞟一眼哭诉的妈妈，把一张卷了角的照片递了过去。

楼晓峰接过来一看傻了，这张老爹娘和外甥女合影上的背景，分明就是妹妹小区后的街心公园。楼晓峰怔了片刻，猛然省悟。顾不得细说，拽着晓莺冲出门去。

“……老头子你果然在这里！我就知道你会来这里……”楼晓峰的判断果然不错，转过拐角便听见了老妈的秦腔高调。循声望去，坐在冰冷的石椅上的，竟是失踪了的老爸。他这才知道母亲是为了寻找老爸才离开家的。唉，这大过节的忙都忙煞，老爸这玩笑实在开得过了。楼晓峰怪母亲不该擅自行动，对父亲更是颇有微词。

楼晓峰正欲上前与老爸“沟通”，却见父亲摸索着从怀里掏出了只精巧的小礼盒。“给，杏仁的，止咳……我、我不放心你……”楼晓峰这才想起老妈有支气管炎，每到夏、秋季节转换就会咳嗽不止，过去穷，买不起滋补品，中秋节前父亲总是劈了攒钱的毛竹罐，给母亲买包杏仁蛋糕……难道习惯成自然，父亲今天就是为了给母亲送杏仁蛋糕才出走的？可老妈咋就知道老爸会来这里呢？楼晓峰百思不解。

楼晓峰的母亲怔怔地望着老伴傻了一般。“……只有你还记得我有这病啊。我、我也记挂你，我就知道你会来这里……”老太太回过神来，拽住老伴的手再也不肯放开。从老妈的叙说中得知，这里是她刚来城里照顾外甥女时，和老伴“幽会”的地方。

楼晓峰依稀记得，那时兄妹俩刚承包父母，老爸借口看小外甥，隔三岔五要去晓莺家。还不是要妹夫接，就是让自己送。等妹妹、妹夫一上班，老俩口就抱着小外甥出了门，散步、聊天，乐此不疲。可如今竞争激烈，一只饭碗多少人盯着，老爸这个费时费力的嗜好，真的让他烦不胜烦……

不知咋得，楼晓峰此刻念及往事，鼻子阵阵发酸。一旁的晓莺更是红了眼圈："哥，妈不知道这个小公园叫什么名字？我也好久没带她出门了，可妈、可妈和咱爸都记得这个地方……"晓莺为忽视了父母的寂寞、孤独内疚不已。尤其，自己竟连身边的母亲穿什么衣服都不知道，更让她尴尬至极。

百感交集的楼晓莺，毅然表示要把父亲接过去同住。楼晓峰知道妹妹家是不足60平方的工改房，岂能把父母都推给她。楼晓峰顾不得和妻子商量，声言要把老妈接过去和老爸做伴。

"嘿嘿，好啊，好啊！我要跟你做伴，不分开，不分开！"看来楼晓峰的老爸不像忧郁症倒好像真有点"老年痴呆症"，儿子话音刚落，便高兴的手舞足蹈起来。

闻言，楼晓峰的母亲若有所思，欲言又止。她知道儿女当初承包父母，各其孝道也是好意，可现在房价高，儿女住得都不宽敞，不论住在哪里，哪一家也不能给老两口一个独立的空间。俗话说："少年夫妻老来伴"如今临到老反倒没了伴。老爷子精神恍惚的病根，不是痴呆症而是孤独症。"不，我谁家也不去。我要和你们老爸回去，回老家去！"母亲斩钉截铁的决定，让众人面面相觑。

楼晓峰瞥一眼讪笑的老爸，望一眼白发的老妈，一股难以名状的感觉塞上心头。他沉思片刻，把妻子、妹妹拉到了一边。兄妹、姑嫂嘀咕了好一会，终于达成了共识。次日，楼氏兄妹两家并一家，拎着月饼、水果，和一大包家居日用品，搀着老爹娘跨进了长途车站……

据说，郊县老屋里的这顿中秋团圆饭吃了整整一个时辰。据说，疑似"老年痴呆症"的老爸，回到老伴身边没三天，便旧貌新颜，神清气爽。还据说，楼家兄妹不光为父母安装了电话，还签订了协议，再忙也要常回家看看……

笑起来更像……

中午时分，年过半百的吴国强，跌跌撞撞地跨进家门。吴国强的老伴张丽英，见老公出门时健步如飞，神清气爽，这会儿脸色苍白，瘟鸡笃头，被吓得不轻。

吴国强是去取DNA鉴定报告的。他的儿子4岁时失了踪，6年后才找回来。按理当时就要做亲子鉴定的，可他凭直觉认定这个瘦小的男孩，就是自己的儿子吴晓飞。记得当他掏出那张卷了角的“全家福”时，众人一眼就认出了，照片上那个笑呵呵的小男孩，就是眼前这个满脸菜色，惊恐不已的孩子……

其实，不是在外婆家读完初中的儿子吴晓飞，要到市里来考高中，吴国强也想不起要补办户口的事，自然也不需要做什么DNA鉴定。可如今兜里的鉴定报告，就像是把无形的刀，绞得他心痛如裂。吴国强怎么也想不到，养育了6年的儿子，竟会不是自己的骨肉，更不知道如何向妻子开口。

张丽英不知变故，连连询问。吴国强瞥一眼老伴，欲言又止。他还清楚地记得，妻子在儿子失踪的6年里，哭坏了眼睛，愁伤了心脾，直到儿子回家后，身体才慢慢转安。他真的不忍心让病弱的妻子，再经受一次这样的噩梦。

“……我没病，只是晓飞的户口有点、有点问题。我们有9个，不不，是1个，只有1个基因相符，医生说要9个以上，才能、才能确定亲子关系……”张丽英是个急性子，见吴国强语无伦次，一把从老公兜里掏出了鉴定报告。

“啊！非亲子关系!! 不，不可能，肯定是你拿错了！……”张丽英听不懂老公的胡言乱语，检验单上的一排排英文数据，她也看不明白，可鉴定结果上的中文结论还是认识的。张丽英只觉得天旋地转，一句话没说完就瘫软了下去。

自从四岁的儿子在菜场没了踪影后，张丽英痛不欲生。为了寻儿子，她工作辞了，家当卖了，没日没夜地四处寻找，几次晕倒在寻子路上。幸好老天有眼，6 年后当地派出所按照他们的案底，找到了在千里之外的收容所落脚的儿子……

说真的，当初儿子刚回来时，张丽英也曾觉得 10 岁孩子的身上，已很难找到 4 岁时的喜好，可当她向小男孩伸出手时，怯生生的孩子扑进她怀里笑了。正是这左眉往上一挑，嘴角轻轻一瞥的顽皮笑容，触动了她尘封 6 年的母爱。她紧紧搂着孩子再也舍不得放手，因为 10 岁儿子脸上的笑，和 4 岁上失踪那年一般无二。

吴晓飞的归来，让这个愁云惨雾的家，重新扬起了欢笑和活力。为了弥补儿子在外 6 年颠簸、流浪的磨难，吴国强夫妇起早落夜，含辛茹苦。可谁知一纸薄薄的鉴定书，朝夕相伴的儿子，竟成了别人的儿子！

“不，谁说我也不信！晓飞是我的儿子，晓飞……”吴国强捶胸拍背，灌热茶，忙活了好半天，张丽英才缓过气来，号啕大哭。可哭不是办法，当务之急是如何面对现实。吴国强冷静下来，提出了自己的设想。张丽英不肯接受如此的变故，对老公瞒着儿子的提议竭力赞成。

吴国强和张丽英的固守同盟，转眼已有半月余。明知呼爸叫妈的不是自己的亲骨肉，还不得不强颜欢笑，这样的滋味可想而知。瞧着眼前的半大小子，夫妇俩更是牵挂生死未卜的亲儿子。可失踪 6 年与失踪 12 年相比，线索更渺茫，相貌差异更大。吴国强夫妇知道与亲儿子相见谈何容易，自然更割舍不了养育了 6 年的假儿子。

树欲静而风不止。张丽英和老公守口如瓶，可不知咋的，此晓飞非彼晓飞的传言，仍然成了街坊邻居的窃窃私语。“啊！快，你快来看，床头柜上怎么有、有张纸条，这，这是……”周六起床，吴国强没见着儿子，原以为爱踢球的晓飞，一早和同学去公园踢球了，这会听得妻子变了腔的呼叫，顿时打了个激灵。

吴国强忙不迭接过纸条一看，只见上面写着：“……对不起，我走了。因为我，我想知道给予我生命的人到底长得啥模样……”几行字，分明就是叫了自己 6 年爸爸的儿子的笔迹。吴国强犹如跌进了冰窖，从头冷到了脚后跟。

张丽英更是傻了，呆了。为了那份浓得化不开的母爱，她刻意隐瞒了真相，可到头来亲子无影讯，养子竟一走了之。张丽英再也忍受不了如此残酷的打击，“啊——”地闷哼一声，捂着胸口倒了下去……

120 救护车把张丽英送进了市一医院的急诊室。急性心肌梗死的张丽英，在医院躺了整整一月，才转危为安。“晓飞，儿子啊，你到底去了哪里……”出院回家的张丽英，不是捧着 12 年前的“全家福”流泪，就是对着空空的单人床发呆。

吴国强知道妻子嘴里的儿子，不仅仅是亲子留在照片上的影子，还有离家出走的养子。其实，养子的可靠信息，他在妻子住院时就知道了。那天，城西派出所打来电话告知，12 年前拐卖儿童的案犯已落网，据交代他儿子失踪的同一天，罪犯得手的有两个年龄相仿的幼童，一个是在菜场，另一个则是在车站。从案发地点，年龄相貌分析，极有可能吴家 6 年前错认的儿子，就是郊县周家在车站丢的儿子周笑天。经办人正欲通过吴国强转找孩子，不料吴家出走的假儿子寻亲心急，误闯误撞进了派出所。于是，在警方的陪同下去了郊县……

“……亲子，亲子鉴定出来了。他、他是周家的儿子……晓飞，咱们的晓飞也会回来的。你放心，我拼了这把老骨头也要找，一定还要找!”心病还须心药医。吴国强不愿眼睁睁看着妻子触景生情，一蹶不振，咬咬牙告诉了妻子实情，夫妇俩抱头痛哭。

“嘭、嘭嘭——”正在吴国强夫妇相拥而泣时，一阵急促的敲门声徒然响起。吴国强拉开门，不觉懵了。他怎么也没想到，敲门的会是离家出走的养子。“妈，爸，我回来了。我不走了！我……”吴国强夫妇怔了片刻，猛地把这个认祖归宗的周笑天搂在了怀里。

张丽英紧紧拽着这个失而复得的儿子，笑了哭，哭了笑。“儿子，好儿子，妈想死你了。你不走了？真的，真的吗？可你、你爸妈……”她真的舍不得这个养育了 6 年的儿子，可人心都是肉做的，她不得不将心比心为周家父母想一想。

“妈，您别哭。您放心，是我爸妈同意我来的，我不走了！真的不走了……”周笑天在 DNA 鉴定报告出来后，曾探问过何时去补报户口，父母总是竭力回避，他就隐隐觉得家里发生了什么事。直到无意间听闻了邻居们的闲聊，才知道自己是吴家错认的儿子……水有源树有根，假儿子的第一反应就是要找真爹娘。

吴晓飞成了周笑天。可回到亲生父母身边时，他才知道离开吴家，只是了却自己寻根的愿望，在他的内心早把吴家父母，当成了自己的亲爹娘。尤其看到9岁的妹妹，偷偷地打量他这个从天而降的哥哥时，更让他觉得在陌生的家里无所适从。

周家父母对失踪了12年的儿子，掏心掏肺地疼，可儿子的心却仍牵在吴家父母身上。“爸、妈，我想，我想回去。你们身边有妹妹，可他们……”听儿子提出要回养父母家，周家夫妇傻了。但得知吴家错认儿子后，6年来所付出的父慈母爱，以及因失子、寻子身心俱伤，重病不起的养母，周家夫妇动了恻隐之心……

假儿子的叙说，让吴国强夫妇百感交集。“妈，您放心，晓飞弟弟会回来的，一定会。呶，我还带来了这个……”周笑天从兜里掏出只信封，递了过去。他也是找到了亲生父母后，才得知自己比吴晓飞早出世了两个时辰。

信封里是二张周笑天在郊县拍的照片。一张是他的正面像，另一张也是正面的，不过是张左眉往上挑，嘴角轻轻上挑的笑脸。吴国强夫妇面面相觑，不明其意。“儿子，好儿子！你，你是说用你现在的长相做线索，去寻找我们家的晓飞？……”也算是母子连心，张丽英脱口而出。

次日，一张特殊的寻人启事，出现在都市晚报和车站码头。寻人启事上有3张照片，中间是张有点模糊了的“全家福”，上面有个笑呵呵的4岁左右的男孩。左边是张少年的标准像，右边是张少年顽皮的笑脸。寻人启事上除了必要的提示，还有一行加红的醒目大字“笑起来更像!”……

墓碑前的生日蛋糕

年已古稀的孙奶奶，最大的爱好就是翻挂历。为此她常常遭到小辈的白眼。媳妇骂她杵在那里碍手碍脚，儿子说她吃饱了撑的。小辈埋怨归埋怨，孙奶奶好像是吸毒的上了瘾，实在难以自制。

这天下午，孙奶奶又站在了挂历下，但她并未像以往那样前后翻看，而是锁定在当天的日期上发呆。因为今天是她75岁的生日。孙奶奶知道除了死鬼丈夫，没人会记得她的生日，而死鬼丈夫早在10年前就成了真正的死鬼。孙奶奶默默地站了好一会，转身走出自己的小屋。

孙奶奶悻悻然走进厨房，只见柜子上有只包装讲究的蛋糕。案板上还摊满了大包小袋的零食，卤味。孙奶奶惊喜万分，她怎么也想不到儿子、媳妇早已悄悄地买好了蛋糕。虽然花生米、牛肉干对她来说，只能望饼充饥，但可贵的是这份孝心啊。孙奶奶感动得热泪盈眶。她暗暗自责平日里忍让不够，常常误解了小辈。

不知不觉间，早到了吃晚饭的辰光。饥肠辘辘的孙奶奶，忍不住出来张望。只见桌上早已摆满了红红绿绿的菜肴，那只精致、漂亮的蛋糕上，也已插上了生日蜡烛。“哎，要不让我妈先吃一点吧。”儿子阿强瞟一眼母亲，小声与妻子丽丽商量。“嘿，我们忙进忙出的都还没饿，怎么就她等不及了。再说，今天给龙龙过生日，小寿星不到，谁也别想吃！”媳妇狠狠地瞪一眼婆婆，很是不满。

闻言，正欲返回小屋的孙奶奶傻了，她愣在那里不知所措，好一会才猛然醒悟，儿子、媳妇今天所做的一切不是为她，谁也没记住她的生日。一阵难以抑制的辛酸涌上心头，孙奶奶躲在小屋里暗暗垂泪。

“给龙龙过生日，给龙龙……”孙奶奶和龙龙的生日只相差了五天，孙奶奶猛然想起，每逢儿子要出差去，常会把龙龙的生日，趁礼拜天自己在家提早过。这不，儿子阿强曾提起过下周要出趟差，既然儿子要出门，龙龙今年的生日自然又要提早过了。唉，真是人一老就犯糊涂！孙奶奶怪自己不该怎么自私，只记得自己的生日却把龙龙的生日忘了。龙龙是孙奶奶一手带大的，龙龙就是孙奶奶的命根子。想起龙龙孙奶奶再也坐不住了，她要出门，她要去寻找宝贝孙子。

孙奶奶拄着拐杖下了楼，跌跌撞撞地穿过大街小巷，仍未见龙龙的身影。孙奶奶焦急万分，禁不住扯开嗓子喊了起来："小龙，宝贝，你在哪，回家啊，快回家……"孙奶奶相信龙龙能听见她的呼唤。苍天不负有心人，喊了没几遍，小巷里传来了龙龙的回音："奶奶，我在这里，瞧，我给您……"龙龙欢快地向奶奶奔去，手里似乎还举着什么东西。突然，意外发生了，一辆飞驰的摩托车向龙龙冲去。懵了的龙龙丝毫不知躲避，正在这刻不容缓之时，离龙龙一米开外的孙奶奶，全身扑了过去。"啊——"在众人的尖叫声中，摩托车擦过龙龙的额头撞在了树上。龙龙有惊无险，但75岁的孙奶奶倒在了血泊里。

孙奶奶虽被及时送进了医院，但由于伤势过重再加年老体衰，已是回天无力。龙龙哭倒在奶奶的病床前："奶奶，都怪我，我、我不该……"参加周日兴趣班学画画的龙龙，为何迟迟不归，就因为今天是奶奶的生日。龙龙清楚地记得，小时候爸妈在外地工作，早他五天生日的奶奶常忘了自己的生日，可总是记得给他买蛋糕过生日。现在奶奶老了，老得牙掉了、耳背了，记性也差了，奶奶不能上街买蛋糕了，可龙龙大了呀，龙龙有压岁钱，轮到龙龙给奶奶买蛋糕了。于是12岁的龙龙不急着回家，而是去了蛋糕铺。

龙龙的蛋糕盒早已摔破了，但蛋糕上"生日快乐"几个字，仍依稀可辨。"奶奶吃口蛋糕啊，奶奶、呜……"龙龙哭着用小勺子兜了点蛋糕，伸到奶奶的嘴边。孙奶奶似乎听到了孙子的呼唤，慢慢睁开了眼睛，龙龙小心地把蛋糕塞进奶奶的嘴里。"奶奶甜吗？"孙奶奶不能回答，用力点点头，两行浊泪滚了下来。

孙奶奶的儿子，儿媳赶到了医院。从医生那里得知了母亲的伤势，从目击者中得悉了母亲受伤的经过。此刻，一种说不清道不明的感觉涌上心头。"老太太支撑不了多久了，你们拣要紧的话快说。"急救室梁大夫，让护士给孙奶奶注射了强心针。"妈，妈，你醒醒，我和丽丽看你来了，妈！"也许是药物的作用，也许是回光返照孙奶奶慢慢睁开眼睛，迷茫的眼神掠过儿子，媳妇，停留在孙子龙龙的脸上。

丽丽扯扯丈夫的衣角，示意他把儿子推上前去。是啊，这些老脑筋的人就是想不通，平日可怜兮兮过日子，攒下了钱却要东塞西藏，瞒儿瞒女。等到双脚一瞪眼一闭，这积蓄还不知道躲在那件破衣烂衫里睡大觉。小龙是母亲唯一的孙子，老人有什么牵挂肯定第一个要交代的就是他。虽说，自己是第一继录人，母亲若有心把私房钱留给龙龙，从法律角度上讲，虽是尊重本人意念，不过龙龙是自己的儿子，遗产进了龙龙的名下，和放进自己的口袋有什么两样？阿强对妻子的提醒很是赞同。

“奶奶，龙龙在这里，您、您看看我呀!”龙龙的小手紧紧地抓住奶奶的胳膊，不停地摇晃。孙奶奶吃力地望着孙子，满目慈祥和不舍。孙奶奶的嘴唇慢慢翕动，虽然听不到声音，但从口型上不难分辨，孙奶奶是在呼唤龙龙。

“妈，你有什么话赶紧和龙龙说啊。你孙子等着呢。”丽丽让儿子把耳朵靠近老人的嘴巴，同时不失时机地掏出了手机。阿强暗暗佩服妻子的冷静和周到。儿子毕竟只是个 11 岁的幼童，若把存折密码什么的记岔了，岂不麻烦。把数字存进手机，确是现代最时尚、最便捷的记忆方式。阿强与妻子对视一眼，心照不宣。

“奶奶，奶奶您说什么，我听不清，奶奶，奶奶您大声点啊!”龙龙搂着奶奶的脖子，急得直跺脚，孙奶奶深深地吸了口气，“龙龙，生、生日快乐！……”孙奶奶似乎用尽了生命的最后能量，把遗言留得异常响亮，清晰。

闻言，阿强、丽丽目瞪口呆。他们做梦也想不到，老母亲留给孙子的竟然只有这句话。他们傻了，呆了。“老太太已经过去了，你们准备后事吧!”急救室梁大夫，按按孙奶奶的脉搏，摇摇头走出门去。“奶奶，您别走。我、我要和您一起过生日……”龙龙声嘶力竭地扑在奶奶身上。不知是受儿子的感染，还是想起了母亲以往的慈爱，阿强、丽丽跪了下去“妈，我们、我们对不起您，您别走啊，妈!”

三天后，孙奶奶出殡了。在西郊的墓地上，除了冥钱、香烛，还有那盒孙奶奶只来得及尝了一口的蛋糕。据说，每年到了孙奶奶的忌日，墓碑前总有一盒打开的蛋糕，蛋糕上“生日快乐”四个字，清晰在目。也不知是阿强、丽丽买的，还是孙子龙龙买的，不管是谁，孙奶奶的生日总算是有人记住了。

偷出来的祸祟

乐建伟与老婆大吵三六九，小吵日日有，吵得昏天黑地仍是胜负难分。尤其，得知老婆向双方老人投诉了自己，更是懊恼之极。他分析了白色恐怖的局势，咬咬牙拎着手提电脑撤离了火线。

俗话说：人倒霉喝凉水也塞牙。原以为一走了之就能享受几天耳根清净的日子，谁知转移阵地没几天，乐建伟便接到了星星小学让他赶紧去一趟的电话。说真的，不论是一山难容二虎，还是乐建伟与老婆都想当武松，但儿子乐道始终是夫妇俩共同的心肝宝贝，乐建伟哪敢耽误。

二十分钟后，汗流浃背的乐建伟赶到了星星小学。乐道的班主任凌老师，见学生的家长来了忙迎了上来。不待凌老师开言，一个操着外地口音的胖大妈堵在了乐建伟面前。“噢，这孩子是你家的？……俗话说小时偷针，长大偷金。我说你们爹娘咋当的……”乐建伟与其素不相识，对她气急败坏的述说更是不知所云。

“什么？你、你说我儿子偷……”乐建伟愣了好一会，才从凌老师的转叙中弄明白让他来学校的缘故。乐建伟怎么也没想到，刚从幼儿园升到一年级的儿子会和“偷”扯上了关系。乐建伟惊愕之下顾不得细问，转身老鹰抓小鸡似的把儿子拽到了面前。

养尊处优的小皇帝被失主抓个正着已唬得够呛，眼见父亲这般仗势更是吓得语无伦次。“……道儿偷、偷……是、是爸爸……哇——”小乐道眼泪鼻涕糊了一脸，终于憋不住哭出了声。

小乐道此言一出，众人愕然。没等乐建伟回过神来，卖菜的胖大姐已恍然大悟。“嘿嘿，我说这胡萝卜又不是巧克力，小孩子咋会感兴趣，闹了半天原来是……”乐建伟没想到宝贝儿子对偷窃承认不违，更没料到儿子竟会指控是他教唆的。乐建伟尴尬之极，恨不得地下有条逢好让他钻进去。偏偏失主得理不让人，阴阳怪气地又一顿数落，乐建伟恼羞成怒咬牙扬手“啪——”重重地打了儿子一巴掌。

7 岁半的乐逍从没见识过“家庭暴力”，猝不及防的这巴掌显然把他打懵了。乐逍捂着小脸不哭不闹，瞪了父亲足足三十秒，撒腿就跑。

“呶，这你钱拿去，赔偿那两根胡萝卜足够了吧！……”乐建伟转身从包里掏出 10 元钱，不由分说塞进胖大妈手里，急匆匆向儿子追去。乐建伟原以为孩子不会走远，谁知这番耽搁小乐逍早跑得没了踪影。乐建伟找得腿酸脚软也没见着儿子，哪还顾得与老婆的武松之争尚未定夺，忙不迭拨了老婆方芳的手机号。

十五分钟后，方芳与乐建伟会合了。从老公口中得知概况，方芳傻了，呆了。回过神来揪住乐建伟不放，声言儿子是被他打跑的，若有什么三长两短，决不与他甘休。“找我算账？哼！你不是骂我不做家务不管孩子吗！你能干，你了不起，你咋把儿子管得成三只手了……”方芳的胡搅蛮缠，把乐建伟硬憋在心里的积怨煽了起来，禁不住反唇相讥。

当夫妇俩难解难分之时，“滴滴——”乐建伟兜里的手机铃声响了。“什么，您有乐逍的信息了？好，我马上来！”得知是凌老师的电话，方芳自然偃旗息鼓。

“凌老师你、你有乐逍的信息、快、快告诉我……”乐建伟跨进凌老师的宿舍，那里还按捺得住。不知咋的，面对家长的询问，凌老师欲语又止。“唉，乐逍一直是个好孩子，这回偷拿胡萝卜，也、也真是事出有因……呶，你看看这个……”凌老师瞥了乐建伟一眼，转身掏出只皱巴巴的纸袋递给了方芳。

方芳不知道凌老师要给自己看什么，但凭直觉一定与逍儿今日的出格有关，忙接了过来。她迫不及待地打开一看，纸袋里是本小小的图画书。方芳记得那是半年前儿子过生日时，夫妇俩陪伴他去书店挑的。她晓得儿子喜欢认字、喜欢画画，上学前已经学会了近二百个汉字，可这和“偷窃”事件又有什么关联？凌老师见方芳发怔，忙凑上前把图画书翻到其中一页，示意方芳查看。

“啊！这、这真是上梁不正下梁歪，乐建伟你、你干的好事！……”方芳在儿子连图带字夹拼音的“墨宝”上，一瞥数行脸色骤变，扭住老公要讨说法。凌老师拦住了欲动粗的方芳，告诉他乐逍在同桌小虎子家里，已经通知其家长稳住他了。方芳撇下老公冲出门去。

说实话，在儿子的家教问题上，历来是乐建伟唱红脸、老婆唱白脸，就算家教上有什么不妥造成了乐逍的不良行为，这责任也不该算到他一个人头上吧！乐建伟对老婆上梁不正下梁歪的定论，百思不解。

乐建伟下意识抓起桌子上儿子的那本绘画本，打开一看目瞪口呆。“……我怕，我好怕爸爸妈妈吵架……爸爸说再头（偷）些菜就可以开农长（场）了……爸爸搬走了，我好想爸爸……有了农长（场）爸爸就不用头（偷）菜了吧，妈妈就不会和爸爸吵架了。宝宝长大了，宝宝要帮爸爸……”乐逍连字带画加拼音的“天书”，如青天霹雳砸得乐建伟晕头转向。他做梦也没想到，儿子去菜场偷胡萝卜真的是帮他偷的。天啊！怎么会，怎么会这样？……

浑浑噩噩的乐建伟，终于明白正是自己迷恋的网络偷菜游戏，把好端端的家弄得“烽火连三月”，也正是自己乐此不疲的网上虚拟偷菜，教唆了儿子去菜场偷菜，乐建伟悔得肠子都青了。

乐建伟怔在那里好一会，猛然省悟。跌跌撞撞冲出门去。“……逍儿回来，逍儿你回来呀！爸爸知道错了，是爸爸对不起你，对不起你妈妈。都是爸爸的错，爸爸、爸爸再也不玩偷菜了……”乐建伟突然觉得老婆的唠叨，儿子的嬉戏才是真真有意思的生活。他要追还儿子乐逍、追回迷失网络游戏的自我……

孝子阿彪

清苑小区的刘大妈说起儿子阿彪，禁不住喜笑颜开。这倒不完全是瘌痢头儿子自家好，如今能在爹娘的生日拎个蛋糕、送束花的年轻人确实不多。

这日，刘大妈接了个老家表妹的电话。得知对方数人来杭州旅游欲来家投宿，刘大妈满口应允。搁下电话，刘大妈忙不迭铺床叠被，待她收拾定当，已是正午时分。刘大妈这才想起光顾了“安营扎寨”竟忘了“粮草先行”，这会儿农贸菜场早落市了，幸好表妹“预约”的是吃晚饭。刘大妈赶紧给儿子打电话，告知老家来客让他务必回家一聚，并让其顺路带些熟菜、卤味回来。

傍晚，表妹一家如期而至。“……哈哈，几年不见，外甥还记得俺好这口？难得，难得！……”餐桌上表妹夫妇，对楼外楼的正宗杭帮菜赞不绝口。尤其，卤鸭盆里的3个香喷喷的鸭脖子，更让表妹夫满脸惊喜，感叹不已。刘大妈也没想到人高马大的儿子，还会记得表姨夫爱啃鸭脖的嗜好。见客人一个劲夸儿子重亲情，有孝心，自然乐不可支。

“……放手，这鸡腿是我的……我要，我偏要……”正当宾主间谈笑风生之际，坐在下首的一对小兄妹在本鸡煲里展开了“决斗”。刘大妈见表妹家的“小阿哥”“小格格”为争鸡腿各不相让，忙起身做起了和事佬，声言两条鸡腿平均分配不偏不倚。

刘大妈把鸡腿放进了小女孩的碗里，但不知咋的，把本鸡煲翻了个底朝天也找不到另一条，这下小男孩恼了、伸手就抢。见孙子、孙女在餐桌上哭的哭，叫的叫，表妹夫妇免不了要动点“家法”，刘大妈尴尬之极。

这本鸡煲里的鸡，咋会是“金鸡独立”的？刘大妈想破了头也想不明白，只有到儿子这里寻根探源。“……这、这鸡腿，我、我中午……”阿彪措手不及，吱唔了好一会，也没说出个所以然。

“嗨，这么多菜够吃了，也不差个鸡腿的，外甥吃掉了就吃掉了……”见刘大妈母子纠缠不休，表妹夫妇反倒打起了圆场。表妹夫还善解人意地表示，年轻人竞争激烈，工作辛苦，听说有不少人用吃东西来缓解压力……

刘大妈从阿彪吞吞吐吐的神色中，认定其间另有隐情。次日，送走表妹一家，便执意要找儿子问个清楚。阿彪被老妈瞪得浑身发毛，只得吐露了真相。

“什么？你带回来的这些熟菜、卤味全是……”阿彪的坦白交代，让刘大妈目瞪口呆。怔了好一会才弄明白，这三个头的香酥鸭，少了条腿的本鸡煲，其实都是儿子酒足饭饱后打的包……刘大妈是个要面子的人，更是个持家过日子的主妇，虽然儿子的“猫腻”差点让她在老家人面前下不了台，可回过神来细想，这年头僧多粥少、谋职不易，当业务员的儿子仍能应酬不断，岂不是意味他混得不错?!

阿彪见老妈脸上转怒为喜，备受鼓励。自此，只要在外有饭局总忘不了老爹娘的口福。说真的，有了儿子隔三岔五的“二手菜”，刘大妈老两口不仅能常常品尝到星级饭店、特色酒家的大厨手艺，还明显减少了兜里钞票的流通几率。

小钱不可长算。转眼又到了领退休金的日子，刘大妈掏出工资卡看了半天，决定这个月就用上个月节余的钞票度日，工资卡上的“应收款”就让它躺在银行里“下崽”。

阿彪老爸钱泰韶，听得老伴要将省下来的钞票给儿子攒起来，立马从额角头响应到了脚趾头。老两口盘算来盘算去，重新制定了基本生活费开支的预案。

这日午后，刘大妈夫妇正喜滋滋数着当月节余的钞票，以此类推地做着长远积攒规划，“铃——”桌上的电话陡然炸响。钱泰韶慢吞吞操起电话，“哦，找阿彪？什么？催缴通知……”见老伴撂下话筒神色急变，刘大妈十分惊诧，忙不迭询问。

得知儿子欠了银行1200多元钞票，刘大妈哪敢耽误，立马联系了儿子。阿彪急匆匆赶回家，得知缘由，嗔怪老妈大惊小怪。再三解释是手机没电了，才会把催缴电话打到家里来的。还信誓旦旦地声言，自己心里有数，决不会让老爹娘操心。

阿彪说到做到。次日，即去银行还上了透支。钱泰韶素来细心，接听银行催缴电话时就记下了欠款信用卡的账号，这会儿听儿子说1200元的亏空已还上了，顺手便拨了个查询电话，果然儿子的账号上非但没了欠款，还有近百元的余额。确信了儿子不是缺钱而是缺时间，只因没空去存钱才会有催款之说，刘大妈夫妇颇感欣慰。

眨眼冬去春来。这日，刘大妈晨练归来，银行的催款电话再次炸响。有了虚惊一场的先例，老夫妇不以为然。谁知事与愿违，短短数日又有二张金额不等的账单寄到了家里。这下刘大妈感到了事态的严重性，可偏偏儿子出差去了外地，急得她坐卧不安。

“来，瞧瞧咱儿子的家底……”钱泰韶见老伴牵挂儿子的欠账，忙把她拽进了阿彪的卧室。刘大妈低头一看傻了眼，儿子床头柜的抽屉里，竟然有四五张银行卡。她做梦也没想到，看似大大咧咧的儿子，早在为成家立业“囤足了粮草”。不禁喜出望外。

次日傍晚，阿彪终于回了家。“嗨，老妈盼我回来就为这事啊！咦，咋、咋会有怎么多?！我，我……”阿彪随手拣起桌上的几封账单，漫不经心地翻看。倏然间，神色凝重，双眉紧锁。

钱泰韶晓得儿子业务繁忙，见其为分身无术烦恼不已，忙自告奋勇愿替儿子跑一趟。阿彪听得父亲愿代他去结清欠账，求之不得。熟料钱泰韶捧出了一叠银行卡，询问儿子该去那家银行办理。“……这、这几张银行卡，我编了号的，都，都……”见儿子神色诡异，欲言又止。刘大妈连连追问。阿彪避无可避，只得全盘托出。

原来，当保险业务员的阿彪，不光是个标准的“月光先生”，还是个铁杆的刷卡族。虽然潇洒刷卡时不时会刷出财务“赤字”，但信用卡有50天的免息期，只要支撑到领取提成、奖金时补上就行了。谁知一场突如其来的金融危机，打破了阿彪的如意算盘。原先欲投保的客户，捂紧钱包减少了份额，新客户的“堡垒”更是难以攻入……

眼看透支归还的50天期限就要到了，阿彪没钱可还，愁得瘟鸡蔫头。在与同病相怜的卡奴们几番“切磋”后，阿彪获得了以卡养卡的“变通”妙计，急忙又去申领了一张新的信用卡。自此，用新卡的透支额度，偿还前一张卡上的亏空，再用第三张卡，还第二张卡上的透支……闻知儿子的这叠银行卡里并没有存款，只是他为偿还欠账的“缓兵之计”，老两口瞠目结舌。

“……什么，没有业务应酬？那，那这些，都、都是你刷卡消费的……”刘大妈得知阿彪不是孝子是卡奴，就连平日打包回来的残羹剩菜，也是他与狐朋狗友聚餐时潇洒买的单，气得血压升高，手脚冰凉。

可怜天下父母心。虽然对儿子拆东墙补西墙恨得牙痒痒，可儿子拉下的亏空若不及时补上，除了罚息日以百计外，留下了不良信用的记载，更是后患无穷！若要还又怎么还？阿彪爹娘回过神来，不得不把如何堵这个“窟窿”，视作当务之急。

闻言，阿彪沉默良久，一语惊人。“怎么还？要我看并不难。要么你们先给我填上，等我发达了一定加倍还。要么我再去办张新信用卡……”不待阿彪说完，只听“咔嗵——”一声，急火攻心的刘大妈，一跟头栽到在了地上！

第二辑

EPISODE 2

寻找信任

为良知辩护

得知儿子来福用半只啤酒瓶，把一个在公园玩耍的13岁少年，砸进了太平间的消息，刘姨傻了呆了。她跌跌撞撞奔到出事地点，可除了白的雪、红的血，现场早已空无一人。刘姨从公园的门卫那里打听到，一个小时前警察已把肇事者带走了。“儿子，你咋又出事了啊，这，这叫我咋向你爸交代……”刘姨知道杀人偿命，天经地义。进了警察局的儿子会有什么后果，可想而知。

说起刘姨15岁的儿子来福，街坊邻居无不皱眉摇头。他从小不是抢了人家的馒头，就是砸了商店的玻璃，没给刘姨带来一点福，反倒隔三岔五地惹事生非。可儿子最不好，也是娘身上掉下来的肉。更何况，5年前丈夫丧身车祸后，儿子就是她唯一的亲人。也算是老天可怜薄命人，自丈夫去世后，与她相依为命的儿子，懂事了不少，安静了很多。刘姨十分欣慰，她常常祷告丈夫的亡灵，能在冥冥中保佑儿子平平安安。可谁知道安静了几年的儿子，又会闯下这人命关天的大祸。

刘家的不幸早已惊动了远亲近邻。次日，纷纷上门探望劝慰。“刘大姐你别太着急了，我先去死者家看看，求家属可怜可怜你丧夫独子，我们再尽量多给他们点赔偿，也许能……”同车间的小赵望着脸色苍白，双眼红肿的刘姨叹了口气，自告奋勇去探探死者家属的口风。傍晚小赵回来了，从她口中得知死者叫甄小强，父亲三年前死了，母亲经常出差，甄小强跟着外婆外公住在舅舅家。得知小赵来意后，两个祖辈呼天呛天十分抵触，死者的舅舅更是毫不通融，扬言非得让杀人者为外甥抵命不可。

小赵打听来的消息让众人傻了眼，“要来福抵命？不，儿子，妈要救你，要抵命妈去抵。你们，你们谁有办法能救我来福，快告诉我，求你们想想办法啊!”从儿子出事后水米未曾入过咽喉的刘姨精神恍惚、脸色憔悴，迷茫的眼神扫过众人，苦苦哀求。

刘姨夫妇人缘不错，尤其丈夫老刘在世时更是个热心人，同事亲朋没少受过他帮忙的，如今见老刘家唯一的香火，面临绝根之灾，无不尽心尽力，想方设法。“唉，死者家属不肯接受赔偿，看来这人命官司是逃不脱了。我有个主意，你快去请凌律师，只要她肯出面，来福肯定会有转机……”退休前在单位当过工会主席的赵大伯见多识广，眉头一皱计上心来。凌清芸律师在小城早已名声在外，众人一听自然赞成。

第二天，刘姨按照赵大伯给她的地址，找到了律师事务所。但不巧的是凌律师正在休假，工作人员让她过几日再去。刘姨牵挂儿子，哪能坐以待毙，她到处询问，一路打听，终于在傍晚时分寻到了凌律师的住处。

“你找我？哦，要我当辩护律师，对不起，我身体不好，这段时间……”得知刘姨上门的来意，凌清芸矢口回绝。刘姨知道请名律师难，可不管怎么难，就是倾家荡产也要求她救救儿子。“凌律师，我求您救救我儿子。他是杀人了，可他真的有病。母子连心啊，求您救救他，我、我给您跪下了……”也许，母爱是女性的本能，刘姨的一声母子连心，让凌清芸猛地一震，不禁动了恻隐之心。凌请芸接过刘姨手上的资料，匆匆翻阅。“……这、这资料放在这里，你先回去吧，我会和你联系的。对不起，我、我头痛……”刘姨见凌清芸痛苦地揉着太阳穴，只好退了出来。

刘姨虽未曾和凌律师细谈，但只要她接受了下来，儿子就有了希望。刘姨度日如年，天天盼望凌律师能和她联系，但日复一日，毫无音信。直到刘姨接到法庭的开庭通知，凌律师也未曾和她有过任何交流。刘姨心急如焚，开庭那天早早赶了过去，她要在开庭前先找凌律师了解儿子的案情进展，虽然她知道这样做无济于事，可一想起生死未卜的儿子，她实在是按捺不住。

刘姨东张西望，直到开庭也不见凌清芸的踪影。难道凌律师病重不能出庭？难道儿子命该如此在劫难逃？刘姨暗暗叫苦，万念俱灰。“……我的当事人确是杀了人，但也确是事出有因……呶，这是我当事人，患有间隙性精神病的原始病历，和命案现场目击证人的证言……因我的当事人 5 岁时，不慎被街头卖艺人的猴子惊吓成病。经治疗虽病情已稳定，但在特定条件的刺激下……经调查核实，事发时死者正戴着黑猴面具，并用雪球抛扔我的当事人……”得到刘来福因患有精神障碍，事发时无自控能力，而不负法律责任的判决，刘姨喜极而泣，泪流满面。

刘姨不认识为儿子当辩护人的年轻律师，也没任何人告诉过她，已经为来福另请了律师。“恩人，恩人啊，是您救了我儿子。我不知道该说什么，我，我一定支付最高的律师费……”刘姨知道名律师和普通律师的代理费有很大的差别，但此刻就是让她倾其所有，她也心甘情愿。“不用谢我，是凌老师让我来的。其实，真真要谢的是我老师，这案子里所有的病历、处方、证人证物都是凌老师逐一调查，核实的。钱？一条人命值多少钱？哼!”说起自己的老师，年轻律师满目崇敬，可刘姨一提律师费，年轻律师十分不屑，她瞪了刘姨一眼，扬长而去。

两个月后，刘姨带着病愈的儿子来福，走出了市精神病院的大门。刘姨顾不上回家，拉着儿子去超市买了大包小袋的礼品，兴冲冲跨进了凌清芸的家。“凌律师您身体好些了吗？哦，谢谢，谢谢您救了我儿子。啊！这、这是……”刘姨猛转身，目瞪口呆，只见靠窗的小桌上摆放着香烛供品，墙上挂着个蒙着黑纱的镜框，照片上是个笑得露出虎牙的少年。

“我儿子小虎，他、他去公园玩耍，让人用啤酒瓶，砸、砸死了……”凌清芸一字一顿，哽咽难言。“什么，您说什么？您儿子、您，您早就知道……”凌清芸的话带给刘姨的震撼犹如晴天霹雳。她做梦也想不到救来福的，竟会是自己的儿子丧身在来福手里的人。

凌清芸缓缓地点点头又摇摇头，两行热泪沿着憔悴的脸颊滚落下来。其实，她最早知晓来福是杀她儿子的凶手，还是在接过刘姨手上的资料后。记得那天接到儿子的死讯，她心似刀绞。在丈夫因公殉职后，儿子就是她寄托了所有心血和希望的精神支柱。但当她丧魂落魄地从外地赶回来，面对情绪激动的家人时，从事法律工作多年养成的深思熟虑，让她很快冷静了下来。尤其得知凶手也是个未成年人，凌清芸更是思绪万千，心乱如麻。她流泪劝阻了一心要为外甥讨命的弟弟，因为她相信儿子不会白死，该怎么处置就怎么处置，法律会还儿子个公道。

凌清芸哪会知道，在她痛失独子伤心欲绝的时候，会有个同样伤心欲绝的母亲，来求她担任儿子的辩护律师。刘姨的一句母子连心，触动了她失儿慈母的情怀，她实在不忍心回绝一个苦苦哀求的母亲。当凌清芸接过刘姨递上来的资料，匆匆一瞥间，如五雷击顶，头昏目眩。她做梦也想不到，作为“苦主”的她，接手的这场官司竟然是为杀子仇人做辩护……刘来福自幼有精神病病史的资料中，众多旁证、病历卡、厚厚的处方让凌清芸既欲哭无泪，又不能视而不见。凌清芸最终用法律工作者的良知和道义，为夺走自己儿子的家庭营救儿子。

刘姨不会想到，她那一句母子连心，让凌清芸那颗慈母的心裂成碎片，痛彻肺腑。凌清芸白天为刘来福间隙性精神病的说法是否能成立，逐一调查、细细核实，忙得跑断了腿，累得折断了腰。晚上梦里常常看到是儿子小虎，歪着流血的脑袋怔怔地望着她。过度的劳累和常人难以想象的辛酸忧伤，终于把凌清芸击倒在病床上。眼看开庭在即，凌清芸硬撑着把自己的学生叫到了病房……

大病初愈的刘来福，对母亲和凌律师间的对话似懂非懂。偶回头，照片上那个似曾相识的同龄人映入了他的眼帘。刹那间，曾经空白的记忆复苏了，来福怔怔地望着照片连连后退。突然，这个 15 岁的少年声嘶力竭地呼唤了一声，“妈妈——”跪倒在凌律师的面前……

月圆之日的修车人

市中医院实习医生郝天乐，追女朋友追成了马拉松。也算是有志者事竟成，过五关斩六将历尽考验，终于追成了正果。郝天乐得到女朋友的应允，上未来的岳母家拜访。

今日是中秋节，郝天乐为防车多人挤路上堵车，特把隔壁科室林主任好久未骑的单车借来一用。郝天乐原以为骑个自行车来去自由，无牵无挂，却不料今日的红灯好像与他有仇，每到一个路口都要无情地亮上片刻。好不容易拐上了小路，眼见天色渐晚，郝天乐争分夺秒，脚下用力，自行车“蹭——”地向前窜去。

“卟啪、嘶——”突然，自行车猛地一颤，便再也动弹不得。郝天乐忙下车查看，哎呀，不好，一根不粗不细的铁丝，早已插入在轮胎的心脏。抬头望天，月明星稀，低头看地，朦胧一片，唉，车轮胎早不破晚不破，偏偏今儿晚上破，这黑灯瞎火的可咋办？推推这泄了气的单车，郝天乐急得汗流浃背，那里还乐得起来。

真可谓“天无绝人之路”正在郝天乐缩手无策之时，“啪!”拐角处的一家沿街店铺亮了灯，郝天乐赶紧推车上前求助。推门一看，嘿嘿，竟会是一家自行车修理铺，真是打瞌睡的遇上了送枕头的，郝天乐自然喜出望外。

“哦，小伙子你这车没什么大毛病，只是轮胎戳破了，交给我包你满意。”满头白发的摊主迎上来，略微查看就一口说出毛病。看他胸有成竹，想必修车手艺定然不错。只是这修车大伯悠乎乎，慢吞吞，让郝天乐真正体会了什么叫急惊风碰上了慢郎中。更让他不堪忍受的是，修车人手上磨磨蹭蹭，嘴上还唠唠叨叨，把郝天乐的年龄、职业，家庭地址，甚至连他老爸老妈的职业统统问了个遍。手机上女朋友发的短信一条比一条急，语气越来越有火药味，急得郝天乐坐立不安，六神无主，只好把他今日要去女朋友家过“中秋”之事全盘托出，连连催促修车人速战速结。

“哎呀，原来你有急事，咋不早说。不过，你这车链也不太好，怎么样，换不换?”修车的见郝天乐再三催促，极不耐烦，忙识相地住了嘴，麻利地补好了车胎。可还没等郝天乐表示可否，眼睛一眨竟自作主张地要给他换车链。郝天乐顿时什么都明白了，今天碰上“杀猪”高手了。看来这修车的城府蛮深，拖延时间这么久，就是为了狠狠地宰一刀。事已至此，郝天乐总不能扛着卸了链条的自行车上路。看来这车链换不换也得换。郝天乐只得应允下来，并许诺工钱好说，只是越快越好。

不知是郝天乐火烧眉毛的样子，让修车人动了恻隐之心，还是重赏之下必有勇夫，修车人手忙脚乱地换好车链，又顺手抹上了油。接过焕然一新的单车，郝天乐二话没说摸出张100元币递了过去，修车的退后一步摇手拒接。什么，我兜里除了这张百元的，只有两张10元币，知道付你20元绝不会放我走，才省事宁人付你100元，难道还嫌少，这宰客的刀磨得也太快了点。郝天乐忍无可忍正欲发作，修车人一语惊人：“小伙子快走吧，我，我这里修车不要钱。”

“啊——”郝天乐目瞪口呆。虽百思不解，但他顾不上追根究底，急匆匆跨上单车，赶去女朋友家负荆请罪。幸好大过节的女朋友情绪还不错，对他姗姗来迟从轻发落，只判了个“留家查看，以观后效”。尤其听郝天乐述说了修车的经过，在新闻媒体工作的女朋友晓芸，更是眼睛一亮。晓芸觉得这种免费修车的事例，在如今物欲横流的社会上实在难得，她认定这是个不错的新闻题材，拉着郝天乐就往门外跑。

郝天乐和女朋友在月下并驾同骑，感觉实在好极了。一路上他谈笑风生，妙趣横生。逗得女朋友娇笑不止。“嘘——”突然，晓芸示意郝天乐噤声。郝天乐顺着她手指的方向看去，只见朦胧的月色下，一个佝偻着腰的黑影，起起伏伏分明是在马路上撒着什么。

晓芸把自行车推给郝天乐，悄悄跟上了去。“咦，你看这是什么?”不一会她从马路上捡回了两根歪歪曲曲的铁丝，和几片闪亮的玻璃片。一看这东西郝天乐触景生情，怒不可息。呀呸！自己那轮胎就是被这种铁丝戳破的，原以为今日出门不利，是自己运气不好，那晓得这是有人故意撒在马路上存心害人的。

真是林子大了什么鸟都有，好心人助人为乐义务修车，坏心眼伺机害人月夜撒钉。晓芸动了义愤决意要查个水落石出，把正反两件事都写进新闻稿曝光。郝天乐自然不会无动于衷，要知道他本人已受其暗算戳破了轮胎，若不是遇到那个义务修车的好心大伯，岂不是……郝天乐打了个两头包抄的手势，晓芸冰心聪慧，配合默契，五分钟后，哪个专在马路上制造事端的小人，被逮了个正着。

“你，你这混蛋竟敢在马路上搞破坏。走，跟我们去派出所！”不知是人脏具获难以抵赖，还是郝天乐和女朋友的精诚合作让其挣扎不了，捣鬼的顺由他们推推搡搡，不作任何反抗。“唉，我混，我真的是混蛋，走，走吧。去哪里，都、都行。”锣鼓听声，说话听音，这人的语气似乎十分熟悉，郝天乐凑上去仔细一看，“啊——”惊得他呆若木鸡。他做梦也想不到，这个在马路上撒铁钉、碎玻璃的竟会就是那个为他义务修车的大伯。

晓芸不亏是学新闻的，善于从事物的表面挖掘它的本源。更何况，别人设法戳破路人的轮胎，为的是多赚几个昧心钱，可此人千方百计戳破路人车胎，却辛辛苦苦补轮胎分文不取，这里面肯定有个为人不知的特别原因。晓芸给郝天乐使了个眼色，掉转头把老人送回家。

走进老人的卧室更让郝天乐诧异万分，他怎么也想不到在低矮、潮湿的修车铺后面，竟会是一幢崭新的三层楼房，而屋里的摆设也是应有尽有，可他为什么要……在女朋友晓芸的耐心询问下，才知道修车大伯是机修厂的退休工人，老伴死了20年了。他又当爹又当娘，好不容易才把一双儿女拉扯大。如今学业有成的儿子正从事研究工作，老人只记得儿子已有三个“中秋”没来看他了，至于儿子具体研究什么他哪里知道。

“我知道了，您故意戳破路人的车轮胎，就是为了能有人陪您聊聊天……”听了女朋友晓芸的分析，郝天乐才恍然大悟，怪不得修他只轮胎，磨磨蹭蹭查了他祖宗十八代。

“走，快走……”见女朋友晓芸拉着大伯又要出门。想想大伯也是事出有因，不知咋得，郝天乐倒硬不起心来，忙拦住晓芸，让她放大伯一马。

晓芸嗔怪地瞪了郝天乐一眼：“行，你善心犹存，人品不错，我、我……”晓芸示意郝天乐把自行车推过来，驮大伯一起回家过“中秋”。

中奖以后

401室的小梦夫妇，郎才女貌，相敬如宾。一直以来是荷花园社区有口皆碑的恩爱夫妻。然而，半月来女高音，男摇滚，内战步步升级。吓得刚满五岁的儿子，叫爹喊娘，东奔西走搬救兵。

双方老人闻讯，飞奔而至。然而不知为何，劝架不成，连两亲家也反目成仇。眼看好端端的一户人家，就要四分五裂，亲朋好友，左邻右舍，自然不会袖手旁观，纷纷上门劝说，调解。但都无功而退。

询问得知，造成这家庭变故的起因，乃是一注200万的奖金。俗话说：嫁出女儿泼出水。可小梦这盆泼出的水，一有机会就去浇灌娘家这一亩三分自留地。虽然她对大哥带着嫂子、侄女在父母处蹭饭吃很是不满；虽然她对父母把她送去的烟、酒让下岗的弟弟拿去孝敬了未来岳父颇有怨气，但小梦仍是她妈的贴身小棉袄。再说，坐月子是母亲伺候的，儿子更是姥爷、姥姥的心头肉……尽管她有时也会在父母面前埋怨一翻，但小梦决不允许丈夫对自己父母稍有微词。

也许这是天下出嫁女儿的统病，也幸亏小林大度，端午、中秋、大过年的，见小梦往娘家送东西他从不计较。但今日面对这笔巨奖，小林再也不肯沉默是金。为报养育之恩，夫妇商议给双方父母一笔钱。然而，在金额上分歧很大。小梦打算按人头分配平均10万，但他丈夫小林却要每家给20万。

小梦兄妹齐全，小林是独生子。小梦如此打算显然用心良苦，她一心想让父母多留点养老钱。却不料从无异议的丈夫不肯答应。于是，唇枪舌剑，各不相让。真是相争无好口，失去理智的小梦，历数了娘家人对儿子的疼爱照顾，又把公婆骂得狗血喷头。同样失去理智的小林，顺手给了妻子一巴掌。

小梦家的变故，让人们对金钱有了新的理解。小区里三五成群，纷纷叹息，一致认为，钱多并非好事。一位对术数、八卦颇有研究的大伯认为，这期大奖的数字很不吉利，你看这 179130，不就暗示一家就要散了。闻此高论，那些阿 Q 先生，甚至庆幸横财未降落自家，才得于家庭和睦，共享天伦。

半月后，小梦夫妻闹离婚上了法院。经多方调解无效，法院准予离婚。也许，是对儿子的愧疚，在财产分割上，双方皆表态儿子跟谁，房子就留给谁，连家用电器也有首选权。令法官百思不解的是，夫妻双方对那笔奖金的分配只字不提。为避免离婚后再起风波，只得主动询问。提起钱，小梦夫妻面面相觑。

原来，那个号码是小梦反复推敲后选定的，那天她有事走不开，就打电话让小林去买，可偏偏下班时几个老同学邀小林去聚餐，小林偏偏又多喝了几杯酒，竟然忘了买彩票，至今那个号码还塞在抽屉里睡大觉。

法官恍然大悟，转身告知小梦，没买彩票没中奖，一切只是场误会。“我知道，我是说如果有这 200 万，就该按人头给，我娘家……”没等小梦说完，小林怒冲冲站了起来，“凭什么？你家人是人，我家就……”法官无奈地叹了口气，看来这场内战，得转移阵地重新开战了。

丑儿的秘密

十月怀胎一朝分娩，漂亮的老板娘芳菲，挺着个大肚子住进了待产病房。芳菲开公司，做生意的老公刘一梵，每日里都要来医院早请示、晚汇报，对娇妻体贴入微，百依百顺。芳菲五官精致，肌肤细腻白皙，挺着大肚子没显得笨拙丑陋，反让人生出呵护，痛惜之心。刘一梵有幸做她的护花使者，自然忙得不亦乐乎。

刘一梵三代经商，家境颇丰，自己又长得英俊，帅气。自身条件优越，择偶标准自然极高。更何况少年时刘一梵就打定主意，非美女不娶。但不知这地方不出产美女，还是刘一梵对美女的标准尚待调整，从刘一梵 17 岁初恋算起的十八个候选人中，就没有一个符合他心中的美女标准。箩里挑花，挑得眼花，一眨眼挑走了十年青春年华。正在刘一梵宁缺毋滥，孤影自赏时，遇到了让他眼前一亮的美女芳菲。也算是皇天不负有心人，两人郎有心妾有意，相识恨晚。不出三个月就趁热打铁，谈论婚嫁。

日月如梭，一转眼结婚已一年余，虽然妻子的预产期还有十天，但刘一梵丝毫不敢疏忽，早早把芳菲送进了医院待产，因为刘一梵三月前花了儿张“大团结”，从 B 超室掏来可靠消息，现代仪器证实妻子肚子里的，是个为刘家传宗接代的男孩。

“哇哇——”产房一声清脆的啼哭，刘一梵如愿以偿升了级。初为人父的刘一梵安顿好妻子芳菲，迫不及待地冲进了婴儿室。值班护士查了芳菲的姓名年龄、床位号，从内室抱出个婴儿递了过去：“恭喜啊，是个大胖儿子。”刘一梵喜滋滋接过儿子一看，惊得目瞪口呆。只见手上的婴儿，小眼睛塌鼻梁，皮肤黝黑粗如糠。刘一梵想不通自己的优良种子撒进美貌如花的妻子田里，竟会结出如此丑陋的硕果。不、这绝不可能。刘一梵记得新闻媒体，曾报道过医院抱错孩子，一错错了十几年的新闻，不由得吓出一身冷汗。“这个，不、不会是我儿子，你们……”护士听他怀疑自己抱错了孩子，一跳三丈高。严正警告他说话要负责任，并指指婴儿小手腕上吊着的牌子，让刘一梵自己对照。

刘一梵想不到和儿子的第一次亲密接触，竟会乘兴而去败兴而归。他三脚并作两步赶回病房，把见儿子的经过连同自己的怀疑告知妻子。芳菲听了老公对儿子容貌的描绘，也很意外，她愣了半天，告诉老公婴儿变化大，一天一个样。再说医院抱错孩子的概率，犹如买彩票中特奖——少之又少。芳菲让老公不要庸人自扰，这孩子就是自己生的。

也算是应了狗不嫌家贫，母不嫌子丑的古话。从医院出来在家坐月子的芳菲，对儿子无微不至，呵护有加。今日，财大气粗的刘老板，要热热闹闹地为儿子办满月酒。芳菲满心欢喜，自然要精心地为儿子打扮一番。脖上戴着银质长命锁，手腕套着金手镯的刘公子，在宾客手里转了一圈，犹如众星捧月，奉承话、吉利话，层出不穷。不过众宾客对刘公子的长相避而不谈，满目诧异。

宾客散尽，刘老板仍无法平静。人们异样的目光，又引起了他对儿子的怀疑。既然芳菲肯定医院不会弄错，难道她是瞎子吃馄饨——心里有数。刘一梵想起妻子怀孕时，自己正在为开连锁店的事，忙得三天两头不着家，难道妻子红杏出墙……刘一梵提出了要做 DNA 试验，只有做了亲子鉴定才能解疑释惑。芳菲得知老公要去做亲子鉴定，痛哭不已，伤心至极。她觉得刘一梵的做法，是对她的极大侮辱，既然老公怀疑她的清白，她做人还有什么意思……刘一梵见芳菲哭得梨花带雨，楚楚可怜，倒也硬不下心来，只好不了了之。

日月如梭，转眼又是一年。刘老板儿子的长相非但没什么改观，反而大眼睛更大，小眼睛更小，塌鼻梁没有长高，鼻头往上一翘，两个鼻孔倒成了插筷筒。看着这不像爹不像娘的丑陋儿子，他实在按捺不住，决定要去做个 DNA 试验。吸取了上次的教训，为防妻子阻拦，也为了确定有没有必要做亲子鉴定，刘一梵先悄悄地去请教了有关专家。就人的长相问题，专家告诉他，是由遗传因子决定的。为什么人的性情、相貌除了和父母相像外，和兄弟姐妹多多少少也有相似之处，这就是互相之间有相同的遗传基因，不像爹就像娘，不可能和双方无一丝想象，除非没有共同的基因……刘一梵对专家的术语虽听得似懂非懂，但有一点可以肯定，这不像爹娘的丑陋儿子肯定有问题。刘一梵理直气壮回到家，再次提出要做DNA鉴定。芳菲自然不肯就范，但这次刘一梵是铁了心，他甚至以离婚为要挟。

芳菲见老公主意已定不容更改，愣了好一会，慢慢地起身进卧室拎出只紫红色密码箱，从里面掏出只厚厚的信封递了过去。“我知道瞒了一时，瞒不了一世，我、对不起你……”刘一梵见妻子拎出来的箱子，就是她结婚那日从娘家带来的陪嫁，如此说来红杏在娘家就已出墙，自己这绿帽子从做新郎官就戴上了。刘一梵受此奇耻大辱，怒不可遏，抬起手狠狠地甩了一巴掌。芳菲猝不及防，几个踉跄手上的信封抛了出去，从信封里滑出了一沓照片。

刘一梵赶上一步，弯腰捡起撒在地上的罪证。只见照片上是个相貌奇丑，皮肤黝黑的女子，他怎么也想不到妻子还是个搞同性恋的“女同志”，更让他不可思议的是，同性恋也会生儿育女，这可真的是闻所未闻。芳菲似乎被刘一梵的一巴掌打傻了，她不哭不叫，愣在那里，这会儿才缓过神来。“你瞧，你仔细瞧瞧，这就是我偷的情人。老实告诉你，我和她影形不离28年，她、她就是我，我、呜——”刘一梵说什么也无法把美貌如花的娇妻，和照片上的丑八怪相提并论。芳菲哀怨地叹了可气，向老公坦白了一切。

原来芳菲也是有钱人家的种，父亲芳旺财早年抄股狠赚了一票。喝上了头口水的父亲，颇懂得发展再生产，让钱生钱的道理。他把炒股票赢来的钱，全部投入了房地产，正赶上房价飞涨，没几年就成了真真的富翁。但美中不足的是富翁无子，膝下仅有一女却长得奇丑无比。按理凭芳家的财富找个乘龙快婿不成问题，偏偏丑八怪女儿高不配低不求，挑三拣四。这一耽搁就成了大龄丑女。

这年老芳带妻女去境外旅游，在新加坡的一个夜总会里得知，这些漂亮的女招待或多或少加过工，尤其是听说最丑陋的女人只要舍得花钱，都能变成美女后，芳菲不由得动了心。经美容医院前面检查，像芳菲这个模子的若要改头换面成美女，需要化45万人民币。老芳听得要支付巨款打了退堂鼓，但经不住妻女哭哭闹闹，软磨硬缠，只得应允下来。

芳菲住进医院，等父亲款项到账，就进了手术室。45万人民币到底没白扔，芳菲经过该凸的填，该凹的抽，割眼皮，鼓鼻梁，全身上下动了七七四十九刀，又打了三个月改善皮肤的激素，抹了整整半年的高级美白润肤霜，终于如愿以偿成了美女。年近30岁的芳菲嫁给财貌双全的刘一梵，本以为喜结姻缘，天作之合，谁料想手术刀下雕琢出来的美女，最终在儿子身上原形毕露，七七四十九刀改变了她的外貌，却丝毫改变不了她的基因……

刘一梵得知真相，呆若木鸡。更糟糕的是，从此刘一梵和芳菲再难有肌肤之亲。因为一想起她浑身上下都是假的，刘一梵便性趣全无，日日疲软。他更不甘心的是，自己辛辛苦苦撑起来的家业，百年之后要由这丑八怪继承。三月后，刘一梵提出了离婚。芳菲自知欺瞒在前，也不争辩，收拾行装，抱着丑儿子回了娘家。

次日，开着两家公司、四家连锁店的刘一梵，带着张 100 万元的定期存单，赶到了前岳父家。不知他是要补偿两年来的美人入怀、秀色可餐，还是给丑八怪儿子的抚养费？至于，人造美女芳菲收没收，谁也不晓得。不过芳菲说的那句“女人要做男人掌心里的宝，光靠改变容貌没用的”路人皆知。

寻找信任

中午时分，湘妹子田甜紧瞪着前面的猩红色鸭舌帽，好不容易才挤下37路公交车。

“哎，你要累死你老婆啊，跑怎么快干吗？……”田甜抹把汗，嗔怪不已。鸭舌帽闻声回头，田甜目瞪口呆，她怎么也没想到，紧随其下车的不是自己的老公许嘉林，而是与老公身材相似，又戴顶同样款色鸭舌帽的陌生男子。

田甜新婚不久，这次是来杭州度蜜月的。临行前父母怕性情率真、毫无心计的女儿在物欲横流的世道吃亏，再三叮咛，在外吃、住、行一概由女婿许嘉林全权负责。

说实话，一路旅游有老公既当保镖又当管家，田甜用不着带钱包，房卡，甚至连住宿宾馆的名字、方位也不用记清楚。反正新郎官这只风筝的线有手机牵着，田甜落得当甩手掌柜。哪料得百密一疏，这会不仅认错了老公，就连那只小巧的“诺基亚”也没了踪影。刹那间，田甜心跳如鼓，呆若木鸡。

“……不好意思是我认错人了。哦，先生能借用下手机打个电话吗？我……”田甜回过神来，疾步上前拦住了错认的老公，悻悻地赔笑致歉。闻知，眼前这个漂亮的年轻女子要借手机，被拦的陌生男子迟疑片刻，连连声称没带手机。陌生男子扬长而去，“嘀——”兜里的手机徒然炸响，田甜杵在那里，哭笑不得。

一筹莫展的田甜转身抬头，只见一个十一、二岁的男孩正在悄悄打量自己，而男孩脖子上就挂着一只她急需借用的手机。田甜眼睛一亮，正欲开口，谁知小男孩撒腿就跑。田甜是个幼儿教师，在孩子眼里历来是个可亲可敬的人，这会连个孩子见了她也像瘟神似的逃之夭夭，更让她伤心难过，欲哭无泪。

愁眉苦脸的田甜，独自坐在石椅上发呆，引起了路人的注目。一位胖大伯悄然落座，温言相问。见拿不出住宿房卡的田甜要借用手机，大伯的热情明显降温，磨蹭了好一会，才掏出了那只儿女淘汰给他的旧手机。

望着大伯递过来的手机，田甜很是欣喜。为了避免再次被人误解的尴尬，田甜没接手机只是报出了许嘉林的手机号码，请胖大伯帮她给老公打电话。声称要借手机又不接手机，胖大伯十分意外。

"喂，你是许嘉林吧？你老婆……什么，具体位置……"看来许嘉林丢了新娘子也是急得六神无主，获得田甜信息，顾不得细问，忙不迭要先弄清老婆身在何处。听大伯和许嘉林对话，晓得老公会立马过来与自己会合，田甜揪了半天的心才放下来。

田甜对最终帮助她的陌生大伯充满了感激。"……我几次开口求助没人肯信我，只有您肯借我手机。大伯谢谢，谢谢您对我的信任！……"不待田甜说完，胖大伯连连摆手，唯唯诺诺。田甜见大伯神色怪异，很是不解，沿其目光低头一看，目瞪口呆。不知咋的，自己那条蓝碎花长裙的下摆，紧紧地缠绕在石椅扶手上……

田甜这才明白，胖大伯怕她手机到手就溜，在递给她手机前已经做了"手脚"。在这个陌生的城市田甜被人猜疑、受人白眼，满腹委屈，无处申诉，原以为找到了一个不把自己当坏人看的人，却不料对方早对她采取了对付坏人的手段！田甜思前想后，悲从中来，最也控制不住，号啕大哭。

田甜突然间放声大哭，唬得胖大伯手脚无措，尴尬之极。竟连缠绕在石椅上的裙摆都忘了解。

"田甜，别哭，别哭。我来了……"一个打扮入时的外地男子飞奔而至，瞥一眼田甜与石椅亲密接触的花裙，恼怒之极，脸色铁青。胖大伯凭直觉判断，来者便是刚才自己给他打过手机的许嘉林，正欲上前搭话，"倏、倏——"不等他开腔，尾随许嘉林身后的两条精壮汉子窜上前，把他按了个结结实实。

胖大伯傻了，呆了。他怎么也没想到，好心帮迷路女子拨了个电话，谢字没捞到一个，反被人来了个先下手为强。

胖大伯懵了，最先反应过来的还是田甜。许嘉林见老婆挺身相护大伯，才知道自己弄错了。忙不迭拽住田甜抚慰，解释。说自己并不想当吕洞宾，实在是如今坑蒙拐骗屡见不鲜，猛然间有陌生电话说你老婆和我在一起，不得不多个心眼。更何况越是诈骗高手越是装得像。这素昧平生的人哪有信任可言！……

许嘉林越是诈骗高手越是装得像的论调，激起了田甜受人猜忌、误解的满腹委屈和怨愤，“照你说，我是自作自受、我是活该！你、你混蛋！……”田甜又急又气，一把推开许嘉林，掩面而泣。

胖大伯气得够呛，原本要向许嘉林讨说法，这会见小夫妻间的局部战争一触即发，不好意思再打“外围”，反开导田甜害人之心不可有，防人之心不可无。还说自己早先缚了她的裙摆，这会差点被她老公绑了手脚，两下也算扯平了。

胖大伯防贼反被人当贼防的窘态，引得围观者忍禁不住。正在众说纷纭之时，一个举着只卡通造型手机的小男孩，挤过人群直奔田甜。

田甜循声望去，不禁傻了眼。眼前这个递手机给她的小男孩，正是见了她逃之夭夭之人。“阿姨对不起，我的手机没、没电了……”小男孩见田甜打量他，惴惴不安。

田甜这才知道不是小男孩不肯借她手机，是因为手机没了电。“你，你是赶回家拿电板去了？……别人都把我当骗子防，难道你，你就不怕……”得知自己错怪了小男孩，田甜百感交集。

田甜的询问，显然让小男孩措手不及。他怔了好一会，腼腆地低下头，怯怯自语：“……爸爸说病人把肚子交给手术刀，就是信任医生。把我送进学校就是信任老师……阿姨，我们每天都离不开信任，我、我为什么就不能信任你呢?!”小男孩稚气的回答掷地有声，砸得众人面面相觑。

“对，说得对。信任无处不在！好孩子，谢谢，谢谢你的信任！”泪流满面的田甜，一把把小男孩搂在了怀里。

送 礼

机修工马一帆的爹娘，为儿子取这个名字可谓是用心良苦。但不知咋的，马一帆从来没有马到成功，一帆风顺过。这不，和他一起进印刷厂的师兄弟们不是早有官位，就是另就高职，唯有他当了25年待遇不变的工段长，至今仍像颗永不生锈的螺丝钉，在基层的位置上闪闪发光。

马一帆淡薄名利，知足常乐，一天到晚笑口常开。但自从听说企业改制，他所在的车间将寿终正寝，不复存在。到年龄的一刀切统统退休，其他人员除少数安排外，一律买断工龄回家吃老米饭。马一帆傻了，妻子多病一直在家，儿子刚上高中正在用钞票求学。想来想去还得怪爹娘，不该结婚五年上才生下他，要不这次年龄上线退了休，也能安安静静拿份退休金。可现在万一上了黑名单，没了固定收入，还要自己缴纳养老保险金……哎呀，这可如何是好。

马一帆这颗螺丝钉，愁得心慌，黯淡无光。马一帆对官运、财运一直无所谓，可人是铁饭是钢，一天不吃饿得慌。关系到吃饭问题，他再不敢无动于衷，坐以待毙。一贯沉默是金的马一帆，冲出车间，在交头接耳的人情中探听军情，了解战局。群众的眼睛是雪亮的，马一帆平日任劳任怨，忠厚老实，人人心中有数。此刻，见他一筹莫展，忙主动给他提供最新的可靠消息。

俗话说：知己知彼，百战不殆。得知这两天厂长家门庭若市，所在车间的工友们，托人的托人，送礼的送礼，八仙过海，各显神通。马一帆丝毫不敢怠慢。可他实在没说得上话的人可托，于是当机立断你送我也送。马一帆有了应对之策，心里才稍微安定了一点。

马一帆回家把面临下岗，和准备送礼之事告知了妻子。“送、非送不可。可送什么礼好呢？”贤惠的妻子慷慨地递上了不多的积蓄。翠花的提问，让刚刚松了口气的马一帆，心跳加快，眉头打结。是啊，自家经济条件不如别人，送金银首饰送不起，送高档烟酒价钱高不说，若是碰上假货吃不了兜着走……

为保能有个拿工资的地方，马一帆对送什么礼，才能既恰到好处，又恰到财处，伤透了脑筋。常言道，天无绝人之路，正当马一帆为送礼之事，杀伤了大量脑细胞时，偶遇了穿开裆裤时的朋友。老朋友见他愁眉不展，询问实情后，哈哈大笑。“这有什么难的，来，告诉你……”看在曾经玩过几年官兵捉强盗的份上，老友把自己左右逢源，春风得意的送礼秘诀，毫不保留，全盘托出。

当天下午，马一帆照方抓药，买好礼物精心包装停当。回家匆匆吃了碗泡饭，趁无人注意，悄悄溜进了厂长家大门。送礼完毕，马一帆才真真松弛下来。他十分感激老友在迷茫中指点迷津，虽然送礼送得要让全家连吃一个月臭豆腐，但他生平第一次送的礼，确实不同凡响，送出了新意，送出了水平。马一帆坚信自己送的礼不能说绝后，也绝对是空前。说实话，这份礼直接与世界接轨，足以打败所有的竞争者。

一锤定音的终止合同名单终于贴了出来。马一帆胸有成竹，笃笃定定。他慢腾腾地走到宣传橱窗下，抬头一看“啊——”惊得目瞪口呆。只见统共只有 14 个人的名单上，马一帆三个大字，首当其冲，名列榜首。他做梦也想不到会是这么个结局，眼前一黑瘫软了下去，吓得工友掐人中，泼冷水忙了半天，又把他护送回家。

一周后，马一帆才得知问题就出在送礼上。马一帆送给厂长的是，连日来在电视上大出风头的性保健品“雄狮丸”三盒。这几日包装精美的礼品实在太多，厂长来不及扯开，就随手搁在了床头柜上。厂长夫人收拾房间时发现礼品，不禁浮想联翩，恍然大悟。原来，她早就风闻老公，和年轻美貌的小秘书，眉来眼去，关系暧昧。一直将信将疑，如今见了此物犹如火上浇油，怒不可遏。面对河东狮吼，后院失火，焦头烂额的厂长寻根探源，竟是马一帆给他的莫须有罪名添上了佐证，他不由恨得牙痒痒，提起笔把马一帆第一个驱逐出境……

三个月后，青箐小区的沿街路口新开了家“修理铺”，听说生意不错，手艺不错。不过让人费解的是这家店主有个怪病，一听送礼两字，就会双眼发直，浑浑噩噩。尤其提起某些保健品，哇噻，更是不得了，立马瘫软……

拆迁以后

清河坊旧城改造，七十多岁的许奶奶和众多拆迁户一样，在城西找了个农民房过渡。俗话说，故土难离，在城里生活了大半辈子的许奶奶，初到城郊总觉得诸多不便，寝食不安。

许奶奶度日如年，终于等到了返迁的消息。她不知真假，有心弄弄清楚，也不知该向谁打听。再说，这回迁手续需要这个证那个章，许奶奶耳朵背，眼睛花，实在无能为力。

正在许奶奶束手无策之时，住在城东艮山门的儿子许强急匆匆赶了过来。许奶奶见了儿子，仿佛天上降下救星，迫不及待地在许强送来的表格上，签名盖章。许奶奶把自己一应证件交托儿子，让许强全权负责，代为办理。

送走儿子，许奶奶开始收拾行装。虽然她知道办妥回迁手续，至搬进新居尚需要一段时间，但她更知道儿子、儿媳都很忙，不可能帮她收拾，自已年老健忘，常常丢三落四，如不早作准备，难免搬家时手忙脚乱。许奶奶一改往日愁容，睡得安稳，忙得开心。

然而，不知咋的，何日回迁杳无音信，许奶奶按捺不住，请房东给儿子打了个电话，言明，若儿子无空前来，待雨季过后，自己去城里询问。

不等许奶奶动身，两天后儿子一家赶了过来。交谈中得知回迁已经结束，为了居住方便儿子把两套住房合二为一，成了三室一厅的大套。因忙于室内装修，故无暇前来探望。得知原因许奶奶十分欣慰，虽然她一人独居，生活也能自理，但三代同堂是她梦寐以求的事。

“瞧，这里水清草绿当真不错，哪像城里污染严重。噢，妈，我有件事想和您商量，我……”媳妇钱颜亲热地挽着婆婆在房前屋后地踱了一圈，吞吞吐吐，欲言又止。“有什么事尽管说，莫不是装修钱不够了？别急，我这里还有点积蓄，你先拿去用。”许奶奶虽年事已高，但并不迟钝，她利索地掏出个手绢包，塞进媳妇手里。钱颜十分惊喜，推辞一番，放下挎包。瞟一眼丈夫，示意许强去与母亲交谈。

许强得令上前一步：“妈，钱不够是一回事，今天来其实还有件事想跟您商量。以后，我们每月贴您50元房租，您在这里……”不待儿子说完，许奶奶什么都明白了。原来儿子、儿媳早有预谋，把自己独居的旧房面积，并入了他们的大套，而把她扫地出门。

“你……你们……”许奶奶指着儿子，伤心难言。钱颜见丈夫不敢面对母亲哀怨的目光，连连后退，忙挡在中间：“妈，其实我们倒也无所谓，主要是您孙子小磊，马上要升高中了，现在一周四个晚上要请家教，又购买了电脑，虽然现在有三个房间，可一间书房少不了啊。妈，我知道小磊跟您最亲，您最疼……”媳妇钱颜把小磊推到老人身边。

孙子小磊是许奶奶一手带大的，此刻，孙子的一声：“奶奶，我真的好想您。”像灌好的热水袋，顷刻间驱散了许奶奶心中的寒流。孙子的这声呼唤，终于让许奶奶无怨无悔地作出退让。她慈爱地抚摸着孙子的脸颊，摇摇头什么话也不说了。

“妈，我什么时候请家教了，再说我读高中可以住校的。”一回家小磊就抱怨母亲，不该谎称要请家教，让他在奶奶那里丢面子。“不这么骗她，老东西肯同意?”钱颜诡秘地一笑。小磊不满地瞪母亲一眼，顾自躲进了卧室，直至晚饭时也不愿出来。

钱颜知道儿子小磊从小由婆婆带大，祖孙俩盛情很深，刚才自己出口不逊，惹恼了儿子，忙笑眯眯地解释了一番。“小孩子懂什么，农村蔬菜新鲜，空气清新，对老年人身体有好处。其实我也是一片好心，为你奶奶好。再说，两代人各有各的生活，比如，你爱上网，我和你爸爸爱看警匪片，而你奶奶只要有越剧，就赖在电视机前落地生根。你想，让她在家里制造矛盾，还不如黄牛角水牛角各管各。还有……”为了和儿子结成统一阵线，让小磊明白不让他奶奶住在一起的决策如何正确，钱颜深入浅出，喋喋不休。小磊皱眉听完母亲的唠叨，似懂非懂，若有所思。

许强夫妇，如愿以偿地住进了三室一厅的大套。许奶奶独居在城西郊区，再无搬回里的希望。那每月50元的租房补贴，钱颜只给了她三个月，再也不见送来。幸好许奶奶有退休金，日常生活又节省惯了，温饱才得以维持。幸好孙子每个礼拜都来看她，才使许奶奶凄凉的晚年，尚有一丝生趣。

转眼又是半年。许奶奶把祖孙俩相聚的日子，当成了她的节日。许奶奶对孙子每次来看她，总是连饭都没吃就赶着回家，又心疼又难受。今天是放暑假的第三天，祖孙俩早已约定，等放了假小磊就到许奶奶这里住段时间。许奶奶早早起床，特意去房东那里买了几斤本地鸡蛋，准备给孙子烧茶叶蛋。她听人说农村放养鸡下的蛋营养好，她要为孙子增加营养。她心甘情愿地让出住房，不就是为了宝贝孙子。想起孙子小磊，许奶奶心里就暖暖的。

许奶奶烧好饭，煮好蛋，左等右盼不见小磊身影。正在许奶奶倚门眺望之时，许强、钱颜气喘吁吁，飞奔而至。没盼到孙子等来了儿子、儿媳，许奶奶同样喜笑颜开。“妈，您别忙，我们马上走。哎，小磊呢？他不在这里？您知道他会、会去哪里？”许强拦住了递茶端水的母亲。得知孙子小磊被媳妇责骂了几句后，出门未归已有三天，许奶奶惊愕万分，她哀怨地瞧了眼钱颜，老泪直淌。

在许强的再三询问，反复提示下，许奶奶终于想起，孙子上次来看她时，曾经说想和外地同学一起回家玩玩。“那外地同学姓什么，叫什么，家在那里？妈，您再想想，好好想想啊！”钱颜抓住这条唯一的线索，急急追问。但许奶奶毕竟年纪大了，记忆不好，除此再也不能提供具体方位。

钱颜夫妇寻学校问老师，费尽周折，终于在萧山境内的一个建筑工地上，找到了刚满十四岁的小磊。度过了揪心的寻子经历，看到失而复得的儿子，任何责怪、抱怨都已荡然无存。钱颜冲动地把儿子搂进怀里：“小磊终于找到你了，谢天谢地。你在这里干吗？可把爸妈吓坏了。好儿子，快，快跟妈回家去。”但小磊并不领情，他使劲地挣脱钱颜的手，“不，我不回家。包工头叔叔说了，只要我干一个暑假杂活，等他们离开这里，就把这间房子送给我。”小磊转身指指堆放杂物的工棚，十分固执。

“你，你要这破房子有什么用？”许强打量这间四壁漏风的工棚，百思不解。看着失踪近一周，又黑又脏的儿子，钱颜更是心疼不已，再三解释自己责骂小磊也是为他好，怎能怄气出走呢？再说，这里冷冷清清的，怎能孤零零居住？钱颜动之以情，晓之以理，劝说儿子在此独居的念头，跟她回家。

小磊扭身离母亲远些，又悄悄瞟眼父亲，倔强地抬起头，冷冷地回答：“不，不是我住，是给你们住的。省得我上网聊天，老是被你们骂。还是黄牛角水牛角各管各的好。“

闻言，钱颜夫妇目瞪口呆。他们怎么也想不到，儿子离家出走，就是为了找间房子安置父母。

“冷冷清清没关系，这里水清草绿，空气清新，对你们身体有好处。”小磊似乎对父母激变的神色毫无察觉，深思熟虑，喃喃自言。

许强、钱颜傻了，呆了。他们做梦也想不到，寄托了自己全部心血的独子仅仅受了几句责骂，就会变得如此冷酷无情。“你、你……”钱颜为了寻儿子数日奔波，身心疲惫，此刻急火攻心，双眼一翻晕了过去。

钱颜自那日回家后，一病不起，在市中医院足足住了一个月。经历了母子反目，疾病缠身的磨难，夫妇俩痛定思痛，扪心自问，似乎明白了什么。日月如梭，转眼又是一年。小磊顺利考上了重点高中。据说，由于城西开发，许奶奶的租住屋也划进了拆迁线，不知许奶奶去了敬老院，还是……据说，许强常躲在一边，摸出张皱巴巴的纸条偷着乐。有眼尖的瞥了一眼，“……周日下午，萧山见。暗号照旧！……”

第三辑

EPISODE 3

会变魔术的红包

都是房贷惹的祸

周末下午，春江市红帆小学601班的班会如期召开。这次班会的主题“用爱拯救生命”是班主任凌老师的点子。凌老师觉得举办这次活动，不光是为了给隔壁班不幸患上白血病的男孩刘东募集医疗费，更是给了学生一次感恩、互爱、友情的体验。

凌老师的设想不错，班会开始不久，学生们便争先恐后地把自己的零花钱，塞进了摆在中间的募捐箱。凌老师十分欣慰，正欲挪开募捐箱，按计划进行第二单元活动，一个名叫李莉的小女生怯怯地拽住了她的袖子。

见李莉从衣兜里掏出张崭新的50元币，小心翼翼地塞进募捐箱，凌老师目瞪口呆。十三岁的李莉，是她从一年级带到毕业班的。凌老师依稀记得，每年学校组织春游、秋游时，总会接到李莉家长的请假电话，不是说女儿患感冒，就是说拉肚子了。其实，凌老师心知肚明，晓得家长是为了省几个参加活动的费用。

李莉的父母是一家大超市的员工。夫妇俩一个当营业员，一个是安检班长。两人起早摸黑，工作颇是辛苦，虽然看上去收入还算稳定，但三九寒天挤在潮湿、窄小的出租屋里，追着太阳晒棉被的日子，实在苦不堪言。三年前夫妇俩咬咬牙，在新月小区买了套60平方米的住宅。

也算是应了“贫贱夫妻百事哀”的老话，买房后经济压力更大了，夫妇俩常常为双方老人的赡养，日常家居的一应开支，争得脸红脖子粗。虽然李莉很少提及家事，但凌老师从她无可适从的神态中判断，小女孩的生存处境，是她的同龄人难以想象的。

“什么，你、你要捐50元?!……”凌老师十分清楚李莉的家景，自然要问个明白。李莉肯定地点点头，还再三表示，自己已留下了早餐费让老师放心。如今的孩子那个不是捧在掌心上，泡在蜜糖里？李莉的话听得凌老师十分心酸。不过，从李莉今天的举动来看，似乎家里的经济状况有了很大的改观。凌老师决定送李莉回去，顺便也好作次家访。

“……又到秋游时节了吧，去，今年我家莉莉肯定去……”二十分钟后，凌老师带着李莉跨进了新月小区。见孩子的班主任来了，家长自然笑脸相迎，让座奉茶。李莉的父亲李大江，除了感激凌老师一直来对女儿的关照，还为以往因家境窘迫，连正常的集体活动也阻挠女儿参加内疚不已，并表示以后学校里不管组织什么活动，都不会让女儿置之度外。李大江颠三倒四的一顿连珠炮，让凌老师不知所云。

凌老师正欲询问，李莉悄悄把她拉到一边，神秘地告诉她现在家里有钱了，有很多很多的钱。李莉的母亲菊香，见女儿吐露家底似乎有所顾忌。倒是生性爽朗的父亲李大江，接过女儿的话头，向凌老师叙述了改变家境的缘由。

见老公对凌老师言无不尽，菊香难免有点尴尬。忙悻悻地说自己怎么也没想到老家那个不起眼的小镇，竟会开发成大都市的后花园，更没想到公婆留下的那间摇摇欲坠的破瓦房会成了拆迁房，而按面积发放的55万赔偿款，更如从天而降的横财让她恍若梦境。菊香结结巴巴的解释，引得众人哄堂大笑。

凌老师告辞出门，身后李莉父母炒股来钱快，还是投资开店好的讨论仍在继续。望着欢天喜地的一家子，凌老师对那句“钱不是万能的，没钱是万万不能的”的话，有了新的理解。当然，最让她欣慰的还是李家今非昔比的经济状况，一定会给乖巧、聪明的学生营造一个温馨的生存空间。

转眼又一月余。这个周一，是春江市红帆小学的第一场期末考试。凌老师跨进教室，习惯地用目光巡视教室，心里不由咯噔一下。不知咋的，埋头做考前准备的学生中，竟然不见李莉的身影。凌老师知道李莉家离学校较远，可今天是期末考试，天大的理由也不该迟到啊！

开考后半小时不准入内，这是明文规定的条例，凌老师那敢耽搁，忙不迭拨电话催促。谁知手机关机，住宅电话没人接。凌老师急得火烧眉毛，只有把电话拨到了学生家长上班的单位。

“喂，什么，找李大江？没来上班。哦，他家出事了。听说他女儿从楼上摔下来了，好像是周五……”撂下电话，凌老师目瞪口呆。她知道李莉是独子，若李家真的遭遇不测，那出事的无疑就是自己的学生李莉。凌老师似乎记得，媒体曾经也有过市民失足坠楼身亡的新闻。凌老师知道李莉家住在四楼，从那么高的地方坠落，后果不堪设想。

李莉生死未卜，凌老师魂不附体。好不容易熬到打铃，捧着考卷冲进办公室，拽住校长三言两语汇报了出事学生的概况，并恳请校方另行安排601班下午场的监考老师。虽然李莉不是在学校出的事，但自己学校的学生出了意外，校方自然也十分沉痛，惋惜。得知，凌老师请假是为了要去李莉家探望，方校长立马点头应允。

凌老师顾不上吃午饭，揣了两个食堂买的馒头冲出校门。凌老师晓得李莉是个爱美的小姑娘，自从父亲领回拆迁赔偿款后，她也和同学们一样有了点零花钱，但她舍不得乱花，除了买些喜欢的课外书，就是买几盆廉价的花花草草。凌老师不知道李莉是在窗台上侍弄花草，还是收晒棉被时出的意外，也不知道该这样劝慰李莉的父母，尤其，迫切想知道的是出事学生的状况。

凌老师急匆匆奔进新月小区，聚在楼下闲聊的大妈、大姐们便围了上来。凌老师依稀记得走在前面的那个胖大姐，送李莉回来那次曾在电梯里见过。李莉亲热的唤她胡姨，还告诉老师说胡姨家的叔叔是爸爸的同事。“哦，你就是莉莉的老师吧。……唉，可怜啊，蛮漂亮的一个小女孩，从四楼阳台上跳下来，硬是摔得变了形……”胡姨脱口而出的跳楼两字，似青天霹雳砸得凌老师晕头转向。说实话，一路上她设想了N个可能引发失足坠楼的可能，就是没想过李莉会是自己跳的楼。

凌老师说啥也不相信，周五放学时还好端端的学生，会在家里自寻短见，决意要弄个明白。她等不及电梯，跌跌撞撞爬上了四楼。“……你，是你惹出来的祸根，是你害了莉莉的，你还我女儿，还我……”推开402室的大门，蓦然入目的是两个厮打成一团的中年男女。尤其，那个披头散发的女子势如拚命，让凌老师惊愕万分。她定了定神，才认出眼前扭打的正是李莉的父母。也许混战中的双方也认出了进门的是女儿的班主任，不约而同住了手。

“啊！你们这是干什么？快、快告诉我，莉莉、莉莉她到底是怎么坠的楼?！她，她现在这么样了……”凌老师不知道李莉的慈母严父因何要在女儿出事后互相伤害？更想知道李莉伤势如何？到底是怎么坠楼的？面对凌老师的询问，菊香抹把泪撇下老公，从枕头下摸出张浅蓝色的纸，递给了凌老师。

凌老师认得这种纸是学校给毕业班统一配发的练习簿上的，忙不迭接了过来“……爸爸不是要加班才不回家的，不是的！……骗我，是你们骗我！……我什么都知道了，对一个有爸没妈，有妈没爸的孩子来说，活着真的没什么意思！我怕，我怕邻居阿姨的窃窃私语；我怕同学们同情的眼光……我走了，走了就不会有烦恼……”凌老师一个激灵，徒然明白自己牵挂的学生，不是失足坠楼，真的是自己跳的楼！

捧着李莉的遗书，凌老师犹如跌进了冰窖，从额头冷到了脚趾头。怪不得李莉近日来神情黯然，欲言又止，原来是这个柔弱的小女孩遭受了家庭的变故。恍然大悟的凌老师，为自己忽视了学生的情绪变化自责不已。她觉得若是对李莉多点沟通、多点关爱和劝解，也许悲剧就不会发生。

“李莉是因为你们婚变跳的楼！你、是你提出的离婚？……”从李家夫妇的神态判断，李莉放弃生命是有由于父母的婚变，而始作俑者就是她的父亲李大江。虽说清官难断家务事，凌老师对学生父母的婚变没资格说长道短，可生死未卜的李莉，像一块磐石压得她喘不过气来，凌老师不由自主地走向李莉的父亲。

“是，是我们离婚，害、害死了女儿。不，不不，我们、我们没离婚啊！……”李大江语无伦次的回答，实在让人不知所云，而莉莉母亲的点头默认，更让凌老师傻了眼。李大江既承认了是家庭的解体害死了女儿，又说没离婚，难道这其中另有隐情?！凌老师百思不解。

菊香恼怒地推开老公，从其身后的抽屉里掏出只黑色的手提包，捧到了凌老师面前。“……这、这是什么……你们，你们又要购房?！……”凌老师不知包里装的是什么，下意识打开一看，只见里面是张标志90平方米的住宅平面图，和一份尚未签注的购房合同草案。凌老师打量眼前这套装潢虽简洁但还簇新的房子，不知道李家咋的又要买新房子了，更不明白买房和坠楼风马牛不及的事咋会牵缠在了一起！莫名其妙的凌老师，决意要弄个清楚。在她再三追问下，菊香哽咽着吐露了前因后果。

其实，早在凌老师送李莉回家那天起，如何让55万拆迁赔偿款升值，便成了李家的头等大事。可要把这钞票安排好不易，想要叫钞票生钞票更是件难事。为了这笔巨资的最佳处置，夫妇俩察言观色，四处“考察”。夫妇俩觉得做生意没试过，买股票又怕套牢，还是再买套房来升值最妥当。

况且，李大江看中的这套90多平方米的现房，只要交够35万元的首付款，其余就可按揭。因为是现房，办妥手续就可入住。李大江打算将其隔成几小间分别出租，这每月收上来的租金，正好用以每月要付的按揭。

然而，人算不如天算。有关部门为了遏制炒房而颁发的房贷新政策，明确规定一户限购一套按揭房，也就是说李家那套60平方米的住宅已享受了按揭贷款，这回自然是没了资格。李大江喜滋滋交了首付，没想到按揭贷款的申请被拒，猝不及防，傻了眼。

房产新政的颁布，把李大江的如意算盘击得粉碎。夫妇俩面面相觑，不知所措。骑虎难下的李大江苦思冥想了好几天，终于找到了相应的对策。

菊香闻知老公为了申请到房贷，要和她假离婚的计划，瞠目结舌。见老婆不肯答应，李大江深入浅出地阐述了其间的得失、效益，日涨月增的房价终于让菊香点头应允。

心动不如行动。李大江见老婆点了头，立马实施了计划。在拍桌摔碗、鸡飞狗跳一周后，李家终于解体了。在协议离婚的财产分割上，李大江大度地把住房留给了妻女。

为了遮人耳目，夫妇俩假戏真做，让净身出门的李大江，住进了单位提供的集体宿舍。只是女儿年幼无知，怕她知道是假离婚会泄露内幕，以假乱真又怕伤害了她，于是夫妇俩统一口径，说老爸住在单位不回家是要加班。原以为等无房户李大江顺利获得房贷按揭，两人便可破镜重圆，谁知……

菊香断断续续的叙述，如晴天霹雳砸得凌老师晕头转向。她怔了好一会才回过神来："我知道了，世上没有不透风的墙。生性内向的李莉，从旁人口中闻知父母离婚信以为真。她，她不堪父母婚变的打击……是房贷，是你们要的房贷……"凌老师百感交集，欲哭无泪。她做梦也没想到，心爱的学生竟成了房贷的牺牲品，而把她推上绝路的正是爱她的父母！

"莉莉是爸的错，是爸鬼迷心窍害了你！爸知道错了，你，你快醒过来呀……"只听扑通一声，心力交瘁的李大江，一跟头栽到了地上。突然的变故，让菊香杵在那里不知所措。凌老师急忙拨打了120急救电话。

得知坠楼重伤的李莉，就在这家医院的重症监护室，凌老师安顿好李大江，便找到了院长办公室。显然是凌老师对学生的关切与痛惜感动了老院长，他立马帮凌老师联系了李莉的主治医生尹萍。凌老师从尹医生那里了解到，李莉由于高空坠落，不光手脚都有骨折，颅脑外伤所致的脑干弥漫性损伤更是严重，虽经抢救保住了生命，但仍昏迷不醒，就是说李莉有变成植物人的可能。不过，尹医生表示在临床上昏迷病人突然苏醒的病例也不少，要想恢复意识除了正规的高压舱治疗，亲人的呵护、呼唤对昏迷病人的复苏，有着难以估量的作用。闻言，凌老师若有所思地冲出门去。

傍晚时分，凌老师带着几个系着红领巾的孩子，再次跨进了医院。在主治大夫的通融下，孩子们破例进入了重症监护室。换上消毒服的孩子围着昏迷的李莉，轻声背诵学过的课文，互相打趣着彼此的昵称……凌老师把这样的聚会称作病床前的班会，而班会的主题当然仍是“用爱拯救生命”。凌老师相信只要有爱，生命就不会枯萎，她决定把特殊的班会进行下去，直至昏迷的学生清醒过来。

菊香穿梭在丈夫与女儿之间，忙得腰酸背疼，顾此失彼。见凌老师带着一帮孩子去探望女儿很是诧异，从尹医生那里得知凌老师的良苦用心，夫妇俩感激涕零。其实，李大江并不是什么大病，只是他原本就有高血压症，一念之差致使女儿坠楼重伤的自责、愧疚与悔恨，让他急火攻心而突然晕厥。

冬去春来，转眼就是二月。康复的李大江终于回超市上了班，可他倏然间增添的白发，和郁郁寡欢的神情，和以前那个敏捷、干练的安检班长判若两人。

不过，最近又有了新的传闻，昏迷日久的李莉终于醒了。经各项检查数据表明，李莉不光生命体征恢复了正常，因颅脑外伤所致的运动障碍也在日渐减轻。喜极而泣的菊香夫妇，不知道给女儿带来了好运和转机的到底是隔日一次的常规高压舱治疗，还是601班的孩子们折叠的那一串串千纸鹤。但夫妇俩晓得，劫后重生的一家子，又有了明天和希望。

俗话说：心病还须心药医。李莉的逐日康复，成了父亲最好的养生秘方。李大江渐渐地又恢复了爽朗、热情的秉性。他与工友闲聊时常说：卡奴、房奴都不是致富的捷径，平安是福、健康是福，只要有了这两福，日子总会好起来。

捡到少妇钱包以后

一、雨夜登门的不速之客

三月前，石磊离开贵州老家，来都市投奔了开洗车店的舅舅。虽然辍学的石磊拿起了洗车布，但他不玩麻将不打牌，工余时间全泡在了表哥淘汰的旧电脑上，聊 QQ，看影视、写微博，乐此不疲。

这天傍晚，石磊饭碗一撂，又坐到了电脑前。突然“嘭、嘭、嘭！”门外传来了一阵急促的敲门声。石磊下意识拉开门，只见屋檐下站着个瘦弱、憔悴的少妇。石磊打量对方素不相识，很是诧异。

“请问，你就是石磊吗？我叫郝佳铃，我那钱包就是你捡的……”听对方自报家门，石磊才想起春运时确实捡过个钱包，看来对方无疑就是失主了。石磊记得那天是去邮局代售网点买车票的，看到钱包里那张暂住证上的信息，就顺便从邮局把包寄还了失主。

石磊憨厚、实诚，名如其人。觉得把捡的包寄还失主，只是举手之劳，今日见失主登门致谢，一时竟不知如何回应。猛抬头，见欲言又止的失主，一双眼珠子直愣愣瞪着她，更是手足无措。

“我知道，你若不把钱包寄还给我，我是永远也找不回来的。你是个好人，我求你，求你好事做到底，请你把包里没寄的也还给我吧……”石磊尴尬的样子，让郝佳铃意识到了自己的失态，忙苦涩地一笑，表明了来意。

郝佳玲的话让石磊不知所云。他清楚地记得捡包当天，就将那张二千元的定期存单，连同钱包里那些暂时证、身份证，原封不动地寄了回去。他实在不明白，什么叫包里没寄的东西？

“杨先生，我老公得了胃癌，包里的三千元钱是我凑来给老公开刀用的，是救命的钱啊！孩子刚满 3 岁……”郝佳玲转弯抹角的询问，对石磊毫无作用，只得直截了当阐明意图。说到伤心处，禁不住哽咽难言。

“什么，三千元？你，你跟我要三千元？岂有此理！我把钱包还了你，你还赖上了我！滚，你滚……”石磊从失主颠三倒四的叙说下，终于听懂了郝佳玲的意思，是她患胃癌的老公，住进老家的县级医院急需动手术。医生说就算术后不入ICU（重症监护病房），最少也要先交三万元，才能动手术刀。

郝佳玲在亲戚间东挪西借只凑出了二万五千元，只得返回打工的城市想办法。这张二千元的到期存单，是老乡小云借给她救急的。而这三千元现金是她向房东、工友哭泣，哀求后才借到的。郝佳玲原以为凑足了医院要求的三万元，老公就能顺利躺上手术台，谁知身心疲惫，精神恍惚之下，竟将钱包遗失了……

石磊猛然省悟，郝佳玲信誓旦旦地说了这么多，就是为了表示她遗失的钱包里，除了寄还给她的那张二千元定期存折，还有三千元现钞。摆明了今日找上门来不是致谢而是要钱！石磊涉世不深，还没见过这样不要脸的，更没见过为了诈钱，竟诅咒丈夫生癌的，气得脸都青了，怒冲冲把对方推出门外。

二、打工仔成了富二代

郝佳玲磨磨蹭蹭地走了，石磊越想越恼。做好事惹麻烦的事，石磊也曾有耳闻，可他怎么也没想到，这种敲竹杠的事竟让自己碰上了。石磊气得够呛，随手抓起郝佳玲遗忘的雨伞，解恨似地扔出了门外。“倏——”一张皱巴巴的打印纸飘到了脚下，石磊下意识捡起来一看，禁不住打了个寒战。

“……胃癌中期，手术治疗……”石磊从这张县级医院的催缴款通知上，改变了对郝佳玲是骗子的认定。更让他莫名其妙的是，刹那间浮现在他眼前的，竟然是父亲骨瘦如柴、奄奄一息的病容。

说实话，石磊读书成绩一直不错，全家对他充满了希望。如果父亲没在他高一时患上癌症，他就不会辍学打工。若当初家里凑得起手术费，父亲也不会眼睁睁等阎王爷来勾命……

石磊晓得虽然死于肺癌的父亲，和失主的老公患得不是同一种病，可若是没钱动手术，胃癌和肺癌又有什么区别！还不都是等死的命！一张医院催缴单，让石磊触景生情，动了恻隐之心。

“娃，钱、交钱，只有交钱做手术，你爸、你爸才有命啊！”“三千元是救命钱，凑不齐钱就动不了手术……”突然间，母亲无奈、绝望的哭喊，夹杂着郝佳玲带着哭腔的声音，轮番在石磊耳边炸响。石磊环顾四周，咬咬牙打开了自己那只放着所有家底的藤筐。

不知是郝佳玲上门索钱时隔墙有耳，还是石磊去邮局给医院的账号上汇款时落了旁人的眼？次日，石磊一到洗车店就感觉到了同事异样的目光。他不知道工友们窃窃私语些什么，忙上前询问。

“出了什么事？哼，你自己做的事会不知道？……”谁知伙伴们对石磊视而不见，一哄而散。而舅舅周老板不等他说完，便没好气地让他自己去电脑上寻找答案。

石磊那敢耽搁，转身直奔小屋。“截留现金还钱包，一声叹息……”“公子哥寻开心，打工妹哭断肠……”石磊打开电脑傻了眼，不论是“百度”、“谷歌”、还是“有道”，自己的捡包还包事件都成了热门新闻。当然不管是在论坛上仗义执言，还是在微博上惩恶扬善，寄还空包截留现金之人，成了众口之矢。好事者还对他进行了“人肉搜索”。

可不知是“人肉搜索”出了纰漏，还是跟帖的张冠李戴，网络新闻中的舅舅周盼发，不仅经营着好几家连锁店还成了他的父亲。上传到网络上的晶晶亮洗车店的照片下，还有图有真相地配上了注解，说姓石的捡钱包少年，是周老板的私生子，而这家洗车店就是富老板送给儿子开着玩的礼物。

石磊做梦也没想到，自己竟会一夜间成了“富二代”。更让他瞠目结舌的是，跟帖中说他截留的三千元现金，只是有钱的公子哥儿消遣而已……石磊傻了，呆了。

三、吐真相引火烧身

石磊懵了还一会，扔下鼠标，跌跌撞撞扑进了洗车店。他正欲向舅舅诉说满腹的冤屈，谁知不待他开口，周老板抬手就是一巴掌：“你这个祸害，生意全让你搅了！你还有脸进店门？俺没福气当你舅，滚，你滚！”石磊做梦也没想到，看着自己长大的亲舅舅会打他。百口难辩，伤心至极。

石磊从工友诉说中得知，网上披露了他截留现金之事，让晶晶亮洗车店“名声大振”。不管是“奥迪”“宝马”还是“标致”“丰田”，车主们异口同声表示车里总有值钱之物，既然晶晶亮洗车店没诚信，不如远而避之，免得遭了洗车工的“三只手”。周老板眼睁睁瞧着熟悉的车辆过门不入，自然对惹事生非的外甥恨得牙痒痒。

得知变故，石磊犹如跌进了冰窖，从额头冷到了脚趾头。他这才知道，网络让他变成的“富二代”已激起了人们极大的鄙视和愤慨，而带给舅舅和晶晶亮洗车店的，无疑是砸了赖以生存的“饭碗”！

“……是我惹的祸，是我对不起舅舅，对不起大家。可我、我真的没……”只听得“卟嗵”一声，急火攻心的石磊，一跟头栽到了地上。

老板周盼发虽然恼怒之下，打了石磊一巴掌，但毕竟是打断骨头连着筋的甥舅俩。这会儿见石磊晕厥在地，不禁慌了手脚。扑上去灌凉水、掐人中，直至外甥睁开眼睛，提到嗓子眼里的心才归位。

傍晚时分，郝佳玲再次跨进了石磊租住的小屋。“……幸亏你及时把钱打进了医院的账号，我丈夫可以动手术了。我知道你只是一时，不、不不，你是个好人……”郝佳玲斟词酌句，连连道谢。

石磊闻声抬头，见又是郝佳玲上门，心里的懊丧、怨恨再也压抑不住了：“好人？好人有啥做头！如今晶晶亮洗车店的店门、招牌全挂在了网上。信誉丢了，生意跑了、饭碗砸了！洗车的工友防贼一样防我，连亲舅舅也疏远我、恨我。落到今日的地步，就是你那只该死的钱包害得！你以为说几句好听话，就能给我挽还影响，就能弥补我……”石磊歇斯底里的发泄，让郝佳玲不知所措，悻悻而归。

次日，《春江晨报》的官方网站上，一封情真意切的感谢信，成了热门新闻。人们这才知道，石磊是个被“富二代”了的打工仔。他真的是蒙了冤、受了屈，因为失主郝佳玲终于想起来了，那天她给丈夫寻找替换衣裤时，顺手把三千元钱夹在了衣物中。就是说丢了的钱包里压根就没有现金。由于丈夫病势沉重，郝佳玲日夜陪护累得头昏脑涨，完全忘却了此事。收到石磊寄还给她的钱包，竟误为钱和存单同在钱包里的。

网络的力量真是强大，郝佳玲的这封感谢信，在网上露面不到三个钟头，转发的、跟帖评论的，已在大小网站遍地开花。最早披露真相的《春江晨报》的官方网站，点击量更是排山倒海。网友们在赞美石磊拾金不昧的同时，对他及晶晶亮洗车店因此蒙受的委屈与损失，愤愤不平。甚至把受冤屈的石磊，比作南京做好事遭诬陷的“彭宇案”。

四、三千元见证人心

《春江晨报》的官方网站点击量空前的同时，实体报纸的报道也成了市民关注的焦点。《春江晨报》的凌主编，见报纸三日的发行量，竟超过了前半个月，嘿嘿直乐。更让他没想到的是，除了官方网站上的火爆，报社设置的热线电话也是此起彼伏。打进电话的读者，对石磊做好事惹麻烦的遭遇，无不感同身受，仗义执言。

凌主编沉思片刻，决定在《春江晨报》上搞个追踪报道。半小时后，凌主编将找当事人石磊、独家采访的任务交给了极具亲和力的女记者田甜。

正午时分，田甜急匆匆跨进了石磊的住处。得知田甜来自报社，石磊不待其开口便连连后退。田甜是科班出身的新闻记者，拒绝采访的当事人见得多了，对如何消除双方隔阂，让被访者配合自己，完成主编交代的采访任务，驾轻就熟，胸有成竹。

田甜和颜悦色地劝解、开导，终于打消了石磊对媒体的噤若寒蝉，向记者姐姐坦承了捡包还包，以及和失主冲突的所有细节。

“什么，失主郝佳玲再次登门，是你汇款后的第四天？你、你把三千元通过邮政银行……”闻言，田甜猛然间打了个咯噔。看来网络上对失主的评介，实在是有失公允。虽然石磊最终用把钱打进医院账户之举，归还了三千元，但他毕竟真的截流过现金，就是说失主并没冤枉他！

“记者姐姐，我捡到的钱包里真的没有现金。我，不、不不，是你，请你相信我啊！……”石磊见田甜面露愠色，急得语无伦次。

田甜对石磊的辩解实在不置可否。既然信誓旦旦表白没捡到钱，那为何要给郝佳玲丈夫住院的那家医院汇款，而汇出的三千元钱又是从何而来？田记者决定要弄个水落石出。石磊在田甜反复询问下，缓缓道出了事情的来龙去脉。

“什么，汇到医院账户上的三千元是你自己的钱？你……”石磊的叙说听得田甜瞠目结舌。得知是失主郝佳玲，遗落在石磊住处的医院催缴通知，和她丈夫的癌症诊断，让父亲同样死于癌症的少年触景生情，同病相怜。为了让郝佳玲的丈夫开刀救命，石磊才不惜将自己积蓄的三千元汇进医院后，田甜百感交集，怔在了那里。

“你放心，我一定会在追踪报道中披露真相，也一定不让你的三千元钱打水漂……”石磊的善良、好心带给田甜的震撼，实在是始料未及。

五、褒善贬恶人心是秤

次日，《春江晨报》的官方网站，和实体报纸的本地新闻上，同时开登了一篇《三千元见证人心》的报道。田甜不愧是报社的第一支笔，整篇报道条理清晰，言辞犀利，还配上了几张简陋的小屋，缺了一只角的小方桌，歪歪斜斜的木板床的照片。

说实话，石磊简陋、困苦的生存状态，与他一掷千金的举动成了强烈的反差，更让人们对他的善良、好心肃然起敬。当然，不管是在网络上还是报纸上，读过这篇报道的人，在对拾金不昧又倒贴钞票的打工者由衷赞美，自愧不如的同时，对那个马大哈失主自然是谴责不已。

眨眼间，网络上《三千元见证人心》的报道下，转载、跟帖、评论的帖子翻了十几页。不过，新一轮的评论焦点，放在了失主郝佳玲，既然在衣服中找到了遗忘的三千元钱，为何只字不提归还石磊上。有些言辞激烈的网友，干脆把郝佳玲比作被农夫救活得“毒蛇”。而那些慈眉善目的退休大妈，看了《春江晨报》上得报道，三五成群地给报社打电话、发短信，痛骂失主是不知好歹的贪婪小人，强烈要求报社把追踪调查做深做透，并要为石磊讨还“喂蛇”的三千元。

其实，石磊对是否一定要让郝佳玲还钱的念头，倒不是很强烈。虽然三千元钱是他从牙缝里省下来的，可当初给郝佳玲丈夫汇款做手术费时，他就压根儿没想过要对方偿还。石磊最伤心的是好心寄回钱包，反被诬陷、敲诈，最迫切的愿望就是还他清白。

此刻，把他一夜变成“富二代”的网络，不仅给他恢复了本来身份，又给他揭去了“截流现金”的罪名，而因他“蒙羞”的晶晶亮洗车店，也在他“沉冤昭雪”的同时，恢复了以往的信誉和客源。劫后重生的石磊，庆幸不已。抱着舅舅哭了笑笑了哭，哪还顾得上去考虑三千元钱的归属。

“先生，您要找石磊？我，我就是……”这几日，晶晶亮洗车店生意终于恢复了正常，但石磊在是非的旋涡里转了几个沉浮，刚刚平静下来，听得素昧平生的奥迪车主，一进门就指名要寻访自己，不由得条件反射般地紧张了起来。

显然，石磊唯唯诺诺的神态，让来访者心里很不是滋味。忙迎上前解释，贸然登门并无恶意，只是在网络上得知了石磊做好事反被诬陷的事，很是愤懑和同情，故而，特来探望石磊并送来二箱饮料，也算是表示自己的立场与抚慰。

石磊没想到田记者《三千元见证人心》的报道，不仅洗清了自己的冤枉，还让他第一次感受到了来自城里陌生人的温暖。不过，对奥迪车主带来的饮料，他是实在不好意思接受的。

“石磊，快，跟我去报社一趟。哦，刚接到凌主编电话，你捡钱包之事……”正在石磊与奥迪车主为二箱饮料，婉拒、推搡之时，田甜气喘吁吁地奔了进来。

石磊对田甜充满了信任和感激，但从她言语中得知，对失主郝佳玲的“毒蛇”定性，似乎有待商讨，刹那间，再次深陷旋涡的恐慌袭上了心头。

“嗨，小兄弟，既然报社找你，无非就是澄清……”见石磊张口结舌，杵在那里；送饮料的奥迪车主，若有所思地走上前，劝石磊赶紧跟记者同志走一趟。

六、柳暗花明完璧归赵

半小时后，石磊尾随田记者跨进了《春江晨报》的大楼。石磊从没进过报社，免不了新奇、欣喜，正欲四处打量，田甜接到了凌主编的催促电话，忙不迭把石磊领进了主编办公室。

“哦，你就是石磊？好，两个当事人都到了……”凌主编热情地迎了上去。不知咋的，石磊与灰头土脸的郝佳玲打了个照面，心里便猛地打了个激灵。他不知道这个无端把自己推进是非漩涡，又用一封发布在网络上的“感谢信”，帮他验名正身的失主，怎么也会在这里，又要玩什么花招？更不知道等待自己的，又将会是这样的变故。

也许是石磊忐忑的神情，让郝佳玲于心不忍。她毅然上前致歉道谢，并再三说明最早在网络上提及石磊捡包还包、截留现金的信息，不是她发布的，就连打工仔被“富二代”，她也是事后才听说的。

原来，郝佳玲上门索款未成，便连夜赶回老家县城医院了。只是她没能凑够手术费用，老公的胃癌动不了手术，救夫心切的郝佳玲，只有再向同事、朋友求助。在打电话借钱时，吐露了遗失三千元救命钱的事。老乡小云出于义愤和好心，立马把她收到钱包不见现金的事发到了微博上。

不过，小云也没料到随手发的微博，不仅成了“星星之火”，顷刻在网上“燎原”，还会有网友连夜寻根探源，找到晶晶亮洗车店，将其拍摄成像挂到了网上……郝佳玲语无伦次的叙述，听得石磊如坠雾里，似懂非懂。倒是一傍的田甜，从郝佳玲的语言中，判断她是在医院收到汇款，让丈夫顺利做了手术后，才返回省城的。也就是说，郝佳玲第二次找石磊时，还不知道捡包的小兄弟，已成了网络上的”红人”……

“嗨，捡钱包的是好人，丢钱包的也是好人。来，你们看看这是什么？……”凌主编环顾两人，满脸赞许。从抽屉里掏出个塑料袋，笑嘻嘻递了过去。石磊与郝佳玲不知何物，面面相觑。

郝佳玲下意识打开塑料袋，只一瞥便傻了眼。里面是只鼓鼓囊囊的信封。郝佳玲认得这是建设银行的专用袋，禁不住心跳如鼓。

田甜刚从外面回来，显然也不知底细，见郝佳玲捧着信封发怔，忙好奇地接了过来。她怎么也没想到，装在这只皱巴巴的信封里的，竟然是一叠人民币。更奇的是钞票下还夹着张对折的纸。田甜顾不上探讨金额多少，拿起纸条一目数行。凌主编见状，诡秘地一笑，让田甜将纸条交给当事人。

“……三千元让石磊蒙冤受屈；三千元让郝阿姨受人非议，是我，都是我作的孽。我、我不能再沉默了……因为穷，我才进城当保姆，我真的需要钱……钱包是我扔在小巷里的，里面的现金也是我拿的。我是在东家夫妇的闲聊中，得知了石磊哥哥和郝阿姨的景况。是我的贪念害苦了他们……请报社把三千元钱还给郝阿姨。我、我实在无颜与她们相见……”读完这封署名小保姆的短信，郝佳玲瞠目结舌。

七、惩恶扬善岂能人云我云

郝佳玲愣了好一会，才回过神来：“小兄弟，对不起，真的对不起。我一直以为你交医院的钱，就是截留我的三千元。是我错怪你了，你是好人、我不该……”望着悄然现身的失款，郝佳玲喜极而泣，拽住石磊的手，愧疚不已。

“什么，三千元？你说这叠钱就是你丢的？……”石磊瞟一眼田甜手里的钞票，恍然大悟。原来自己捡的钱包里真的有三千元现金；原来郝佳玲上门索款并非“敲诈”。石磊徒然明白了，郝佳玲写给报社的感谢信是假的，是为了给他解围。

石磊知道就算自己给医院汇了款，但在今天前，郝佳玲的意识中，这三千元仍然是她丢的钱啊！“……为了帮我，你谎称自己把三千元遗忘在了衣物里。为了帮我，你甘愿被人指责、辱骂。好人，你才是真真的好人啊！”石磊思前想后，五味杂陈。

凌主编见当事双方误会尽消，很是欣慰。决定以三千元失而复得为引子，继续把追踪报道做下去，让更多的读者参与《春江晨报》的互动。

闻言，田甜立马打开了手提电脑。可不知咋的，素来下笔如神的大记者，没动手码她的追踪报道，只飞快地点击着手中的鼠标。见她满脸诧异，众人满腹疑窦。田甜来不及细说，招手把石磊和郝佳玲唤到了身边。

“……善恶难辨，三千元又起变故……”两个当事人抬头一看，只见《春江晨报》的官方网站上，又有了新的信息。这篇新发的博文上，虽然没把石磊重新变成“富二代”，但信誓旦旦地表示，自己在晶晶亮洗车店，亲眼目睹捡钱包的少年，又被记者“请”去调查、核实了。而早已过了40楼的跟帖评论中，对郝佳玲不再是一边倒的指责……石磊本就心有余悸，这会儿见自己是否截留现金之事，重又摆在了“风口浪尖”上，急得快要哭出声来。郝佳玲感同身受，又无能为力，只得把求助的目光锁定了田记者和凌主编。

次日，田甜连夜赶写的《惩恶扬善岂能人云我云》的文章，在《春江晨报》的官方网站，和实体报纸上同时刊登。追踪报道中严谨的访谈，煽情的文字，和配发的那组，装在信封里的三千元钱、小保姆皱巴巴的字条、以及捡钱者和丢钱者在报社的合影，终于还原了事情的真相。而凌主编设想的“世上到底好人多还是坏人多”和“网络时代的惩恶扬善”的议题，又在网上开始了新一轮的互动。

眨眼又有二月余，《春江晨报》官方网站上的点击量，再次居高不下。据说，田甜请示了有关部门，在网络和报纸上同时开启了求助账号，为郝佳玲癌症丈夫募集后期治疗费用。

当然，在给求助账号捐款的好心人中，除了对在网络上该如何惩恶扬善，众说纷纭，各抒己见外，那句“网络虽是冷的，网络前坐的人是热的。这捡钱丢钱的都是好人，能帮就帮一把”的话，更是说者凝重，闻者感叹！

打工妹与金项链

白菊在汉江市打工已有三载。虽然来自深山，又没什么文化，但她聪明好学，手脚麻利。在虹影印刷公司干收发工作，倒也得心应手。这里收入虽然不高，但工资从未有拖欠、克扣，白菊十分满足。前不久，她还把老家的妹妹也接到了城里。白菊没有什么奢望，只求能挣辛苦钱，能吃安心饭，和妹妹平平静静地过日子。

但树欲静而风不止，国庆长假后刚上班，白菊就被保卫科长胡磊叫进了办公室。“您，您找我？有……有什么事？”白菊不知道自己做错了什么，使保卫科长找她。“噢，我倒没什么事，是她，是她有事找你问问。”白菊只才发现，刚在国庆节当上新娘的文秘肖雯也在屋里。肖雯苦涩地一笑，双眼红肿，脸上似乎还有泪痕。胡磊示意白菊坐下后，喝口茶清了清嗓子，缓缓地叙说了找她的理由。

肖雯本打算“春节”结婚，但在外企工作的男友要去海外总部工作两年，男友林羌提议干脆走前把婚事办了，肖雯点头同意。但因新房装修尚未完工，只有将旧宿舍暂作新房。婚宴后姐妹们、同事间纷纷登门道贺，十分热闹。谁知次日肖雯却发现，那条价值七千多元的金项链已不翼而飞。小夫妻大惊失色，忙向保卫科报了案。

保卫科长胡磊工作热情，办事认真。今日得悉在自己的眼皮底下发生了盗劫，十分震惊。“我清楚记得，那条金项链就放在桌子上的，可今天早晨起来就再也找不到了。胡科长请您一定得帮我找回来，这是我的定情之物，我……”肖雯潸然泪下。七千元不是个小数，更主要的是新郎林羌五天后，就要奔赴海外工作，胡磊感到了无形的压力。他决心要在林羌出国前找回金项链。胡磊仔细询问所有来宾的离开时间，反复推敲，逐一排查。然而煞费苦心，一无所获。

“肖雯，你再仔细想想，除了同事还有谁进过你的房间?”当局者迷，旁观者清。在胡磊的再三启发下，肖雯猛然想起，有个叫小琴的小女孩不仅进过房间，还摸过金项链。于是，胡磊就把怀疑的重点放在了小女孩身上。

得知小女孩是打工妹白菊的妹妹后，胡磊破案心切，决定尽快找白菊好好谈谈。白菊弄清楚胡磊找她的原因，惊愕万分。她怒冲冲向幼儿园奔去，要找妹妹问个明白。胡磊见她情绪激动，怕她一怒之下，吓坏了孩子，忙把她挡在了身后。

“哇，小妹妹今天这身花衣服真漂亮。”胡磊弯下腰笑眯眯地逗小女孩。“不，新娘子阿姨的金项链才漂亮呢!”小琴顽皮地一笑，亮亮的童眸里满是羡慕。

胡磊见小琴开口就扯上金项链，猛然一怔，计上心来：“噢，小琴真是个爱漂亮的小姑娘，一定也很想有根这样的金项链咯?”不等他说完，小琴喜滋滋地回答：“我已经有了，我有金项链了。”站立在旁的白菊，脸色急变，恨很把小琴拉到了身边：“胡说！你……你哪来的金项链？你……”面对白菊的责骂，小琴怯生生地争辩：“我没说谎，我真的有金项链。等姐姐生日那天就挂出来，别人的姐姐都有。叔叔您要是不信，我就回家拿给您看。”原来如此，怪不得白菊几番拦阻，不让小琴说出来，胡磊什么都明白了。

一行数人登上开往郊区的公交车，来到了白菊租住的简易房。眼前贫困，简陋的生活状态，让胡磊心里很不好受。她同情白菊，可最穷也不能让孩子去偷劫，这会影响孩子的身心，会毁了孩子的一生啊！胡磊恼怒地瞪了白菊一眼，等待水落石出的一刻。

天真的小琴丝毫不知道自己的举动，会带来什么样的后果。她跳跃着打开了一只盛满杂物的纸箱，在旧积木、破玩具中，掏出了个用花手帕裹着的小包。说：“叔叔您看，我没骗您吧!”。胡磊瞥一眼白菊，接过来缓缓打开。顿时，一条造型别致，金光闪烁的金项链，呈现在众人的眼前。肖雯一看和自己丢失的项链一模一样，高兴地跳了起来：“小琴，你……你，我……”刹那间，白菊脸色惨白，语无伦次。胡磊与肖雯对视一眼，扬长而去。

俗话说：好事不出门，坏事传千里。次日，打工妹白菊教唆妹妹偷劫金项链的丑闻传遍了汉江市。到处都是鄙视的目光，无情的嘲笑。原本那些熟悉的工友，也避瘟神似地，把白菊拒于千里之外。白菊傻了，呆了。白菊无颜上班，无颜见人。她不知道家里怎么会有这根金项链，她真的没让妹妹去偷，她真的什么也不知道。白菊精神恍惚地奔回家去。

“姐姐，那根项链……”小琴毕竟年幼，无法察觉白菊反常的神情。一见姐姐便亲热地扑了过去。“项链，项链！你把我害苦了，我不该把你带在身边。你走，你走！”白菊再也控制住自己，她歇斯底里的把小琴推出门外，伏在桌上号啕大哭。

夜深人静，一声沉闷的雷声，把哭累昏睡的白菊惊醒。她猛然想起妹妹还在门外。忙冲出去把浑身湿透的小琴拽了进来。小琴受此惊吓，又遭雨淋，当晚就发起了高烧。她靠在白菊身上，喃喃自语：“姐姐您不要我了吗？我再也不敢了，这项链……”白菊望着小琴烧得通红的小脸，一股无以名状的自责，愧疚涌上心头。

好容易熬到天明，白菊急匆匆把小琴送进了医院。经急诊诊断，小琴原本身体虚弱，高烧已经引发了急性肺炎。白菊心急如焚，忧虑万分。

其实，小琴只是白菊乡邻桂婶的女儿。自从四年前桂婶夫妇，双双丧身车祸后，白菊就担起了养育照顾小琴的责任。为此相恋多年的男友弃她而去，白菊毫不后悔，与小琴相依为命。为了维持生计，也为了小琴能像城里的孩子一样受教育，白菊又把她接到身边，含辛茹苦地供她上学。在她的心里，早就把小琴当成了自己的亲妹妹。此刻，守在病势沉重的小琴身边，白菊泪如雨下。她觉得对不起桂婶的临终托付，也对不起小琴。虽然她不该拿那条项链，可她毕竟还只是个孩子！一切的磨难都应该由自己来承担。

突然，胡磊气冲冲闯进了病房：“哼，看不出表面蛮老实，竟教唆妹妹弄根假项链来蒙骗我。还是识相点把真的交出来吧。”受了愚弄后的胡磊，连原先对白菊的那丝怜悯，也荡然无存了。闻言，白菊目瞪口呆。她真的不知道小琴交出去的是根假的，更不知道妹妹把真项链藏在哪里？

面对昏昏沉沉的小琴，白菊本能地挡住了胡磊：“胡科长，金项链我赔，我打工赚钱赔，我卖血也会赔。我妹妹病得厉害，求您别惊动她。”正在这难解难分之时，肖雯气喘吁吁地奔了进来：“胡科长，金、金项链找到了。我、我的金项链找到了！”她小心翼翼地，从怀里掏出根金光闪闪的项链。胡磊愣住了。他想不明白苦苦寻找的金项链，咋会轻易出现在眼前。

其实，最早发现项链是假的，还是新郎林羌。这根金项链是林羌母亲的遗物，他精心保管了多年，最熟悉不过了。这次林羌整理行装时，无意间看到了这根项链，一瞥之下，就觉得有异，忙叫来了肖雯。粗心的肖雯这才发现，这条找回来的项链，虽然款式、光泽与原来那根相似，但重量轻了许多。于是，两口子，再次找到了保卫科。虽然胡磊答应一定会把真的给她们找还来，但肖雯仍是忧心忡忡，伤心不已。

当晚，肖雯彻夜难眠。子夜时分，窗外传来了一阵悉悉嗦嗦的响声，肖雯忙推醒老公起床查看。倏然间，从杂物中窜出只硕大的老鼠，小夫妻抄起家伙展开了人鼠战役。半小时后，肖雯夫妇俩在杂物中，发现了粘着半张糖纸的金项链。

得知真相，胡磊呆若木鸡。“小琴，我的好妹妹，你没偷！金项链找到了，真的找到了！”白菊冲动地把小琴搂在怀里，“这条金项链，是我在老奶奶的小摊上买的，送给姐姐做生日礼物。我错了，我不该不吃早点，我不敢了，再也不敢了。姐姐别……”虚弱的小琴吃力地睁开眼，迷迷糊糊地说。“不，小琴你没错……没错，是姐姐错了，姐姐不该……”白菊百感交集，哽咽难言。

金项链终于物归原主。在林羌出国前了结了此事，胡磊十分欣慰。也许是为了弥补对白菊姐妹的歉意，第二天，胡磊和肖雯特去医院探望小琴。他们捎去了水果、点心，外加 200 元现金。“不，我不需要。你们带回去吧。”白菊冷冷地瞥了他们一眼，拒不接受。

胡磊、肖雯面面相觑，他们怎么也不没想到，白菊会不愿意接受。“不需要？你出来打工不就是为了钱？那你需要什么?!”胡磊碰了个钉子，怒从心起，不由得又打起了官腔。

“我要尊严！我要人格！我……我要你们赔礼道歉！”逆来顺受的白菊，心疼地搂着小琴一字一顿。胡磊觉得白菊实在不可理喻，他实在想不通一个打工妹，为了这点小事会胡搅蛮缠，不肯罢休。他恨恨地瞪了白菊一眼，扬长而去。

半月后，身心憔悴的白菊，楼着妹妹小琴，走进了汉江市第一律师事务所，请求法律援助。她要用法律为自己、为小琴，为所有不该蒙受伤害的打工妹讨回公道！

带个残疾人回家

东柳村的柳叶眉，和外出打工的丈夫失去联系已三月有余。丈夫石强老实本分，不嗜烟酒，不摸麻将不玩牌。但尽管如此，由于他脸皮薄、重义气，常常为老乡、工友倾囊解难。故而，他每月捎回家的钱不比同伴多。柳叶眉也是个刀子嘴豆腐心，见老公如此，少不了责怪几句，但也不和老公较真。吵归吵，夫妻俩一个月总要通次电话，互报平安。突然间断了丈夫的音信，让柳叶眉坐立不安，食不甘味。

丈夫的最后信息，还是邻村的工友阿虎捎来的。记得阿虎说石强被老板看中，跟着老板去外地出差了，多则两个月少则二十来天，就会和她联系。可眨眼已有三个月，丈夫音信全无。难道丈夫在城里待久了，忘了她这个乡下的黄脸婆？听说城里的女人穿的裤子露肚脐，衣领低得见乳房，哎呀不好，那日捎信的阿虎，分明是支支吾吾，欲语又止。柳叶眉左思右想，疑惑重重，她实在按捺不住，决定明日去城里找丈夫探个究竟。

还未等她动身，住在小叔家的公婆把她叫了过去，说昨晚石强打电话回来了。柳叶眉赶到小叔子家，还没询问丈夫的电话内容，公婆便抱怨起来。从公婆的唠叨中得知，丈夫准备回家，可和他同行的有个从脚手架上摔下来，瞎了右眼，断了左腿的残疾工友，石家本不富裕，添人进口不是件小事，况且还是个残疾人……

知夫莫如妻。听了公婆的叙说，柳叶眉知道老公好义气、脸皮簿的老毛病又犯了。她微微一笑，答应公婆等约定时间石强再打电话来，她一定会好好劝说丈夫放弃这个念头。果然，傍晚时分，石强又打电话过来，并指明要妻子接听。

“……他瞎了一只眼，又掉了一条腿，生活怎么办？我、我要带他回来……”不出所料，石强征求父母意见碰了钉子，但他仍不肯放弃，一和妻子通话，便又老话重提。柳叶眉知道老公的弱点是顾家，疼孩子，于是采取迂回战术，先和老公站在同一阵线，对那个不幸的工友表示同情。说实话，柳叶眉也是个善良的女人，她甚至建议从家里不多的积蓄中，拿出一部分来援助那个工友，可是对老公要带他回家的计划，是一口回绝毫无通融。

“别傻了，你一时冲动带他回家，可你知道后果吗？孩子要上学正是花钱的时候……”柳叶眉深入浅出地分析了带残疾工友回家的种种不便和后果。她耐心地告诉老公，援助是一时的，可带回家就会请神容易送神难，天长日久，一个生活也不能自理的残疾人，会把家拖垮的，孩子以后怎么办……一说起会影响儿子，石强果然不再坚持。

石强叹了口气，答应周末回家。可不知咋得，两个周末过去了，石强仍未回家，柳叶眉和公婆商量一起去城里看看。正欲出门一辆面包车戛然而止，“快，快上车，石强出事了！他、他跳楼自杀了！”闻讯，柳叶眉如晴天霹雳，傻了，呆了。她晕晕乎乎地被人扶上车，拉到了殡仪馆。

“你说好要回家的，你上有老下有小为什么要这样做，为什么要抛下我们，你说、你说啊！……”柳叶眉疯了似的摇晃着老公的尸体。盖在石强身上的白被单滑了下来，躺在那里的石强右眼微睁，可左眼不知咋的深深地陷了进去，右边的裤腿膝盖下分明空着……

“哎呀，儿子你是怎么了，你的腿……我的儿啊，你怎么这么傻啊……”柳叶眉的公婆看到儿子尸体，恍然大悟，跺脚捶胸，号啕大哭。

柳叶眉双眼发直，不言不语愣了好一会，突然抽手狠狠地打了自己一巴掌：“傻，傻！”不知是用力太猛，还是伤心过度，只见她闷哼一声，扑倒在老公石强的身上。

会变魔术的红包

这日半夜，在农贸市场摆菜摊的孙盼富突然下腹剧痛，好不容易熬到天亮，急匆匆去社区医院挂了急诊。但不知咋的，挂了三天盐水腹痛没有好转，反而呕吐不止。无奈，老婆桂花只得把他送进了市一医院。

看来市级医院确实比社区医院高明，没半天时间就确诊他是患了“胆石症”，急需住院手术。孙老汉素来一个铜板恨不得掰成两个用，可此时痛得呼爹唤娘，只得任由老婆给他办理了住院手续。

孙盼富在民工子弟学校上初中的儿子孙小强，得知父亲住院跌跌撞撞赶来探望。桂花悄悄把儿子拉到一边：“你爸明天就要开膛剖肚，你把这个……”挂花从内衣口袋里掏出个红纸包，让儿子去找专家门诊室的钱医生。再三交代，一定、一定要让钱医生收下，因为明天就是他动的刀。孙小强望望病床上面色蜡黄的父亲，接过母亲手里的红纸包转身离去。

次日午后，孙盼富准时进了手术室。不亏是主任医生，手术十分顺利。提心吊胆的桂花，直至丈夫平平安安推回病房，悬在心里的石头才落地。

孙盼富虽然挨了一刀，但他素来强壮，术后三天就嚷嚷肚子饿，跟老婆桂花要吃要喝。桂花见老公恢复不错暗暗庆幸，只待他早早拆了线好回家调养，毕竟这医院多住一天就要多花一天的钱。

也算是乐极生悲，当晚孙盼富开始发热。次日，值班医生查房时，采取了相应措施，只奈无济于事。桂花本是个大字不识一箩的农妇，面对直着嗓子喊肚子痛的老公，只会哀哀哭泣。

桂花的哭声，引来了病友的关注。隔壁床的胡大伯，环顾四周，悄悄把桂花拽到一边，小声询问开刀前有没有“意思、意思”。还说他远房侄子的丈母娘的表外甥得的也是“胆石症”，因为开刀前舍不得“出血”，结果也是发热、腹痛，后来到省城的医院做了CT检查，才晓得一把手术用的钳子在他的肚子里安营扎寨了……胡大伯绘声绘色的叙说，听得桂花心惊肉跳。

正午时分，儿子孙小强拎着几包食品，兴冲冲跨进病房。见不满十四岁的儿子，就能如此关爱父母，桂花十分欣慰。

不等母亲盘问这笔额外开支，孙小强已转身探视父亲："咦？我爸，我爸他怎么了？妈，我走的时候还好好的呀！……"提起丈夫，桂花悲从中来。忙把孙盼富这一天一夜的病情变化，及胡大伯所言一五一十地告诉了儿子。

孙小强听了母亲的话，如雷击顶，脸色聚变。桂花从儿子突变的神情中，似乎觉得另有隐情。急急追问儿子，父亲开刀前让他去送的那个300元的红包，到底送到了没有？钱医生收下时又说了些什么？

"红包我那天就给他了。钱医生一句话也没说就放进白大褂口袋里了。可我、可我没……"孙小强瞟一眼母亲，支支吾吾地承认自己对红包动了手脚。桂花得知儿子偷梁换柱把红包里的钞票变成了欠条，顿时呆若木鸡。

那日，孙小强目睹母亲就着凉水啃硬馒头很是不忍。何况，父亲的后续治疗也还得交钱，于是，小强躲进医院的洗手间，取出了红纸包里的钞票，并草草写了张借条。言明，一家靠卖菜维生，经济拮据，实在拿不出钱来"意思"，应交的辛苦费只能暂欠。白纸黑字，决不赖账。再三保证，等父亲病愈出院，自己便弃学打工，到时请钱医生凭欠条取钱，决不食言。小强端端正正写上租住房地址，签上了自己的大名。想想反正是纸上谈兵又不是付现金，重又打开红包，在300元欠款数字后，大方地再添了个零。

"你，你干得好事！你以为是在孝顺你爸，你、你这是要了你爸的老命啊！……"得知真相，桂花是欲哭无泪。从没打过儿子的桂花，情急之下甩手就给了儿子一巴掌。孙小强捂着脸，怔怔地望着母亲，一言不发，转身就走。桂花懊悔不已，心疼地追了上去。

桂花母子的争执，惊扰了午休的人们，钱医生忙上前劝阻。其实，钱医生对孙盼富的病变并不知情。给孙盼富做完手术的当天，他便休假去省城探望妻儿了，直至今日刚刚返回，本打算明天再去上班，这会在母子俩的哭诉中，得知自己的手术病人状况有变，哪敢耽误。

钱医生随桂花母子奔进住院部，抽出孙盼富的病历记录翻阅一遍，又打开沈盼富的绷带检查了伤口，立马将病人转入了重症监护室。钱医生忙完手头事项，若有所思地把桂花叫到跟前，表示定会竭力救治病人，告诫她不可哭哭啼啼、胡言乱语，影响病人情绪，干扰医务人员正常工作。

桂花虽然没文化，但她并不傻。听钱医生的话说到在这份上，自然明白其对收红包之事有所顾忌。自己老公的命还捏在医生手里，就是借她十个胆，也不敢多言半句。

孙盼富转入重症监护室的次日，有所回落的体温再创新高。桂花按捺不住，悄悄找值班医生询问。得悉，由于老公的病情毫无起色，院方曾打算让他转上级医院，但遭到了钱医生的强烈反对，因他是外科室主任，又是孙盼富的主刀医生，自然得尊重他的意见。“哦，你着急也没用，要相信钱主任，相信科学……”值班医生十分体谅桂花的心情，好言劝慰。

望着身上插满管子的丈夫，桂花泪如雨下。她在心里把偷梁换柱的儿子骂了无数遍，也把目睹病人饱受病痛的折磨而硬不让他转院的钱医生恨得牙痒痒。她没办法减轻丈夫的丝毫痛苦，只有用最原始、最虔诚的方法，企盼丈夫能死里逃生。

十五分钟后，桂花从医院小卖部捧回了一盒卫生香。她悄悄来至走廊，环顾四周，用半块馒头当香炉，恭恭敬敬地插上了三炷点燃的香，把自己叫得出名的菩萨请了个遍，还不忘捎带上过路神灵。也许是心诚则灵。天亮时分，护士告诉她孙盼富的体温开始下降。午饭后，孙盼富撤去了抢救仪器，生命体征已渐渐稳定。桂花拥着窃后余生的丈夫，喜极而泣。

桂花断断续续的叙说，让从阴阳界上转了一圈的孙盼富感慨万千。但孙盼富从护士口中得知，把他从鬼门关拉回来的，不是桂花叩拜的各路神灵，真真救他命的还是钱医生。

那日，孙盼富不听医生手术后应进食流汁，注意保暖的医嘱，饱餐后受了风寒，又不慎用手触摸了伤口，引发了“术后感染并发症”，为保险起见院方准备让其转院。钱医生深信所用的大剂量抗生素，一定能控制炎症，只是药效的作用会有个过程。为了病人免遭转院途中的折腾，钱医生甘愿承担风险，提出了暂不转院的建议。

得悉这一切，桂花才知道是自己错怪了钱医生。尤其，钱医生查房下楼时扭伤了脚踝的消息，更让她内疚不已。孙盼富也是个憨厚、耿直，知恩图报之人。他沉思片刻把妻儿叫到床前，反复叮咛不可将主刀医生收红包之事泄露出去，以免对救命的钱医生造成不好影响。至于红包欠条上承诺的欠款，也应当言而有信。

孙小强听了父亲要按欠条补交辛苦费的决定，杵在那里好一会没吱声。他怪自己不该在红包欠条上添加了个零，硬是让300元的欠账变成了3000元。小强粗粗一算，这凭空要多付的2700元，是他家菜摊两个半月的收益，悔得肠子都青了。

孙盼富作了照单全付的决定后，心里反安稳了许多，吃得香，睡得好，自然恢复得也好。

一周后，孙盼富准许出院。“怎么，上午就走？哦，小强你在啊，来，过来，我有东西给你。”循声望去，钱医生扶着扭伤的脚倚在门上，笑眯眯从白大褂的口袋里，掏出个折叠的棱角分明的红包。

“这、这是小孩子不懂事，您别往心里去。俺们已经商量好了……”一见这个包着白条的红包，孙盼富一家面面相觑，尴尬之极。钱医生诡秘地一笑，吃力地挪到孙小强面前，把红包塞进了他衣兜。

孙小强下意识打开红包，里面是一张到期的3000元存单。“不，不不，钱医生您弄错了，这个红包不是我那个，我的红包里是、是张白条……”孙小强面对存单，不知所措，语无伦次。

“这张存折刚到期，本来想给我女儿买台二手钢琴的，可你比她更需要钱……小强你还小，难道，难道你甘愿摆一辈子菜摊……”钱医生原本是想把钱取出来，给小强解决下个学期的费用，但由于脚伤行走不便，只有给他存折让其自己去取了。

“对，不能因病致贫，因贫失学！”护士长带着当班护士涌进病房，把一叠面额不一的钞票，塞进孙小强手里，说是姐妹们得知他要辍学捐的款。并告知孙家，钱医生为了让病人安心，所送红包都是照单全收，但在病人出院时一律原款退回。

桂花夫妇做梦也想不到儿子红包里的白条，竟会变成张到期的存折。傻了，呆了。“好人，好人啊！谢谢，谢谢！”猛然间，孙盼富夫妇拽着儿子跪了下起。

钱医生拦住了下跪的一家：“不，该说感谢的是我们。病人把肚子交给手术刀，就是对医生的信任。谢谢，谢谢你们的信任。其实，医患关系本来就是合作关系，医患间那有矛盾可言？这红包是病人的悲哀，更是、更是这件衣服的耻辱！……”钱医生环顾众人，用力拍拍身上的白大褂，掷地有声！

群主喊你吃饭……

中午时分，钱晓龙汗流浃背地奔进了乐乐网吧。“哎哟，群主你终于露面了……”钱晓龙点开 QQ，只见好友头像色彩斑斓，摇头晃脑。尤其，那个 QQ 群更是闪烁不停，嘀嘀连声。

这个 QQ 群是钱晓龙在读大一时创建的。钱晓龙生性外向，刚从贵州乡下来南方上大学，便建了这个老乡 QQ 群，为的就是在异地他乡有几个伴。钱晓龙这个创始人，幽默风趣，爽朗活跃，顺理成章成了众人拥戴的群主。

钱晓龙原本也是个爱笑爱闹的人，只是毕业离校已半月余，为找工作忙得腰酸背痛腿抽筋，实在没闲工夫泡在群里闹腾。今日来也是想利用网络的快捷、便利搜索些有关就业的信息。钱晓龙简要地叙说了几句自己的近况，转身自己忙乎去了。

谁知这帮“臣民”丝毫没体谅群主的现状，反异口同声地表示为了弥补“笑比哭好”群互动的不足，强烈要求群主组织吃饭，说借此聚餐联络感情，增加 QQ 群的人气，并声明采用 AA 制，若群主非常时期“囊中贫血”众人愿意分摊。话说到这份上钱晓龙已难回绝，更何况他晓得自己的“臣民”并无恶意。

周三傍晚，钱晓龙赶到了聚餐的小乐惠酒楼。见群主露面 QQ 群的网友一哄而上，嘘寒问暖。钱晓龙也当仁不让地寻包厢、点酒菜忙得不亦乐乎。这顿饭吃了足足两个钟头，离席前群友们果然履行了 AA 制。网友“逗你没商量”收集了群友们留下的“份子银”，又笑嘻嘻加上了自己那一份，转身交到了钱晓龙手里。

其实，钱晓龙这段时间虽然为找工作没顾上打工，但库存老本对付一顿饭应该不是难事。目送群友离去，钱晓龙走进柜台结账。

"连酒带菜加饮料一共是980元……喏，这个你收下。"钱晓龙扫一眼菜单，正欲掏出自己那一份，旁边的老板娘已朗声报出了消费额。更让钱晓龙诧异的是，老板娘娴熟地将二张百元大钞塞进了他的衣兜。从其语无伦次的解释下，钱晓龙才知道如今同城QQ群吃饭、K歌、旅游已成了餐饮行业的新客源，为让这肥水流进自家田，笼络带队消费的群主，请群主笑纳回扣便成了潜规则，目的就是想请群主下次能多带几个人来。

揣着兜里凭空多出来的钞票，钱晓龙彻夜难眠。他思前想后终于明白，群友聚餐AA制，人人都是小额顾客自然享受不了优惠，而饭店给群主的"回扣"实际上只能叫"劳务费"毕竟牵头的吃前跑腿，吃后结账，既耽误工夫又多掏电话费……钱晓龙举一反三，心里豁然开朗。

钱晓龙找不到工作，却在QQ群上发现了商机。开了巧的钱晓龙当群主上了瘾，不到半月又新建了"愿者上钩"垂钓群、"走遍山水"旅游群、"美食共享"吃喝群。不论这群那群，不分性别年龄，钱晓龙都是公认的群主。当然参加QQ群的会员最基本的一条必须是同城。

自此，钱晓龙把QQ群视作了自己的"创业饭碗"。周末，带垂钓群去水库"愿者上钩"，晚餐定在鱼鲜馆。周三，安排吃喝群去新开张的得意楼"切磋厨艺"，节假日更是忙得鸡叫出门鬼叫进门。晴日赏桂，雨天观雾，带着旅游群"走遍山水"……

天道酬勤。钱晓龙的辛劳没有白费，吃饭、喝酒、K歌每一次都是"吃不了兜着走"。更让钱晓龙想不到的是，在饭店、酒家混熟后竟会身价徒增。钱晓龙成了餐饮界的香饽饽，笑迎恭送不说，常去的酒吧甚至给他这个群主，开出了高达50%的回扣……钱晓龙欣喜不已，暗暗盘算更是大吃一惊，一月下来钱包里竟然有近7000元的进账。

钱晓龙只听说过"婚托"、"医托"，做梦也没想到自己成了"饭托"。不过，这一个月六七千的进账，超过了普通白领的收入，甚至可以说直逼IT行业的精英。钱晓龙分析了严峻的就业状态，觉得当个职业群主也不错。

谁知事与愿违。正当钱晓龙把同城QQ群，当做自己的事业来经营时，群友的参与热情却明显下降。钱晓龙察言观色了好几天，才得知同城群网下聚会的响应不大的原因，是因为有群友发现了其中"猫腻"，觉得组织者免费游山玩水白吃白喝还有钱赚，而自己成了群主创收的工具，颇有上当受骗之感……

钱晓龙得知真相，细细核算了带队去消费的场所，确实没一样菜肴、酒水的定价比同档次店高后，决定重振“朝纲”。

三天后，钱晓龙在QQ群上发布了二则公告。虽然仍是同城群的周末活动通知，但内容比以往详尽得多。不光有聚餐的时间、地点，还标上了同类店家的菜单价码。当然最注目的还是把几个经常不参与群活动的网友“踢出”QQ群的决定。不晓得是因为有了对照后，确认了群主带去消费的地方没挨“宰”，还是钱晓龙实施的“清理门户”起了作用，这个周末的QQ群聚会来的人最多，玩得也最尽兴。

钱晓龙十分敬业，对QQ群活动的吃、喝、玩、乐，事无巨细亲历亲为。但他毕竟不是变形金刚，在五、六个群里连轴转，终于累进了医院。

钱晓龙怕影响QQ群的运转，挂了四天盐水便溜回了家。钱晓龙屁股还没坐稳便点开了QQ，不料只一瞥便傻了。只见群聊记录上“……反正AA制，谁牵头无所谓，领队的买单结账有……”的对话干脆、利落。

“笑比哭好”群是钱晓龙最早创建的，当初无论遇到了什么烦恼，迷茫，只要在QQ群上冒个泡，群友们安慰、鼓励，出谋划策，以诚相待。可如今……钱晓龙呆呆地望着群聊记录上的对话，伤心至极。不知是人在病中特别脆弱，还是失去了的友情更觉珍贵，钱晓龙突然间对原本无话不谈，互相扶助的QQ群，充满了向往和怀念。他明白是一次次的回扣，离间了他这个群主与群友们的亲密关系。也第一次觉得不是所有的东西都能用钞票来交换的。钱晓龙翻来覆去折腾了一夜，决定另蹊歧径寻“饭碗”。

一月后，钱晓龙精心建立的首家专业餐饮网顺利“挂牌”。他利用群主的有利条件，在自己管辖的QQ群上公示了餐饮网的链接地址。网友们不知失踪多日的群主葫芦里卖的什么药，下意识点开一看，餐饮网上饭店、酒家、咖啡馆、茶楼应有尽有；菜肴、食物、价格、地址、电话等信息无一遗漏。网友们很是惊诧。

如今上班族的中饭大都是叫快餐店的外卖，时间久了总想换换口味。若想寻个吃饭的地方，不是走了冤枉路就是不合口味。有了餐饮网做向导，各地风味、菜肴价码一目了然，还可就近选择省时省力，何乐而不为?!

餐饮网一炮打响，浏览量逐日增加，不到一周，注册会员已近二百余人。钱晓龙始料未及，暗暗庆幸。为了拉近Q友之间的距离，重塑群主的光辉形象，钱晓龙决定趁热打铁，在近期搞一次同城群活动。有了先前的回扣阴影，钱晓龙不得不慎之又慎。

皇天不负有心人。钱晓龙物色店家，沟通、协商，费尽口舌终于达成共识。这日，一则群活动去得意楼聚餐的通知，挂上了“笑比哭好”QQ群的公告栏。除了群主钱晓龙的复出，最抓眼球的还是那个“此次聚餐只需带嘴，无需钱包”的承诺。

网友吃饭AA制，早已习惯成自然。这白吃白喝不要钞票，到底是群主请客，还是秋后算账？不到十分钟，群聊上七嘴八舌，众说纷纭。

周末傍晚，同城群的聚餐在得意楼准时开席。店老板开啤酒，端饮料忙得不亦乐乎。“……呶，这是本店的招牌菜，请大家免费品尝……”说真的，群聊上的公告实在让人摸不着头脑，这会店老板亲口嘣出免费两字，众人无不欢呼雀跃。

钱晓龙见状，悄悄与老板耳语了一番。老板环顾众人面露喜色，笑吟吟道出了提供这次免费聚餐的宗旨和目的。得知其奉送美食的交换条件，只是要求就餐者对自家饭店的菜肴，评点美言几句，再在各自的圈子里传播出去而已，网友们忙不迭点头应允。

俗话说“拿人的手软，吃人的嘴软”，同城QQ群的这顿免费聚餐，让群友们颇有无功受禄之感。平日喜欢舞文弄笔的群友，更是把得意楼的招牌菜“东北乱炖”大赞特赞了一番。这篇字里行间大有一碗菜肴，解了异地游子思乡之苦的短文，在晚报的美食版刊登的次日，得意楼的订餐电话络绎不绝。

说实话，得意楼的东北菜做得确实地道，之前只是藏在小巷人不识，如今网络、媒体一传播，“小鸡炖蘑菇”、“猪肉炖粉条”顿时声名远播。见状，毗邻店家眼红不已。软磨硬缠了好一会，终于从小伙计处探得了得意楼一夜成名的“奥秘”，禁不住心动不如行动，立马找到餐饮网请求“加盟”。

“……餐饮网是个人建立的，没有官方的投资……这域名、服务器都要交费……”钱晓龙没想到，找上门来要在餐饮网上立户头的竟有近百家，不由得为自己给得意楼的成功策划暗暗叫好。更让钱晓龙欣喜的是，不等他的穷经叹完，对方便主动提出只要入驻餐饮网，愿意每月付50元的“驻站费”。钱晓龙没想到歪打正着，刚建的餐饮网真成了他的创业基地，求之不得，来者不拒。

区区几十元的钞票对开饭店的来说，多开一瓶好酒就赚回来了。得知餐饮网要收“驻站费”新来的店主不含糊，老店家主动提出愿意补交，钱晓龙手机打爆，银行卡上的数字更是一路飚升。他粗粗一算除了网站的一应开支，月收入与拿吃喝回扣相比只多不少。

得意楼那顿免费的“午餐”，在餐饮网颇得民心。这当老板的门槛贼精，早就盘算了提供免费聚餐，与投入广告费用这笔账，谁不想用这顿免费聚餐，提高自家店的知名度?!

这日，钱晓龙正在忙活，“嘀嘀——”桌上的电话响了。“……什么，周末去你们店？好，我安排一下……”钱晓龙撂下电话，转身在记事本上浏览、选择，点开了那个湖南人居多的 QQ 群。十分钟后，周末群活动去湘菜馆免费聚餐的通知，高挂在 QQ 群的公告栏上……

冬去春来，转眼又半年余。钱晓龙网站越办越好，这“饭碗”自然也是越捧越牢。据说，餐饮网上的人气引起了美容、旅游、服装等众多行业的关注。还据说，钱晓龙一心要把餐饮网做成最大最好的专业吃喝网，婉拒了别类行业的加盟。当然最让钱晓龙在乎的，还是他又成了 QQ 群上一呼百应的群主。不过，网友间最感兴趣的话题，便是群主喊你吃饭……

挺起女人的脊梁……

傍晚时分，东北姑娘柳晓雯跟着表姐张丽，汗流浃背地挤下了列车。柳晓雯第一次进城，东张西望看什么都新鲜。不知咋地，一眨眼的工夫，表姐就没了踪影。

柳晓雯隐约记得，表姐曾告诉她要去买瓶汽水来解渴，便寻到了车站的小卖部，谁知老板娘把头摇得像拨浪鼓。表姐没来买汽水，难道、难道是成心甩了她，自己溜了?！柳晓雯木然地望着脚边的行李，猛地打了个激灵。

柳晓雯做梦也想不到刚进城，就被表姐遗弃在了站台。举目无亲的她只得踡缩在车站熬到了天亮。次日，柳晓雯跌跌撞撞地找到了劳务市场。也算是应了人倒霉喝凉水也塞牙的老话。柳晓雯把脖子伸成了长颈鹿，也没盼到雇主不说，一转身却见自己的行李卷，夹在了别人腋下，忙扑上去争夺。

“嘿，这小妮子长得还不错……”不知道拿包袱的，真的是无事生非的小混混，还是来不及撤退的“钳工”。三人瞥一眼灰头土脸的乡下妹子，嬉笑不已。声称并不贪图这破行李卷，只是闲得慌解解闷。只要小丫头跪下来讨个饶就还给她，要不亲个嘴也行……

柳晓雯身材瘦小，个性倒十分倔强，既不肯下跪也不肯撒手，更不愿任其调笑，扑上起和对方扭成一团。这场“动乱”终于引来了附近的协警。到底是邪不压正，不等大盖帽赶到，拿包袱的拔腿就跑。

“……流氓，臭流氓！要我就范休想！噢，大叔，谢谢，谢谢您帮我……”见鼻青脸肿的柳晓雯，捧着失而复得的行李，喃喃自语，协警程大江很是好奇。询问了柳晓雯的境况，程大江很是同情。尤其得知，柳晓雯情愿挨拳脚，也不肯下跪的理由是，只有自尊自爱，才能挺起脊梁做人时，不由得对她另眼相看了。

程大江决定帮助柳晓雯。立马掏出手机拨通了自己姐姐家的电话。程大江的姐姐本来就体弱多病，自顾不暇。偏偏70岁的老婆婆患脑溢血瘫痪了，两口子正在考虑是把病人送医院呢，还是送敬老院？此刻，程大江见柳晓雯急于找落脚的地方，忙牵线搭桥把她推荐到姐姐家当保姆……

柳晓雯虽然没干过伺侯病人的活，但她知道找个饭碗不易，何况雇主对她也蛮客气的，便安心做起了小保姆。其实，柳晓雯对中风的老人尽心尽力，除了工作难找，还有个特殊的原因，就是柳晓雯的奶奶也是脑溢血过世的。她和奶奶的感情很深，就连那句“挺起女人的脊梁”，也是当过民办教师的奶奶告诉她的。只是奶奶突患中风时，柳晓雯正读初中，在几十里外的地方……柳晓雯见到病卧老人的第一眼，心里那股没见奶奶最后一面的遗憾和内疚，化成了对这个老人的同情和怜悯。

三月后，柳晓雯给家里寄了第一笔钱。一周后，柳晓雯收到了家里的来信。从家书中得知，张丽又回过一趟老家了，但向她打听自己的近况时，表姐总是支支吾吾，答非所问。家里人记挂她的安危，坐立不安。直到收到她寄的钱，知道她在城里落稳脚才放下心来。

柳晓雯料定这个所谓的表姐，决不会透露把她遗弃在车站的行径。为了不让小山村的父母担心，柳晓雯的回信中对进城后的遭遇处境只字未提。只是含糊地表示，和表姐各忙各的联系不多，自己一切安好，让父母尽管放心。

夏去秋来，患脑溢血的老奶奶逝世了。虽然是长期卧床的病人，但直至老人闭眼，床铺、衣着都十分整洁。也许是雇主见人就夸请了个好保姆的缘故，办妥丧事的第二天，就有人找上门来，请柳晓雯去医院给做了切脾手术的刘大妈当保姆。

三天后，柳晓雯走进了住院病房。虽然手术室出来的病人，浑身插着管子，看起来惨兮兮，其实血浆、盐水输进去，只要没有术后感染，恢复程度远比中风病人快得多，没几个礼拜开刀的刘大妈就可以回家休养了。不过，刘大妈把自己康复快的功劳，记到了护工柳晓雯的家乡土特产上。她说自己术后需要进流食，一天三顿鸡蛋羹实在乏味，是柳晓雯偶然喂给她的玉米糊糊、小米粥，让她换换口味，才换得她胃口大开，食欲增加……

医院也是铁打的营盘流水的兵。老病人出院新病人进来，柳晓雯熟能生巧越做越好，而她从老家里捎来的玉米粉、新小米，成了住院病友间解馋的紧俏品。“什么签个约，您，您是说我，让我……”周一上午，护理部的廖主任找到了柳晓雯。得知医院急需护工，因自己颇受病人欢迎，医院有意让她签约，柳晓雯惊喜不已。她做梦也没想到，做小保姆修成了正果，成了由医院给她交养老保险，还能享受节假日的签约护工。

一晃又是半年，柳晓雯决定回趟老家看看爹娘。周末下班，柳晓雯兴冲冲赶到了火车站。也许是触景生情，重踏旧地的柳晓雯，不由得想起了进城第一天被表姐遗弃在车站，欲哭无泪的境况。她知道城里给打工妹、小保姆买养老保险、大病保险的不多，更不要说享受节假日，发放食品也能拿一半的待遇。她真的很有优越感，也很想和甩了她的张丽比一比，只是表姐在偷偷溜走后，音信全无……

"……弟弟得了白血病没钱治，俺娘上山采草药摔死了……阿姨、伯伯行行好……"柳晓雯买好车票，正欲在附近转转，拐角处传来了阵阵乞讨声。离家近一年的柳晓雯，闻得久违的乡音，禁不住心头一热。走到近前，柳晓雯大吃一惊。只见低头哭泣的乞丐，衣衫褴褛，蓬头垢面，捧在手里的坛子上，还贴着张老妇人的遗照。柳晓雯怎么也想不到，乞丐摔死的娘的骨灰盒，竟会是一只腌蛋的小坛子。

柳晓雯知道用这种小坛子腌制鸭蛋，是老家山村特有的乡风。俗话说：十里不同风，百里不同俗。有相似习惯，使用同样器皿的，肯定就在方圆几十里内。亲不亲家乡人，柳晓雯动了恻隐之心，咬咬牙从兜里掏出了张 50 元币递了过去。

"好人，好人啊。你，不不，俺，俺给你磕头……"乞丐怎么也没想到，竟会有施舍 50 元大钞的，激动得语无伦次。柳晓雯有过穷困潦倒的经历，见蓬头垢面的乞丐接了钱对自己躬身作揖，心里更不是滋味，忙上前劝阻。"啊！你，你、怎么会是你？……"柳晓雯傻了，她做梦也想不到眼前的乞丐，竟会就是甩了她溜之大吉的表姐。

乞丐闻声抬头，四目相对，呆若木鸡。她怔了片刻，回过神来撒腿就跑。柳晓雯哪容得表姐再次从眼皮底下消失，飞快地追了上去……

十分钟后，柳晓雯走进了张丽的出租屋。这才知道这个在父老乡亲眼里，貂皮大衣高跟鞋，胭脂口红柳叶眉的姑娘，并非真的是鸡窝里飞出的"金凤凰"。其实整整二年，她寄回家的那些数额不等的钞票，就是把玉米粉装进腌蛋坛子冒充骨灰，沿街乞讨而得。"晓雯，俺，俺不该把你扔在车站……俺求你，求你千万别……"

当初，张丽“衣锦还乡”，喜得张家的爹娘合不拢嘴，羡得别家的爹娘睁大了眼。村里的七姑八姨都想让自己孩子，跟这个自称当部门经理的能人去城里赚大钱。张丽不管谁找上门来，都不肯答应。柳晓雯最终能跟她走出山村，还是张丽的爹娘发了话，因为两家平日相处不错，转弯抹角还攀得上远房表亲的关系。张丽见爹娘大包大揽，只得带柳晓雯一同进城。可自己的“职业”虽然技术含量不高，但实在不能明言，便来了个一走了之。

张丽的这番话，让柳晓雯张口结舌。说真的，当初表姐若是告诉她实话，难道今天这大街上就又多了个女乞丐？不，决不会！柳晓雯沉思片刻，答应了张丽千万别把她的“职业”透露出去的请求。眼看回家的车就要启程，柳晓雯来不及多说，急匆匆撂下一句话，扭头就走……

光阴似箭，眨眼又到了合家团聚的时候。柳晓雯背着大包小包回家过年，乡亲们不知道护工是干什么的，但柳晓雯那身医院发得工作服，让众人羡慕不已。趁两人难得一起回乡，张家、林家聚在一起吃顿团圆饭。席间柳晓雯的家人，恭恭敬敬向张丽敬酒，感激她把柳晓雯带出山村，若没有她就不会有女儿的今天。

不知咋的，席间张丽支支吾吾，尴尬之极。她在柳晓雯护理过的一个病人的老板儿子那里站柜台。只有她自己知道，改变她命运的，让她堂堂正正做人的，是两年前柳晓雯撂在她出租屋里的那句话：只有自尊、自爱，才能挺起女人的脊梁！……

次日，村委委又有“官方”消息透露，说柳晓雯这次回乡是来谈生意的，城里大医院的病号食谱上，新增加了稠稠的小米粥，喷香的玉米糊糊。说什么经有关专家鉴定，小米、玉米等粗粮杂粮，能调脾胃清五脏，平肝利胆降血脂，这山凹里的土特产，自然更是不可多得的绿色食品……

柳晓雯牵线搭桥，把村民们堆积在家的农作物变成了“活钱”，自然成了乡民眼里真真的大能人。村民们又像两年前托张丽那样，托柳晓雯把自己的闺女带进城。柳晓雯没有回绝，挑了三五个姐妹同行。

不过，柳晓雯带这几个农家妹子进城，并没去劳务市场，而让她们和自己一起，进社区、跑菜场，想方设法要摸清城里人的口味，喜好。因为她决定在城里搞个绿色食品中转站，她要让大山里的乡亲们都过上好日子。据说，柳晓雯土特产中转站的店面房已经定下来了，房东就是她进城当小保姆时，那个患脑溢血奶奶的儿子。又据说，土特产中转站的那块招牌，是柳晓雯侍侯过的病人刘大妈帮她写的。看来，这个动过切脾手术的书法爱好者，精神抖擞，宝刀未老。这不，招牌上“挺起女人的脊梁!”七个大字，一气呵成，笔笔有力……

据说，有人对这个招牌提出异议，似乎觉得这几个字别别扭扭不像个店名。不过，这大山里来的土杂粮一上柜，就引起了市民极大的兴趣，品尝之下更是叫好声迭起，不到一月，绿色杂粮专卖店“挺起女人的脊梁!”已在江南都市家喻户晓……

第四辑

EPISODE 4

守株待鼠的猫

歪打正着

川妹子菊花用第一个月的工资，进了“外来民工文化补习中心”后，得益犀浅，长进不小。尝到甜头的菊花，从此一本字典不离身，一有空闲就看看报纸，读读新闻，就连在家过大年也乐此不疲。爹娘见女儿打工几月，长了个子，活了脑子，还常常海啸、矿难，一串串的新名词蹦出嘴，自然眉开眼笑。远房表姐憨妞更是对菊花佩服得五体投地。她愣愣地望着表妹好一会，终于按捺不住，请求菊花带她进城去打工，她也要去长长见识。

憨妞只比菊花大两岁，虽然没见过世面，又生性憨厚，可她能吃苦耐劳，干不来精细活，扫地打杂做粗活还是行的。两人自幼关系不错，又看在表老舅的面子上，菊花满口应允。

过罢年，菊花带着表姐进了城。却不料，打工妹在老家成了星星之火，拜年串门儿顿团圆饭一吃，这粒火种在姑表、族亲中燃成了燎原之势。等到年后返城，个个都是带着老乡上的路。这下粥少僧多要想找个工作谈何容易。

菊花原以为帮表姐找个力气活不是难事，见这局势暗暗叫苦。可憨妞是自己带出村的，只好既来之则安之，慢慢再想办法。

次日一早，菊花就带着表姐去大街小巷碰运气。虽然表姐力气不错，手脚麻利，可小区里所需的清洁工，早已人满为患。好不容易有人要为父母请保姆，可和憨妞交谈一番，见她对日用家电如何使用一概不懂，人又大大咧咧，哪敢把爹娘交到她手里。眨眼三天过去了，菊花跑得小腿肚子抽筋，也没把表姐推销出去。不过，倒也不是毫无收获，识几个字的菊花，看到了一张某幼儿园招聘门卫的广告。

俗话说，“人往高处走，水往低处流”，虽然菊花有个打工的地方，但服装厂实行的是计件工资，当个车工累得半死也挣不了多少钱。何不趁服装厂还未开工，先偷偷去试试。菊花打定主意，正欲出门，表姐又缠着她要同去。菊花怕憨妞留在寝室，透露了自己行踪，只好点头应允。

菊花按地址找到了这家幼儿园。见赶来的人已不少，菊花知道竞争激烈，要想胜出，非得有良好的表现。她是个有心人，忙悄悄把贴在墙上的门卫守则默读了几遍。也算是临阵磨枪不快也亮，菊花在面试时，把门卫应该做到的事，断断续续复述了一遍。“哦，你还懂得不少。等消息吧，祝你好运!”菊花见对方对自己颇有好感，暗暗高兴。

菊花喜滋滋和等在门外的表姐下了楼。“咦，那里在干什么，去，咱过去看看。”憨妞拔脚就走。菊花跟过去一看，原来在搞消防演习没什么好看的，这两天累得够呛，还不如早点回去。她刚想招呼表姐，只听“咕嗵——”一声，憨妞纵身一跃扑倒在冒着白沫、“嘶嘶”作响的灭火器上。她这突然的举动，让众人面面相觑。憨妞见大家无动于衷急得大喊：“危险，要、要爆炸了。快，快闪开!”闻言，众人哄堂大笑。

菊花见表姐洋相尽出，十分尴尬。“出什么洋相，那是灭火器，要真是炸弹……”菊花没好气地白了表姐一眼。“要真是炸弹，那屋里的孩子咋办，还有这些人——”憨妞真是憨，竟然振振有词，理直气壮。“哦，你也是来应聘的?”菊花见有人过来询问，忙上前解释：“她是陪我来的。不好意思闹笑话了，她是憨妞……”没等菊花把话说完，表姐挺身而出：“对，是憨妞。”这下子更让人笑翻了天，你想，醉鬼从不承认自己喝多了，这妞倒承认自己是憨妞。菊花让大家笑得恨不得钻地洞，拉起表姐就走。可憨妞挣脱菊花的手，从衣兜里掏出张身份证，傻乎乎地递给了询问者……

三天后，菊花兴冲冲赶到幼儿园看招聘结果。一抬头惊得目瞪口呆：“经多方研究决定，特聘史海妞进我园门卫室工作。本园解决食宿，请速办理有关手续，周一上班。”

“是憨妞——史海妞，是表姐，是表姐找到工作了，她……”菊花站在录取名单下呆若木鸡，她怎么也没想到，从老家带出来帮她找工作的表姐，最终赢了她，这是为什么?难道在城里打工除了要学文化，还要学什么?可表姐她什么也不会啊……

“潜伏”的小保姆

坐落在杭州拱宸桥西的“乡妹子”糕点铺，自从推出用紫薯、南瓜做馅的农家特色糕点后，每日里顾客如云，供不应求。老板李亮和老婆程丽，忙得晕头转向。顾此失彼，实在撑不下去，决定请个小保姆，买菜、烧饭做家务。

可这年头不仅雇主挑保姆，保姆也要挑东家。李亮在劳务市场转了大半天也没结果，只得打电话向城东的老父母求助。

三天后，李亮母亲赵阿姑带着小保姆周笑笑，跨进了李家大门。得知小保姆是母亲从老家乡下找来的，李亮频频点头。只是程丽对乡下人的卫生习惯很不放心，当着婆婆的面不好说什么，待老公送婆婆走进电梯，立马奔进了储藏室。

“既然来了，你就安心住下，不过，城里不比乡下，呶，这是抹布……”小保姆不知女主人要忙些什么，杵在那里探头探脑。正欲询问，程丽将一叠大小不同，花色相似的毛巾，捧到了她面前。并反复告诫病从口入卫生第一，切记抹布也要专条专用。周笑笑唯唯诺诺接过抹布，低头一看竟有 11 条之多，环顾四周满目迷茫。

次日，小保姆把 11 块抹布编了号。一号抹布擦书房；二号抹布抹桌椅，三号抹布卫生间，客厅、卧室各不同。见小保姆的抹布编号法有条不紊，程丽才放下心来。

转眼半月余，小保姆不仅手脚勤快，做得饭菜也颇合东家胃口。程丽对她态度温和了不少，还掏出一大包淘汰的衣服、用品，送给她作为奖励。李亮夫妇原以为有周晓晓料理家务，便可把一门心思放到糕点的新品种开发上，谁知事与愿违。

三月后，乡妹子糕点铺的生意日渐下滑，李亮夫妇将糕点再三让利，可不知咋的，收效甚微。眼见得自家店的老顾客，拐进了桥对面新开的香喷喷糕饼店，李亮夫妇束手无策。

“呶，这钱给你，拿好了。”程丽急中生计，用多一倍的价钱从路人手里转让来了香喷喷糕饼店的蛋糕，细细品尝不觉得有什么出奇之处，下意识喝一口饮料，顿时傻了眼，对手这杯为促销搞的买一送一的赠品饮料，色泽金黄，满口清香，分明就是自家店准备推出的新产品枇杷果汁！

“唉，这又没什么技术含量，你想得的到人家也想得到呗！……”程丽跌跌撞撞赶回家，与老公通报“敌情”，谁知李亮不以为然。程丽对李亮与别家思路雷同，只因自家动作缓慢，而错失良机的说法不能苟同。

程丽彻夜难眠，苦思冥想不得要领，谜底没揭开，倒把肚子折腾得唱起了空城计，只得去厨房找东西充饥。程丽胡乱摸了包糕点三两口塞进嘴里，突然心里打了个颤，这口味不是自家的产品，忙不迭拿到灯下辨认，包装纸上“香喷喷”三个字，赫然如目！程丽恍然大悟。

次日，周笑笑走进客厅就感觉到气氛不对头。“李叔叔，你们这是……是我又做错什么了吗?”周笑笑放下菜篮怯生生地探问。见她低眉顺眼的样子，当老板的李亮倒也不便喝斥，再怎么说，周笑笑也是母亲从老家找来的，李亮借口要到店铺看看，转身匆匆出了门。

“你、你做人要讲良心，我家里供你吃供你喝，背地里到底搞的什么鬼？说，还不承认？好，你自己看……”程丽见老公溜之大吉，把小保姆留给她处置，气得脸色铁青，“啪——”一本蓝皮塑壳的本子摔到了周笑笑面前。

周笑笑浑身一怔，扑上去拣起本子，泪如雨下。这本记录了她进城打工来，所有喜怒哀乐的日记，已被撕得面目全非，当然撕掉得主要内容，还是周笑笑一字一句抄录下来的杂粮、果蔬菜谱，和枇杷保鲜、深加工技艺。

“是，是我求周婆婆介绍来你家的，可我没偷配方，真的没。请你相信我!”周笑笑坦认是自己选择来李家当保姆的回答，让程丽更认定了她是有计划，有目的“潜伏”。

“铃……”程丽正欲问个明白，桌上的电话徒然炸响。“什么，你妈被车撞了？好，我马上赶过来。”婆婆赵阿姑出车祸的消息，吓得程丽魂飞魄散，撂下电话飞奔而去。

子夜时分，李亮夫妇匆匆回家。推开门一股刺鼻的煤气味扑面而来，煤气灶上的南瓜稀饭还冒着热气，小保姆身着睡衣软瘫在地上。突然的变故，吓得李亮不知所措。倒是程丽反应快，见周笑笑呼吸急促，脸色苍白，忙解开她的衣服，按摩胸背，施行急救。“啊，蝴蝶！她、她有蝴蝶……”突然间程丽一声惊叫，神色激变。

李亮夫妇赶到市一医院时，车祸受伤的母亲，已安置在了骨科病房。其实，赵阿姑只是断了腿骨，没伤到什么要害。不过，七十高龄的老人，哪受得了断骨的剧痛，又加上受了惊吓，待李亮夫妇赶到时，赵阿姑已呈迷糊状态。

“菊芳，阿姨知道你是个好姑娘。可你是农村的……那个、那个女婴没死，她……”赵阿姑拉住程丽的手，声泪俱下。程丽做梦也没想到，婆婆竟把她当成了李亮知青下乡时的恋人菊芳，尴尬之极。

李亮第一次知道，知青回城时，菊芬已怀上了他的孩子。如遭雷击，目瞪口呆。怔了好一会才回过神来，急急追问亲生女儿的下落。可母亲只说出了女婴后背左侧有块蝴蝶状的胎记，便又昏昏入睡……

此刻，李亮正忙着开窗通风，听得程丽惊呼，跌跌撞撞扑了过来。“啊！真的，笑笑她，她真的有……”李亮瞪着周笑笑背上那块暗红色的胎记，泪流满面。父女连心啊，一旦知道这个平日里呼来唤去的小保姆，就是被自己遗弃在乡下二十三年的亲生女儿，李亮心痛欲裂。

“啊，我怎么睡着了。粥，我烧得南瓜粥呢……”周笑笑睁开眼，摇摇晃晃地扑向厨房。她是半夜起来给主人烧的夜宵，疲乏之下打了个瞌睡，沸出来的米汤熄灭了灶火，幸好李亮夫妇回来及时，才让她逃过一劫。

李亮与村姑的这段恋情，结婚前便向程丽坦白过了。程丽对老公这段短命的恋情也是充满了同情。得知小保姆很可能就是丈夫的亲生女儿，想起平日对周笑笑的冷语恶言、横加指责，禁不住心生内疚。

“不，你身体不好，厨房的事不用管了……”程丽一把拉住了周笑笑，让她回房休息。

转眼又一周余。动了恻隐之心的程丽，对周笑笑柔言软语，悉心照料。周笑笑受宠若惊，再三询问，程丽按捺不住吐露了实情。

“什么，李叔叔是我爸爸？不，不可能！不信，我不信……”程丽的叙说，犹如晴天霹雳，震得周笑笑瞠目结舌，呆若木鸡。

周笑笑从小就没有父母，她是村东的周顺花婆婆从运河堤坝上捡回来的弃婴。程丽口中的菊芳，是村小的代课老师，周笑笑叫她姑姑。菊芳姑姑待人很好，可不知为啥，一直没有结婚。

周笑笑怎么也不相信，几年前病故的菊芳姑姑，和东家李亮扯得上什么关系。更不相信他们会是自己的亲生父母。

满目迷惘的周笑笑，怔了好一会，猛地甩开程丽的手冲进了小屋。周笑笑不愿从保姆回归主人，让李家夫妇一筹莫展。李亮相信血浓以水的古训，决定做 DNA 鉴定。

在李亮的哀求下，周笑笑终于同意配合。次日，三人去了省城。但遗憾的是，走出化验室的周笑笑坚决不肯再回李家。

李亮夫妇黯然回家，在小保姆的床头柜上，再次看到了那本引起勃然大祸的日记本。李亮迫不及待地翻开，赫然入目的是周笑笑临行前写下的留言："李亮叔叔，请允许我依然这样称呼您……若鉴定结果真如程丽阿姨所说，我、我感谢您给了我生命。可我还是要走，我要回柳花湾，那里才是我的家。那里有养我疼我的周婆婆，有帮我爱我的乡邻，还有满山遍野能变成钞票的果树，她们需要我，我会在那里生活得很开心的。"

"记得菊芳姑姑说过，不管是城里人还是农村人，人字都是互相支撑得。只要你心里有爱，你就会感到温暖，只有你感到温暖，你的一生才是幸福的……"李亮捧着女儿的留言，双手颤抖，泣不成声。

一只对折的信封，从李亮的手中滑落。程丽下意识捡起一看，只见信封上写着："程丽阿姨，我抄写那些杂粮、果蔬菜谱，和枇杷保鲜、加工技艺，是为了带回家去，农村真的需要它。厨房的那包糕点，是我们自己店里的产品啊，那日上街'香喷喷'糕点店，把广告纸塞进了菜篮，刚巧李亮叔叔让我把没卖完的糕点带回家当点心，我就顺手把广告纸当食品袋用了……哦，你问过我为什么要潜伏到你家来，那是因为菊芳姑姑告诉我，她也是城里人。她记得是五岁那年的元宵夜，和表姐在运河边看花灯时失散的……这块玉佩是她临终前，托我帮她寻找家人的信物。

其实，领养我的周婆婆和你婆婆一直有来往，我是在你婆婆家墙上的'全家福'上认识你的。照片上你挂在胸前的那块玉佩，和菊芳姑姑交给我的十分相像，于是……"程丽下意识倒过信封，"啪"一块做工精巧的玉佩滚了出来。

程丽抓起玉佩冲进卧室，翻箱倒柜找到了自己那块，双手轻轻一合。顿时，合二为一的玉佩中间，一只啃桃子的猴子悄然而立。程丽傻了，呆了。

“表妹？菊芳是我表妹！找到了，真的找到了！舅舅、舅妈，你们丢失的女儿终于有音讯了！笑笑，我是你姨，你别走，你回来……”程丽杵在那里好一会，猛然省悟。疯也似得冲出门，向运河堤坝上飞奔……

请你辩护

周三上午，楼翔接到了请其当辩护律师的匿名电话。对方似乎说话不太方便，只告诉了个见面碰头的地方，便挂断了电话。楼翔原是郊县某派出所驻辖区的民警，说实话，这工作听起来还不错，实际上就是防盗防灾，调解纠纷。楼翔当初上警校，为的是干一番大事，这种婆婆妈妈的工作，实在和他的志向相差甚远。

楼翔毅然辞职，重回课堂。也算是有志者事竟成，两年后他拿到了本科文凭，最近又考取了律师资格证，这次来省城就是谋求发展的。楼翔虽天天盼望有案子找他，可他还未单枪匹马干过，接了电话反倒迟疑起来。

见状，同房间的小杨连连劝说，让他不要放弃一试身手的机会。小杨和楼翔是同一天住进旅馆的，两人年龄相仿，颇为投缘。

二十分钟后，楼翔带着小杨赶了过去。“哦，实在不好意思，在这里招待你们，只要我重新开业……”事主钱老板称自己经营的钱江潮大酒店被查封停业，把楼翔等人带进了“雾中花”夜总会安顿下来。钱老板出手大方，要饮料，点洋酒，唯恐怠慢了来人。

从钱老板口中得知，他经营的钱江潮酒店，是因嫖宿淫乱而查封的。虽然钱老板事前并不知情，但被区里的刑警扫黄时逮着后，他二话不说，当场就交了二万元罚金。又忙不迭给辖区的派出所、社区的联防队送上了二万。原以为破财消灾，谁知一周后，区刑警队刘队长亲自上门开口就索要 12 万。于是……

“什么？你们……”闻知，与钱老板合伙投资的小弟兄汪彪，用半只啤酒瓶把刘队长砸进了医院，楼翔十分震惊。这案子哪是什么“民告官”，分明是严重的公开袭警。他这才知道，钱老板为何不找本地律师，偏要寻到他这个刚来都市谋发展的愣头青，显然是本地没人敢受理。

“……呶，我兄弟抓进去没几天，就成这模样了……我、我实在是没辙了。求您……”钱老板求楼翔主持公道，把进去的兄弟汪彪早点捞出来。看了汪彪鼻青脸肿的照片，楼翔动了恻隐之心。虽然袭警是实，可也事出有因。再说眼下正在反贪倡廉，执法机构的罚款有无金额标准？罚款是上交国库还是任意挪用？经手人是否另有猫腻？楼翔决定受理此案，伸张正义……

见楼翔应允，钱老板这才松了口气。指着自己鼓鼓囊囊的皮包，表示立马交付律师费，虽然包里只带了十万，只要能救出兄弟，花多少都愿意。欣喜若狂的钱老板，一把抓过桌上的手机，迫不及待地要把有律师肯为他辩护的消息，告知日夜啼哭的汪彪老婆。

楼翔是个要强的人，更何况这是获得律师资格证书后的第一笔业务，办得好也许能成为立足大都市的敲门砖，忙转身与小杨商讨案情。五分钟后，服务小姐送入水果拼盘，并说在走廊打电话的钱老板，为了能让楼律师早点立案、查证，急着去寻找刘队长收二万元钱的在场证人，和索要12万现金而发生斗欧事件时的围观者了。钱老板是由他自己的司机开奥迪接走的，特让她通知一下，顶多半个小时马上赶回来。

“呵呵，这饿死的骆驼比马强。哪像咱……”听说钱老板坐着自己的奥迪来去如风，小杨感叹不已。可不知咋得，钱老板一去不返，打开他留在沙发上那只鼓鼓囊囊的皮包，整整10万元分文不少，只不过除了最上面一沓的第一张，是中国人民银行发行的正宗人民币外，其他都是假币……

请客的走了，被请的倒成了吃“霸王餐”的，不得已楼翔只得买单。接过“雾中花”递上来的账单，此次消费总额五千八百八，其中的80%是钱老板临走时带上奥迪车的高档烟酒……打猎的反让鹰啄了眼，楼翔如遭雷击，目瞪口呆。

回到旅馆楼翔茶饭不思，等候去餐厅吃饭的小杨回来再作商议。可他久等小杨未回，心里不禁打了个激灵。忙赶到服务台询问。“噢，你那朋友退房走了。不是你让他来的吗？押金他也拿走了……”楼翔傻了，呆了。

其实，楼翔与小杨并不熟悉。两人是在车站认识的，小杨自述是警校在读生，这次是为了写毕业论文想搞点社会调查。楼翔没想到在陌生的都市遇上了母校的学弟，不由得对他另眼相看。而小杨自然更不肯放过这个实践的机会……“假的，全是假的！骗子，骗子！！”楼翔此刻才如梦初醒，什么警校在读？什么社会实践？一切都是杜撰的，小杨和钱老板分明就是一伙的。得知自己一下车就成了骗子的“猎物”，楼翔恨得牙痒痒。亲历了被骗的遭遇，楼翔才体会到防骗、防盗工作的神圣和重要。他呆若木鸡地愣了好一会，跌跌撞撞冲出门去……

接到报案的警方，是如何追擒骗子不得而知，倾其所有又丢了手机的楼翔，是在都市找到了工作，还是回了老家也无从知晓。眨眼两年过去了，层出不穷的诈骗、盗劫，成了所有都市的毒瘤。为提高市民自我保护意识和防诈防盗知识，有关部门请来了声名远扬的反扒专家。看来，专家就是不同。当晚在市电视台“我说你听”栏目上，反扒专家一番深入浅出的分析、防范，果然让市民受益非浅。

据说，专家是学过心理学的，所以不管是行骗的还是被骗的，都能了解得十分透彻。又据说专家其实也不神秘，他只是郊县基层派出所的一名普通警察。更有消息灵通人士透露，反扒专家之所以对诈骗、盗劫研究的头头是道，是因为他自己也中过骗子的招……

整整一月，大街小巷各种传言，版本不一，真假难辨。唯有《春江晨报》的独家采访上，反扒专家说的：“大案小案都是案，城里乡村都要和谐，这危害老百姓的事就是大事！”倒是说得大家心里暖暖的……

哄抢成老板的职高生

俗话说“民以食为天”。这几年，随着浦东新区的开发，海纳百川的“浦东奇迹”，成了能人贤士青睐的地方。但不管你是来寻梦赚钱，还是来买房掏钱，谁也离不开吃、喝、拉、撒。位于浦东新区陆家嘴西路上的潘记火锅店，便是解决“五脏庙”问题的好所在。

火锅店的老板名叫潘旺财，个头不大主意蛮多。火锅店的生意平日就还算不错，节日、周末更是潘老板数钞票的辰光。但不知咋的，这个周末潘记火锅店却大门紧闭，鸦雀无声。聚在店外等上班的员工，交头接耳了大半天，才等到了潘老板带着家人、亲信“跑路”的消息。

突然的变故，砸得众人晕头转向，杵在那里好一会，才省悟过来。砸锁的砸锁，撬门的撬门，一窝蜂似的涌进了潘记火锅店。

“……这冰柜归咱俩，还有厨房里这台微波炉……”两个健壮、帅气的厨师，对视一眼直奔八成新的冰柜。东北厨师的先下手为强，惹急了伶牙俐齿的服务员。几个漂亮的川妹子不甘落后，摩拳擦掌地扑了上去。

顿时，潘记火锅店桌倒杯碎，乱成一团。见状，一位瘦小、清秀的年轻女子，径自奔进厨房，果断地拔了微波炉电源。哄抢的双方同时回头，见是店里做领班兼面点师的林巧玲出了手，一时倒也拉不下面子与其争夺。

工友们对林巧玲的大度，是看在她平日待人的古道热肠上。谁知林巧玲客气当运气，不仅将厨房里的微波炉稳稳地搁在了冰柜上，还伸展手臂将冰柜连消毒柜，一股脑儿护住了。工友们没承想到了关键时刻，看似和善的小姑娘，终究也暴露了贪婪的本性，再也按捺不住了。

面对众人的指责，林巧玲毫无歉意。干脆附下身趴在冰柜上，腾出一只手掏出手机连拨了三个电话。见她打电话求援，众人傻了眼。

林巧玲虽说也只是个打工拿钱的主，但在这帮外来务工者中，却是个独一无二的本地人。她自幼懂事、乖巧，知道父母的不易，发奋读书一心想考上个好点的大学，不辜负父母对她的期望。然而，事与愿违。刚上初中时父母便成了棉纺厂的下岗工人。

半月后，下岗后做家政工的母亲出了车祸。林巧玲为了让父亲腾出手来去赚钱养家，只有把照顾母亲的重任接了过来。她每日里学校、医院两头跑，势必影响了功课，再加上家境大不如前，只得放弃大学梦，初中毕业后读了职高。

转眼间，林巧玲从职高毕业了。可如今拿着大专文凭没着落的大有人在，她这个职高生要入招聘单位的法眼，更是难上加难。林巧玲卖保险、当营业员、去超市做厂方销售代表，折腾来折腾去，直至应聘到潘记火锅店做收银员，才算安稳了下来。

林巧玲在职高学的是财会，知道找个学有所用的“饭碗”不容易，不仅本职工作认真负责，对外地来的打工同事也是以诚相待。三月前，林巧玲还自费参加了面点师培训。谁知面点师资格证领出不到一周，火锅店老板便玩起了人间蒸发……

“喂，这里怎么了？刚才谁打的电话……”二十分钟后，餐饮协会、劳动仲裁、工商管理的有关人员，先后赶了过来。几个大盖帽赫然露面，工友们才知道貌似和善的小姑娘，竟然找来了“硬后台”，心里不禁打了个咯噔。

“……老板跑了，欠俺的工资也泡汤了，老婆孩子等俺带钱回家过年，可俺兜里连回家的路费也掏不出！小林她，她……”无疑，林巧玲的贪心、自私、霸道犯了众怒。众人围上去七嘴八舌，要执法的给个公道。

得知又是一起拖欠工资的老板一走了之，打工仔哄抢物资引发的纠纷，执法的哪敢掉以轻心。为了不让事态激化，忙不迭安抚众人。

“大家听我说，不良老板欠薪逃跑了，按规定我们会将其所有资产清查，拍卖后，首先偿还打工者被拖欠的工资……”劳动仲裁人员的表态，给辛辛苦苦白干了几个月的外来务工者，带来了温暖和希望。然而，得知老板潘旺财的银行帐户上只有23元余额，而眼前火锅店的餐具，桌椅，电器，连同冰柜里留下的肉类、蔬菜，厨房里搁置的米面，统统折价也只够支付二、三个人被欠的工资后，众人面面相觑，欲哭无泪。

见同伴沮丧地杵在那里，大厨栓宝按捺不住站了出来。“唉，八只铁锅七个盖，缺口忒大了，俺说甭管被欠的工资谁多谁少，不如全部先拿一笔回家路费……”栓宝的提议算得上是个没有办法的办法。不仅让川妹子脸上的敌意减退了不少，就连赶过来平息事态的管理者，似乎也默许了这个权宜之计。

众人正欲瓜分店里的东西，不言不语的林巧玲，冷不防冲上前奋力争夺。林巧玲的“壮举”让工友们始料不及。大厨栓宝瞥眼蓬头散发的林巧玲，建议按外乡人回家路费的金额，给家住静安区的本地小姑娘也留下份额。

说实话，拿不到被欠工资，仅靠变卖店里东西当做回家路费，已让工友们懊恼至极，这会儿见用不着路费的也要分路费，心里更是堵得慌。见众人脸上乌云密布，餐饮协会张理事忙站起来做“娘舅”。他耐心地解析了下岗工人家庭的不易，又悄悄暗示林巧玲少分点钱，毕竟不用乘车坐船。

谁知林巧玲偏不领情，人家拿什么她就抢什么。平心而论，工友们也晓得林巧玲也被欠着工资，先前分路费没把她考虑进去，确实对她有点不公平。可听从张理事的调解让了步，她依然霸着东西不放手，岂不是欺人太甚！

林巧玲的一意孤行，让工友们硬压下去的火苗“腾——”地一下蹿了上来。同仇敌忾的人们，冲上去把林巧玲当成了泄愤的目标。赶过来平息事态的管理者，晓得眼皮底下的混乱，极有可能变成“动乱”，哪敢袖手旁观。

幸好，大盖帽们软硬兼施，劝阻及时，才扼制了一场因无良老板拖欠工资，诱发的哄抢、斗殴事件。势单力薄的林巧玲虽没什么大碍，但也是扯掉了纽扣，磕伤了额头，磨破了手。更让人哭笑不得的是，瘦弱的林巧玲到了这个时候，竟然还是一副要钱不要命的样子。

“侬要抢么，伊阿要抢，抢来抢去抢噶一眼么事，卖卖掉分到手，只够到黄浦江上坐趟渡轮，当啥路费?！俄勿同意！俄有闲话要讲……”林巧玲不晓得中了什么邪，口中喃喃自语，就是不肯将东西分给大家。

劳动仲裁的小周，怕林巧玲的固执，再度引发和同事们的冲突，忙站起来表示，既然林巧玲有话要说，就听听她到底意欲何为，再作定夺不迟。林巧玲感激地点点头，和盘托出了自己的设想……

得知林巧玲近似疯狂的举动，并非贪心所致，只是不甘心火锅店就此散伙，竭力保存店里的设施和留存的“粮草”，就是想继续开张营业。用赚来的钞票偿还大家被欠的工资，众人傻了，呆了。

这年头，无良老板拖欠工资，人间蒸发的事时有发生。虽说欠账还钱天经地义，但查封账号不见资金，瓜分财产变卖物资便成了唯一的举措。就算执法的无钱可执行，打工者也只有自认倒霉。从未听说过用老板扔下的破店，继续做生意的。林巧玲的异想天开，就连处理劳资矛盾的管理者，也是闻所未闻。

说实话，老板欠钱跑路，打工的继续做生意赚钱自救，也许是个不错的点子，可这样的举措从无先例！林巧玲环顾四周，没一个“吃皇粮”的声援她，只有转身在工友中发展“同盟军”。

其实，哄抢东西索讨路费，只是身无分文境况下的本能反应。工友们见证了都市的繁华，那个还愿待在老家的土炕上剥指甲？林巧玲苦口婆心地劝说，终将他们从被拖欠工资的激愤、冲动中拽了出来。林巧玲说只要能赚钱，就一定先让伙伴们平分路费，自己这个本地人决不挪用一元钱的承诺，更是让天南海北的打工者暖了心。

“好，小林俺信你，俺不走了，俺跟你干！”林巧玲的设想，最先得到了东北大厨栓宝的附和。年轻的川妹子虽不用养家活口，但体验过了城市的繁华、新奇，再也不愿待在乡村的田头地角看日落日出。听了林巧玲的劝说，想想反正过完年还得找地方打工，不如留在火锅店里干老本行。

川妹子雯雯的表态，触动了工友们对来年不确定因素的担忧，不由自主地站到了留守的行列。林巧玲如释重负，再三表示，决不变卖店里任何物品。只要赚出伙伴们的回家路费，要走的还可以走，愿留下来的就用分得的路费作投资，打工的也要做回自主经营的主！

林巧玲的战前动员极富鼓动性，跃跃欲试的工友们，异口同声推举她当“老板”，带领大家把濒临倒闭的店铺撑下去，让大家来年也有个捧“饭碗”的地方。

“新官上任三把火”。林巧玲这个“哄抢”出来的代理老板，当即颁发了第一道指令，让工友们去小吃摊上吃早餐，每人的花费全部由她承担，但必须将早餐品种、价格、口味及进餐等候时间，详细记录下来交给她。

皇天不负有心人。林巧玲这番明察暗访，轻轻松松摸了早餐市场的底。她推敲了各人反馈的信息，果断地决定，不做守株待兔的火锅生意，专卖需求大返利快的早餐点心。

三天后，门可罗雀的火锅店重新开门迎客。虽然挂的还是老店名，但经营的项目都与“潘记火锅店”大相径庭。不晓得是大饼油条，唤醒了老上海对传统早餐的记忆，还是实心馒头配白粥，成了外来务工者价廉物美的选择，第一天的试营业就做了600多元的生意。

首战告捷，士气大振。林巧玲趁热打铁，让员工们轮番按各自老家的习惯、口味，做了些糕点夹杂在本地传统早点中出售。

也算是歪打正着。次日，早餐车一推出店门，就被晨练归来的大伯大妈围了个水泄不通。富有地方特色的糕点，成了尝尝新鲜、调调口味的新宠。

转眼一月余。起死回生的潘记火锅店，已足够支付所有员工回家的路费。但不知咋的，没一个工友赶着要领钱买车票。

“小林，你说过的话还算不算数？我想……”林巧玲正在疑惑，栓宝带着掌勺的弟兄，走上前表示不回家了，还要林巧玲兑现当初的承诺，将他们没领取的路费，作为第一笔投资。林巧玲正担心工友们取钱回家，会断了店里的“资金链”，闻言，求之不得。

得知留在店里继续干，可以将放弃的路费作为投资，而有了投资就成了店里的“股东”，众人交头接耳，无不心动。林巧玲环顾众人，暗暗打定主意，决不辜负大家的信任，要让扔进去的钞票尽快“下仔”。

谁知好事多磨。这日，早餐车刚刚收摊，一个打扮入时的胖大姐，急匆匆跨进了店门。川妹子雯雯乖巧地迎上去，介绍糕点。可不知咋的，胖大姐挑剔的目光，在各式早餐上扫了个遍，也没掏钱的意思。

林巧玲很是不解，正欲询问，胖大姐慢悠悠开了口：“嘿嘿，一个早市下来，剩下的就这么一点啊，看来你们的早餐确实卖得不错。哦，既然生意红火，那欠下的老账也该先清一清了……”得知胖大姐不是买主是债主，众人瞠目结舌。

林巧玲怎么也没想到，老板潘旺财开溜前，已欠下了8个月的房租。可潘旺财不光欠着胖大姐的房租，留守下来的工友们，又有那个没被他拖欠着工资？找不到债主，总不能让打工的替老板还钱吧！

胖大姐认定了房子是租给火锅店的，不管换不换老板，只要开门做生意就要结算欠下的房租。她理直气壮地扬言，不光要拍卖东西抵房租，还要收回店面房另行出租。唬得众人面面相觑，不知所措。

“……老板带着我们的工资跑了，我们连一张回家的车票都买不起……”林巧玲一字一句重申了众人的处境和无辜，毅然摘下了脖子上的项链，将其压在了胖大姐的手里，求她宽容一段时间，欠下的房租待她们慢慢还。见小林为了保住大家的“饭碗”，连外婆临终时留给她做唯一念想的金项链都拿了出来，工友们很是感动，纷纷上前效仿。

胖大姐对林巧玲的陈述似有所动。但看看塞到手里的“抵押物”，没几样是值钱的东西。心里也是五味杂陈，她悻悻然将抵押退回了原主，答应欠下的房租可以分期偿还，但口说无凭，须得有信得过的人当担保。

房东作了让步，林巧玲感激不尽。可胖大姐要找担保人的条件，又让她犯了难。“怎么，要找信得过的担保人？行，我来试试，你看合不格?!”林巧玲循声抬头，惊喜交加。她怎么也没想到，毛遂自荐为她当担保人的，竟会是餐饮协会的理事张晓天……

不知是亏欠房租的压力变成了动力，还是因外来务工者陆续回家过年，卖早餐的摊位少了，糕点的销量成倍增加。这生意越好赢利越多，分到工友头上的钞票自然水涨船高……

也算是应了“天公酬勤”的老话，将火锅店改卖早餐的林巧玲，终于在除夕夜还清了陈债，还让工友们足额领取了老板逃跑时拖欠的工资。不过，工友们争先恐后地将补发的工资，当做投资再次放进店里等它“下仔”，因为林巧玲决定在经营早餐的同时，把熄火多时的火锅重新烧起来……

梅谢桃红，冬去春来。以工友们各地家乡土菜为主的特色火锅，试营业便赚了个名利双收。据说，抽调资金盲目投资的潘旺财回来了。面对焕然一新的店堂，潘老板追悔莫及，自动提出要将潘记火锅店更改招牌，归到林巧玲名下。但林巧玲认定火锅店为员工共有，自己只是股东之一。又据说，没在别处盼到旺财的潘老板，回来十数日仍寻不到一个“饭碗”，只得回火锅店给各位“股东”打工。

转眼又有三月余，职高生林巧玲哄抢成老板的新闻，仍在大街小巷传得沸沸扬扬。因了她自强自立的事例，有识之士牵线搭桥，请她去给学弟学妹们现身说法，讲讲“谁的青春不迷茫”；谈谈“走出逆境的正能量……”

怪招

周一傍晚，大雨如注。一个瘦小的外地女孩，拐进了巷口的一家小杂货店。“噢，要买水果刀啊。咱店里的刀外形美观，经久耐用。啊！你、你这是……”见有生意上门，老板娘免不了黄婆买瓜。可不知咋得，猛抬头一个照面，老板娘怔了怔，欲言又止。女孩觉得老板娘打量她的目光怪怪的，可实在想不起这个胖大妈和自己会有什么瓜葛。

更想不到的是，胖大妈唠唠叨叨，问长问短。见她支支吾吾，答非所问，竟手脚麻利地把刀具收进了柜子，并声言今日盘货不卖了。女孩十分不解，这个体小店盘底还用停业？再说，如今商铺林立，还怕买不到把水果刀？她瞪了胖大妈一眼，掉头就走。

“不，小姑娘别走，你，你不能去……老头子，快，快出来！”胖大妈赶上一步堵在了门口，还把里屋的老伴也叫了出来。自家店里有货不卖，还不让顾客上别家店去买，这是什么道理！女孩脱身不得，满脸恼怒。

“来，小姑娘，先喝杯茶。你是打工的吧？是不是遇上什么为难的事了……”胖大妈老两口连劝带拉，把这个要买刀的外地姑娘留在了店里。得知女孩还没吃饭，胖大妈又忙不迭去泡了盒方便面。

“为难的事？大伯，您、您是问我家里……哇——”饥肠辘辘的女孩，捧着热气腾腾的方便面忍不住哇地哭出了声。女孩哭了好一会才慢慢平静下来，抹把泪从兜里掏出了张对折的打印纸。胖大妈接过去左看右看不知所云，忙递给了老伴洪建刚。“……后期治疗费2万，伤残补助费7万……这、这是判决书？”老夫妇怎么也没想到，这个外地女孩掏出来的竟是张法院的判决书。从清晰的印章看这张判决书真实不假，那就是说小姑娘家中有人致残。既然有判决书，那么事故善后也已处理妥当，这女孩为何不在家中照料伤者反而进了城？洪建钢与老伴百思不解。

见胖大妈老两口慈眉善目并无恶意，女孩才道出了来龙去脉。原来女孩名叫栀子，老家在几百里外的小山村。二年前发生在城东“蓝月亮”娱乐城的那场意外事故中，不慎被高压电严重击伤的民工，就是小姑娘的父亲刘盼安。父亲经抢救命是保住了，但成了瘫在床上的残疾人。

虽然事后经查证这起事故的起因，是包工头为了盗电，私自乱拉线路造成的。包工头除了交电力部门的罚款外，作为刘盼安受伤致残的主要责任人，法院还判决他承担伤者后期治疗费 2 万元，伤残补助费 7 万元。谁知拿着判决书上门拿钱，包工头避而不见。求助强制执行时，却发现包工头名下竟无财产可执行。“……没钱咋治伤？没钱咋有活路……我、我要和他同归于尽……”说到伤心处，女孩哽咽难言。

栀子的话让老两口面面相觑。看来，栀子要买水果刀，是要和那个包工头白刀子进红刀子出。胖大妈抹了把额上的冷汗，暗暗思忖：今日碰巧是在自己店里，没让栀子买成刀，可她一转身就会去别的店买啊。胖大妈知道，人的杀性也不是说起就起的，何况这么年轻的姑娘。可要女孩放弃过激的念头，同样不是件容易的事。胖大妈急得一个劲催老伴支招。

洪大伯第一个念头就是报警，可小姑娘欲与债主同归于尽的起因，是对方欠债不还。按理说是应该通过正规渠道来解决，问题是这笔债务本来就具有法律效应！唉，这年头讨债的做孙子，欠债的反倒成了老子。更糟糕的是，这张判决书发出已有年余，如今债主无财产可执行，若过了二年的追索期，岂不更成了泡影。洪大伯搔头抓腮，搜肠刮肚，终于眉头一皱，计上心来。

“噢，你爸爸没钱进医院，就住在车站旁的小旅店里？好，就这一招……”洪大伯把栀子叫过去面授机宜。洪大伯的怪招，不能说后无来者也称得上是前无古人。栀子呆呆地怔了好一会，决定死马当做活马医，成与不成试试再说。

次日，在春江市的文化广场出现了一辆大板车，车上半躺半靠着一个胡子拉碴、神色凄惨的中年男子。不知是大板车和现代都市格格不入，还是好奇心与生俱来，很快就有人围了上来。“转让，转让什么？……”走得近来人们目瞪口呆。只见大板车上竖着块牌子，上面“转让”两字白纸黑字十分醒目。更不可思议的是，牌子上还贴着张法院的判决书。左侧的附言更是简单核要："因生活所逼，不得已转让判决书，有意者按八折……"这年头买进卖出的见得多了，可转让判决书倒真是闻所未闻。精明的看客还情不自禁地盘算一番9万元的80%是多少……

围观者越聚越多，很快引起了市容、交通部门的关注。可推大板车的栀子，不论谁问只是哭，而坐在车上的父亲刘盼安也是满目无奈，潸然泪下。二十分钟后，新闻媒体也赶到了现场。在他们的再三劝说下大板车才离开了广场。

当晚，栀子父女俩的大板车，在市电视台的《百姓百事》栏目里亮了相，那个漂亮的女主持人绘声绘色地讲述了发生在文化广场的头号新闻，和栀子一家的生活状态。传媒的力量真是惊人，转卖判决书一事轰动了整个都市。这还了得，判决书不能生效岂不暴露了执法的"软肋"，而连判决书都能转让，法律的尊严何在？分管政法的甄副市长，脸色铁青地责令有关部门要一管到底，落实执行。

十天后，逃债不还的包工头被重新请进了法庭，因为经查实他在刘盼安事故后，匆匆忙忙与老婆离婚，就是为了转移、保全财产的假离婚。如此，执行判决给刘盼安的9万元，实在是顺理成章，轻而易举。

拿到赔偿的刘盼安激动不已，硬要女儿给出谋献计的洪大伯磕头致谢。"唉，我编了一辈子剧本，这次不过是把编导的手法用到了你们身上……"

原来，洪建钢是市滑稽剧团的编导，生性幽默、开朗。虽已退休多年，但他思维敏捷、宝刀未老。得知栀子的状况后，便来了个黑色幽默，却不料歪打正着，让恶意逃债的乖乖伏法。而古道热肠的胖大妈，自三年前那个群殴中丧命的小混混，死在自家卖出的水果刀下后，一直内疚不安。也算习惯成自然，胖大妈对神色有异的小青年总不忘相劝几句，至于上门来买刀具的更是慎之又慎。栀子上门买刀时，满脸凄惨、无奈的神情，让胖大妈心里打了个激灵，凭自己的直觉，胖大妈认定这打工妹买刀肯定另有隐情……

刘盼安顺利住进医院做后期治疗。栀子痛定思痛，对讨不到工资、要不回欠款的人们充满了同情。当然主要的还是她从中看出了商机。栀子决定在城里开个讨债公司，聘请足智多谋的洪大伯当顾问，专门提供出其不意的怪招，来对付形形色色的逃债者。

据说，栀子的公司还没开张，就有好儿笔业务找上门来。又据说，栀子讨债公司审报注册时被有关部门退了回来，说讨债公司不伦不类岂能挂牌运营。当然，最站得住脚的理由是，难道对付逃债的老赖，除了怪招就没招了？不过，包工头假离婚竟然一年后才发现，到底是执法者疏忽了？还是这无财产执行里原本就有什么“猫腻”？

姐姐陪你玩

打工妹乐笑晓手脚麻利，做事勤快，天生的一张娃娃脸瞧着也蛮顺眼，按理说当钟点工应该游刃有余。谁知把六岁弟弟扔在老家当留守儿童的乐笑晓，见不到自己一手照料的弟弟，“逮”住雇主家的宝宝，就忍不住大声嚷嚷：“乖，过来，姐姐陪你玩。”这也难怪，当初父母外出打工时，弟弟小虎刚满周岁，是十三岁的笑晓陪伴弟弟当了五年多的留守儿童。如今她也进城打工了，可见不着弟弟心里牵挂的很，便情不自禁地将雇主家的孩子，当成了弟弟的替身。

钟点工是按时计费的，乐晓笑一见孩子忘乎所以，实在让雇主们忍无可忍，便纷纷要求家政公司换人。几番下来，家政公司下了最后通牒，让推销不出去的员工“另谋高就”。

被“炒鱿鱼”的乐笑晓，离开家政公司，顾不上找地方安顿，拖着简单的行李直接去了劳务市场。可她里里外外转了个遍，也没碰上半个雇主，急得没头苍蝇似的，在大街小巷瞎撞。

“毅毅乖，来，再吃一口。哎呀，不好了，那个姐姐要来抢了……”乐笑晓循声望去，树阴下一位捧着鸡蛋羹的胖大妈，正指着她一连声抱怨。乐笑晓不知所云，茫然四顾。瞥见躲在树后玩耍的小男孩才恍然大悟。她原本就是个性情爽朗，童心未泯的人，这会触景生情又想起了待在爷爷奶奶身边的弟弟，立马撂下行李，张牙舞爪地扮起了大老虎。

胖大妈没想到随便找了个“群众演员”，怎么快就进入了“角色”，喜出望外。而虎头虎脑的小男孩条件反射似得，扑过来抓住奶奶手里的碗，把小嘴张成了喇叭花……胖大妈完成了媳妇交代的任务，对主动配合她的乐笑晓很是感激，顺手从包里掏出瓶矿泉水递了过来。乐笑晓正渴得嗓子冒烟，求之不得。

不知是这个慈眉善目的胖大妈颇有人缘，还是不怕生的小男孩，把乐笑晓的长柄雨伞，当成了孙悟空的金箍棒玩得不亦乐乎。乐笑晓与祖孙俩在树阴下天南海北地聊得十分尽兴。“嘿，你瞧太阳都快下山了。走，上我家玩去……”乐笑晓抬头见天色渐暗，才想起自己光顾说笑，竟忘了晚上的住宿都还没着落，忙摇手推辞。

乐笑晓执意不肯同往，胖大妈很是失望：“……耽误了你怎么久，实在不好意思。呶，这个给你……”胖大妈把手里那只鼓鼓囊囊的食品袋，塞进了搁在地上的行李中。乐笑晓回过神了，胖大妈已牵着孙子消失在小巷的深处。

半小时后，乐笑晓住进了车站附近的一家小旅店。乐笑晓忙不迭打开行李，只见食品袋里有2个香蕉，半只蛋糕，3块饼干，外加大半瓶娃哈哈。乐笑晓干了几个月登堂入室的清洁工，知道这是城里孩子“磨牙”的零食，带在身边备用的没消灭掉，便成了淘汰物质……胖大妈的顺水人情，对乐笑晓来说犹如雪中送炭。有了这袋食品，起码今天的晚餐不用花钱买了。

乐笑晓的肚子早唱响了空城计，她顾不得开灯，便喜滋滋地吃起了“西餐”。突然，乐笑晓在蛋糕下摸到了张对折的纸，抽出手一看竟是张簇新的二十元币，乐笑晓傻了。她怎么也没想到，粗心的胖大妈会把钞票拉在了食品袋里。乐笑晓本性淳朴、善良，对好心的胖大妈充满了感激，她决定得空去找胖大妈把钱还给她。

次日，乐笑晓为找个打工的地方，走街串巷跑得小腿抽筋，仍是一无所获。正在她垂头丧气之时，一个熟悉的身影在眼前掠过，乐笑晓赶紧追了上去。

“……什么？把钱还我？你、你说啥？我，我听不懂……”乐笑晓气喘吁吁，语无伦次，听得对方云里雾里。乐笑晓这才发觉，是自己找人心切认错了人。幸好被她拦下的陌生大妈，不仅对她的张冠李戴毫无怨言，还热心地询问“失主”的状况。

乐笑晓只记得胖大妈姓汪，有个4岁多点的小孙子外，提供不了更多的信息。不过，这个自称姓林的陌生大妈，听完乐笑晓的叙说，好像心里有了数。她安慰乐笑晓找不着汪大妈也不必着急，既然这钱是在送给她的点心袋里的，那么就等同于归她了。乐笑晓对林大妈的分析似懂非懂，但和围绕在其身边的小女孩倒是混成了“忘年交”。

"瞧我这外甥女，玩起来就忘了时间。哦，对面那家牛肉面馆口味不错。走，一起去尝尝……"乐笑晓一早出门，这会儿已是中午时分，对方提起吃饭更觉得饥肠辘辘。可她进城打工以来，每顿果腹的是不超过3元钱的快餐，饭店、面馆一律敬而远之。见乐笑晓磨磨蹭蹭挪不动步，林大妈嘿嘿一笑，爽快地表示由她买单，还说有事要请乐笑晓帮忙，那个蹦蹦跳跳的小女孩更是阿姨、姐姐地乱喊，拽住乐笑晓不肯撒手。

乐笑晓脱身不得只好同往。两碗香气扑鼻的牛肉拉面很快就端了上来，乐笑晓知道生面煮成了熟饭不吃也得吃了，再说林大妈还说有事要请她帮忙，就更不能一走了之了。

乐笑晓碗里的面很快就进了"五脏庙"，王大妈正欲给她再添，冷不防一旁的外甥女雯雯，也直着嗓子喊起了没吃饱。林大妈十分意外，满脸欣喜。

乐笑晓吃饱喝足，正欲询问有何事可以帮忙，却不料林大妈瞄了眼墙上的钟，拽住小女孩急匆匆转身就走。"喂，这十块钱你收好……"更让乐笑晓诧异的是，面馆伙计笑嘻嘻把一张十元币递了上来，还说是顾客结账时吩咐的，让店里把找的零头交给她就行了。白吃了两碗牛肉面已经是无功受禄了，怎么还能倒进钞票？乐笑晓懵了。

"嗨，你发什么呆啊，又不是偷又不是骗，人家自愿给你的怕什么。咦，说来也怪，这女娃平常吃顿饭没两个时辰想都甭想，今儿个胃口咋这么好…"也许，是自家的牛肉面第一次被挑剔的"小公主"无条件接受，小老板嘿嘿直乐。乐笑晓愣在那里好一会，眼睛徒然一亮，飞奔而去。

次日，再次出现在街心公园的乐笑晓，撑了把漂亮的遮阳伞，伞面上粘着张白底黑字的纸，上面恭恭敬敬地写着："谁家宝宝要陪玩，包您省心又省力"。不知道是这"陪玩"的说法忒新鲜，还是省心省力的承诺颇有诱惑力，乐笑晓转悠了没几分钟，就陷入了银发、稚童混合的包围圈……

事实证明，经乐笑晓陪玩的孩子，与单纯由祖辈"隔代养"的相比，吃得更多、笑得更响，胆子更大，性格更活泼。做爹娘的见自己的"阿哥、格格"乐此不疲，堂上的"老祖宗"又轻松自在，个个满心欢喜。

乐笑晓做梦也没想到，当初因为喜欢逗雇主家孩子丢了"饭碗"，如今依旧是逗孩子倒成了香饽饽。只是今日李家请，明日赵家邀，乐笑晓实在忙不过来，思忖再三，决定找人帮忙。

乐笑晓说干就干。当天下午，就去劳务市场找了3个寻不到"饭碗"的打工妹。也算是应了有需求就有生存的原理，不出一周，小旅店里有陪玩姐姐的消息，成了大街小巷的新鲜话题。那些贴了几条街“天灵灵地灵灵……”也收效甚微的“哭煞猫”家长更是结伴而来……

乐笑晓趁热打铁，租房立户，正式挂上了“职业陪玩”的牌子。说实话，陪玩公司推出的踢毽子、抓沙包，滚铁圈，跳牛筋的陪玩项目，在城里早已绝迹。咋一亮相，不光图新鲜的孩子喜欢，就连当爹娘的童心，似乎也有激活的趋势。

乐笑晓进城打工，本来就是为了让弟弟生活的好一点，如今有了稳定的收入，除了饮料、牛奶、羽绒服，隔三岔五地捎回家，还给家里装了台二手彩电。想到心爱的弟弟终于能像城里孩子那样看看彩电，喝喝牛奶，玩玩变形金钢，乐笑晓就高兴的从梦里都会笑醒来。

“六一”儿童节前夕，春江市的“少龄会”重申了“未成年人保护条例”，并郑重向全社会提出了关爱少年儿童的倡议。有识之士阐述了独生子女培育新理念，认为独生子女缺少玩伴，除了图书、电视，面对的就是夕阳老人，而任性、自私，厌食、甚至自闭等一系列通病，正是来源于独生子女生存环境里的孤独感……专家学者的这番话，引发了人们对职业陪玩空前的关注和肯定。

乐笑晓没想到，歪打正着寻的这只“饭碗”，竟然还会创造社会效益。她决定扩大陪玩业务，赚更多的钱。为了“肥水不流外人田”，乐笑晓还把在邻县打工的父母邀了过来，负责公司食堂的“伙房”工作。乐笑晓的发展计划一路绿灯，而和其他家政类公司的钟点工一样，实行上门陪玩每小时 10 元的收费标准，雇主均能接受。

转眼又一年余。乐笑晓“家族公司”的收益，捎回老家维持家用绰绰有余，她准备再好好干几年，攒点钱在城里买房安家，到时把弟弟小虎也接到城里来上学。然而，事与愿违。周一上午，乐笑晓接到了老家乡镇医院的急电。得知弟弟小虎出了事，哪敢耽误，立马赶了回去。

“什么？小虎，小虎的手是他自己弄伤的？为什么，为什么会这样？……”乐笑晓跌跌撞撞冲进外科病房，见宝贝弟弟的左手缠满纱布，望着其隐隐渗血的伤口，心疼得直掉泪。从护士处闻知，小虎的伤是他自己割的，乐笑晓的母亲更是不信。一旁的奶奶见媳妇满脸疑惑，忙上前撩起小虎的衣裳，表示真的没打过孙子，小虎莫名其妙地弄伤自己已不是第一次了。

目睹小虎身上大小各异的疤痕，乐笑晓和母亲哭成了一团。

“哦，你是病人母亲吧？你儿子得的是严重的自闭症。留守儿童长期见不着父母，又没有玩伴，内心十分孤独，这没人说话时间长了，就渐渐转换成了不愿说话，直至把自己完全的封闭起来。这病严重时就会伤人、自虐……”小虎的接诊医生许大夫，瞥了母女俩一眼，忙不迭告知病况。乐笑晓听不懂医学术语，她只听懂了弟弟这病很严重，唬得魂飞魄散。

乐笑晓陪护在弟弟的病床前，彻夜未眠。她怪自己不该为了多赚点钱，将父母留在了身边。现在自己有能力养家了，应该让爹娘回家去陪伴弟弟，或者干脆把弟弟也带进城……

三天后，乐笑晓背着出院的小弟弟回到了公司。“小虎，是姐不好，姐以为只要给你好吃好喝，你就会很开心，姐忘了你最爱吃的是妈妈做的饭。哦，小虎，你瞧这里有好多姐姐呢，乖，快点好起来，姐姐陪你玩……”乐笑晓安顿好弟弟，喃喃自语了好一会，“蹭——”地蹿出门，毫不迟疑地摘下了挂了两年之久的“陪玩家政”的招牌。乐笑晓的举动让父母傻了眼，两个老实巴交又没文化的农村人，在外面打工一直赚的是苦力钱，来到女儿的公司当下手，显然比在别处打工强。儿子生病当爹娘的比当姐的更心疼更着急，可也不能说不干就不干了呀。

“笑晓姐，你、你要关门歇业？那、那叫俺们怎么办？好歹也跟了你……”乐笑晓招来的那三个打工妹，更是猝不及防。这也难怪，两年来风雨无阻、任劳任怨的上门服务，才赢来了越来越多的陪玩业务，突然关门岂不可惜？更何况，没了这个“饭碗”就连落脚的地方也没了。众人面面相觑，无所适从。乐笑晓诡秘地一笑，缓缓吐露了新的计划。

周一，停业三天的职业陪玩，恢复了正常业务。只是，每个钟点工的上门陪玩服务，控制在了6小时内。“小东家”意犹未尽，雇主究其原因，打工妹只说回公司另有安排。不过，重新挂上起的牌子上与“职业陪玩”并排的还有六个黄灿灿的小字“留守儿童之家”！

乐笑晓颇有经营头脑，新增设的项目一推出，便受到了外来务工者、创业者的青睐。她们纷纷捎信回家，让放暑假、度寒假的孩子来“留守儿童之家”暂住，因为她们过剩的母爱需要倾泻，而孤独的幼苗正急需浇灌……

最近又有了新的传言，职业陪玩的钟点收费，已超越了家政清洁、水电维修的钟点标准。乐笑晓还为麾下的员工办了大病保险、养老保险。职业陪玩公司的优越待遇，让不少下岗工人也动了心。得知乐笑晓的职业陪玩分公司，即将在城东开业，众人跃跃欲试。但不知咋的，对愿意给自己打工的城里人，乐笑晓一概拒绝。据说，她招聘员工有两条雷打不动的要求，除了应聘者必须对孩子有爱心外，还得也是外来打工妹。而她的口头禅“乖，姐姐陪你玩!”更成了新员工培训的必修课……

一字之差

川妹子菊花，在靓靓服装厂打工已一月有余。今天是发工资的日子，菊花兴冲冲地跑进财务室，可被告知领工资一律去地下室。菊华在四川乡下时曾听说过，城里的盗劫案防不胜防，看来所言不虚，这不，连发工资也要在地下室进行。

菊花笑吟吟寻了过去："啊，你们这是……"菊花怎么也想不到，发工资的地方是个由车库改建的成品仓库，更让她做梦也想不到的是，发到她手里的第一个月工资，竟然会是6件羽绒服。她询问得知，去冬连下几场大雪，羽绒服供不应求，厂里加班加点大量生产，却不料天寒地冻没几天，气温就大幅回升，于是这批羽绒服成了仓库里的积压产品，厂里为流通资金只好把羽绒服当工资发了。不过厂长良心还算平，每件按成本价70元折算抵工资。

菊花知道这种羽绒服，市场销售价能卖120元。当初进厂时定的工资是每月400元，这6件羽绒服抵工资已经多了20元，等脱手后岂不赚得更多？菊花等不及和其他打工妹一样，排队领取挂在羽绒服纽扣上的商标，她办妥领货手续，找了只大号编织袋把羽绒服一背，就先回了宿舍。

次日一早，菊花在人来人往的菜场门前占了块地，开始叫卖羽绒服。菊花知道一起打工的姐妹，这个月工资全让羽绒服抵了，谁都想尽早变成现钱，竞争一定激烈，只有速战速决为妙。

"清仓亏本，高档羽绒服每件91.80元……"不知是这批服装颜色、款式确实不错，还是91.80元的价格，是"就要发"的谐音，不到十分钟就有买菜的大嫂、大妈前来光顾。菊花暗暗高兴，在乡下常听说现在城里人讲吉利，不管是车牌号还是电话号，宁愿多花点钱也要八不要四。想不到这一套借来用用，一试就灵。

试穿衣服的，查问面料的，菊花应接不暇。“哎，小姑娘，50元一件卖不卖，这衣服是……”一位精明的大姐开始砍价。其实，菊花的最底心理价位是80元，想不到碰上了胡砍乱砍的，竟砍得连成本价都不保，菊花自然不乐意。

见菊花爱理不理的样子，砍价的大姐捧了件羽绒服振振有词：“瞧，这商标上明明写着羽毛制品，你羽绒服，羽绒服叫得山响，骗功倒好！”菊花闻言怔了怔，立马反驳。羽毛服就是羽绒服，羽绒就是羽毛，羽毛就是羽绒。只可惜对菊花的声嘶力竭，无人赞同。因为地球人都知道，羽毛、羽绒虽都出在鸭身上，但柔软度，保暖性能完全相差几个等级。

“唉，反正现在常常暖冬，这衣服样子倒也蛮好的，羽毛就羽毛吧，加你10元，肯卖我就要了。要不，还是去店里卖羽绒的，贵就贵点……”要命的是，另几个顾客被那个砍价大姐一番点拨，顿时认定了这衣服的价值。菊花见街头冷清了许多，看来菜场也已经落市了。60元一件的价格，硬生生比抵工资时的底价还要亏10元，可不卖又怎么办，这可是她的第一个月工资，若是不卖，难道这衣服能当饭吃，当钱花？菊花无奈地点头应允。

菊花6件羽绒服终于脱手了，到手的360元钱，比她约定的工资还要少了40元，自然怎么也高兴不起来。回到宿舍得知别的姐妹，没一个卖的价格低于80元一件的，菊花傻了，呆了。菊花懊悔不已，她怪自己不该等不及领取填写好的标签，正是这早走的几分钟让她付出了代价。

原来，菊花去厂里领了羽绒服，和几张标明尺寸规格的标签，急匆匆回宿舍后，就迫不及待地为次日的销售做起了准备。她拿出标签认真地逐条填写，打工一月下来，菊花对尺寸规格的比例早已一目了然，但在填写产品名时，她怎么也想不起“绒”字怎么写，就想所当然的，用羽毛来代替了羽绒。这也难怪，菊花本来就只上过四年学，就算学过也早还给了老师。哪知道偏遇上了个望文生义，追根掘底的顾客。菊花怎么也想不到仅仅一字之差，她的工资和姐妹们相比……

这个礼拜天，手上有了钱的打工妹们，嘻嘻哈哈的遛马路，逛超市。菊花没有同行，她拿着第一个月的工资，悄悄走进了“外来务工人员文化补习中心”，因为菊花终于知道了，打工也要有文化。要不，一字之差，咋就差这么多？

守株待“鼠”的“猫”

人都要吃饭，为了能吃上口好饭，18 岁的珠儿离开贵阳老家来江南打工。珠儿运气真的不错，下火车的当天就在颇具规模的彩虹超市，找到了做“猫”的工作。说起这工种真算得上是既轻松，又自由。当然这全靠在超市当保安队长的表哥阿虎的推荐和面子。

其实当初珠儿真的懵懵懂懂，不知凌经理安排她做的“猫”是干什么的。在表哥阿虎的解释下，她才知道超市里的“猫”是为防“老鼠”设置的。实际上“猫”就是和阿虎哥干得工作一样，都是对付偷窃的。不过表哥干的保安是明的，她这只“猫”是暗的，就像秘密警察在超市里转悠。珠儿明白了从事的是专门抓小偷的工作，荣誉感徒然而生。

“哥，我知道了，发现小偷我就报告，我跑得很快的。”阿虎告诉珠儿跑得快不快都没关系，因为超市里的每只“猫”，都和保安一样配有对讲机。发现偷窃只要用对讲机，把偷窃者的外貌特征，通知守候在超市大门处的保安或收银员就行。只是要时刻记住自己是只守株待“鼠”的“猫”，不失时机，主动出击才能做只出色的好“猫”。

不晓得是珠儿这只“猫”不够灵敏，让“老鼠”溜之大吉，还是太灵敏，吓得“老鼠”不敢出手。反正珠儿楼上楼下整整转悠了 30 天，连根“老鼠”毛也没逮着。“猫”的天职自然是逮“老鼠”，可珠儿逮不着“老鼠”，没有“老鼠”交罚款，她就拿不到罚款的提成，没有提成的全部收入就只有清汤寡水的 400 元基本工资。今天领到工资，扣除房租、水电，饭钱已乘无几。

次日上班，珠儿摸摸兜里少得可怜的几张钞票，看看同店为“猫”者吃过用过，还有几百上千的结余，既羡慕又难过。她知道贵阳深山坳里的爹娘，等着她挣钱回去修房，失学在家的弟弟也等她的钱继续上学。珠儿决心跟逮得住“老鼠”的“猫”好好学几招，争取做只能捎钱回家的好“猫”。

珠儿诚心诚意地向同伴请教，看在她是自己顶头上司的妹妹份上，免不得指点一二。“瞧，那个带小孩的妇女，眼神不对，肯定是只“老鼠”，跟着她……”热心的“老猫”凭经验捕捉了目标，又仗义地把口边的猎物，让给了这只刚出道的“新猫”。珠儿感激地点点头，悄悄跟了上去。

那个中年妇女穿着朴素，皮肤黝黑，一看就知道不是在建筑工地打工的，就是刚从农村出来的打工仔的家属，倒是那个六七岁的小男孩一身童装还算合身。珠儿悄悄跟在身后打量了个够，中年妇女丝毫不知道已在“猫”的监控之下，她突然出手飞快地把一盒巧克力揣进怀里。转身欲走，却不料珠儿已堵在面前。

“要么你把它买下来，要么跟我去保安室。”不知咋的，珠儿有心给她个台阶下。可一小盒德芙巧克力的价格是12元，那个中年妇女摸遍了口袋只摸出来7元钱。“你、你没钱……不，我不要吃偷来的东西，我不过生日了，我不要小偷做妈妈！”机灵的小男孩从母亲磨磨蹭蹭、唯唯诺诺的样子里，明白母亲没钱买巧克力，她拿这巧克力就是想偷。中年妇女瞟一眼珠儿，望望儿子愣在那里，满头冷汗，尴尬之极。

中年妇女哀怨，绝望的眼神，突然间让珠儿想起了贫穷的母亲，她鬼使神差般从自己兜里掏出了5元钱。“小弟弟，你妈真的是要给你买巧克力过生日，瞧，这张钞票她早就交给阿姨了。”小男孩惊喜地雀跃而去，中年妇女泪流满面。捉不来“老鼠”的“猫”，反贴钱放走了“老鼠”，珠儿的举动顿时成了众人的笑柄。

更糟糕的是，巧克力事件后，珠儿在“猫”的行列里成了异类，再也没有“猫”指点她如何捉“老鼠”，珠儿每月的收入自然仍是400百元的基本工资。没有罚款，珠儿减少的是提成，而整个保安部门减少的却是罚款收益的奖金。损失了收入的同事们对珠儿很是不满。

表哥阿虎身为保安队长，自然不管明的暗的，凡是防偷反盗的工作都是他管辖范围。珠儿又是他引荐进来的，如今连女经理凌影，也不止一次说珠儿是聪明面孔呆肚肠，让阿虎觉得很丢面子。阿虎对表妹实在是恨铁不成钢，又有心抓抓下属的工作，这天打烊后，阿虎把所有的“猫”集中起来，耐心示范，细心讲解，再三强调做只守株待“鼠”的“猫”，最基本的工作方式，就是要见机行事。要求超市里所有的“猫”努力提高业务水平，力争手到擒来多捉“老鼠”。

只可惜，阿虎苦口婆心，深入浅出的教诲，对珠儿收效甚微。不过除了珠儿，不管“大猫”“小猫”都是心领神会，茅塞顿开，短短几天里人赃俱获的“老鼠”，甚至超过了前三个月的总和。珠儿十分羡慕同伴的业绩，对自己的无能焦虑万分，因为表兄已警告过她，若长期不能胜任“猫”的工作只有滚回老家去。

珠儿在同伴眼里早成了个不可理喻的怪人，再也不会有人把到嘴边的“老鼠”让给她了，甚至抓“老鼠”的时候也有意无意背着她。珠儿不怪她们，因为她知道抓获“老鼠”的多少，直接关系到收入的多少。她决定自己长点心眼偷偷学。

观察了整整一周，珠儿终于发现“猫龄”最长的贾姨，业务水平最高，抓小偷一抓一个准，珠儿决定认准贾姨做师父，学好本事挣钱回家。机会终于来了，圣诞节前夕，一群十四五岁的孩子挤了进来。贾姨眼睛一亮，悠哉悠哉地荡了过去。珠儿从贾姨成竹在胸的神色中，肯定贾姨发现了老鼠的可疑之处，忙悄悄跟了上去。

有经验的“老猫”到底不一样，只见贾姨神定气闲，不慌不忙，拿起货架上的物品，看看摸摸，又似乎不太满意，皱皱眉头放回原处。说真的，贾姨的举动和普通顾客没什么两样，唯一不同的就是她所处的位子，始终与这群孩子若即若离。珠儿不知道这些孩子里哪只是老“鼠”，但她肯定有贾姨盯着再快的“老鼠”也偷不成食。贾姨的表现让珠儿佩服得五体投地，但还未等珠儿想好如何让贾姨收她为徒，“倏——”地一下，只见贾姨飞快地把一盒高级化妆品揣进了怀里，几步窜入了人群。

珠儿傻了，呆了。和她同样傻了、呆了的还有那群中学生模样的孩子，不过其中那个长颗小虎牙的圆脸男孩，很快就明白发生了什么事。男孩给小伙伴使了个眼色，学贾姨的样子飞快地伸出手，把自己的心爱之物塞进帽子，揣进兜里。

“门卫注意，有“小老鼠”出来了……对，中间那个长颗虎牙的，藏在帽子里、胸前、还有……”珠儿转身和躲在暗处的贾姨撞个正着，说实话，直到看见贾姨通知保安的这个对讲机，珠儿才恍然大悟。

三天后，珠儿在电视上看到了一则寻人启事，大意是某校初二学生，因故离家出走，请好心人提供线索云云。照片上的圆脸男孩笑得露出了小虎牙，十分可爱。珠儿猛然想起这男孩，就是贾姨那天捉到的“老鼠”。凭直觉，珠儿认定男孩肯定是暴露了在超市偷窃的事，不敢回家才出走的。从来不知道什么叫失眠的珠儿，彻夜难眠。

次日，珠儿悄悄找到表哥，如实告知了贾姨的举动、男孩出走的事。却不料阿虎听了她的话呵呵大笑，连连称赞贾姨悟性不错，对自己的指导能细心领悟，灵活运用，若每只“猫”都能如此敬业，那自己作为保安队长，不仅脸上有光，而且这月奖、季奖、年末奖……阿虎见珠儿仍是丈二和尚——摸不着头脑。瞪了她一眼：“喂，什么男孩女孩的，别人的闲事不用你管。至于贾姨的成效嘛，呶，不就是把一只守株待“鼠”的“猫”做到了位。哈、哈哈——”阿虎模仿了个贾姨把东西揣进怀里的样子，扬长而去。

阿虎的回答让珠儿目瞪口呆，她不知道守株待“鼠”的“猫”会是这个意思。此后，不知是不是贾姨传授了高超的捉“鼠”技巧，不论“大猫”“小猫”总能把“老鼠”逮个正着，唯有珠儿依然是无“鼠”可捉。更要命的是，自从看到那张寻人启事后，珠儿的失眠竟成了病根，甚至闭上眼就做梦，梦见的都是专门对付小孩子的狼外婆……珠儿不敢和表哥唱反调，可她知道做这样的“猫”实在太缺德。她食不甘味，夜不成眠。

一周后，珠儿这只抓不着“老鼠”的“猫”，接到了辞退通知。进城打工仅二月的珠儿，丢了饭碗回转家乡，起初心里如释重负，可等到踏上归途，病卧的父亲，失学的弟弟一股脑儿浮现在眼前挥之不去。不知是珠儿为自己挣不来钱愧对弟弟，还是好久未见面很是想念，一路上她不由自主地留意那些和弟弟年龄相仿的孩子。在离老家40里地的那个县城小站上，一个熟悉的身影引起了珠儿的关注，她赶上去一看，目瞪口呆。这个流浪儿竟是寻人启事上的虎牙男孩……

珠儿不知这男孩为何会出现在离家千余里的小城，但他衣衫褴褛，蓬头垢面的样子让她动了恻隐之心，珠儿毫不犹豫地掏出省下来的早餐钱，给当地派出所拨了个电话……

三天后男孩的父母赶来了，搂着失而复得的儿子，他们执意要履行寻人启事上的诺言，酬谢提供线索的珠儿。珠儿知道男孩遭此磨难是因为“猫”的诱导，她为自己也曾当过“猫”很是内疚，自然不肯接受酬谢，几经推辞不成，不善言辞的珠儿吐露了实情。闻言，孩子的父母岂肯罢休，回家后找执法部门，寻新闻媒体，不出三天彩虹超市安排守株待“鼠”的“猫”来防窃的怪招，成了众多报刊的头条新闻……

珠儿怎么也料不到，自己实话实说会掀起如此风波。更想不到的是一月后，表哥阿虎也被整顿后的超市炒了鱿鱼。阿虎回乡后，珠儿成了全村人眼中忘恩负义的小人，她以泪洗面，度日如年。幸好，贫穷的父母、失学的弟弟并没责怪她。

半年后，珠儿接到了一家新开张超市的聘用通知。据说珠儿干的仍是“猫”的工种，不过这个来自山村的打工妹已升任“猫”头，虽仍是只守株待“鼠”的“猫”，但最大的区别是在“老鼠”欲动时，及时上前笑眯眯地说一句：“请问，有事需要帮忙吗？”

光盘行动

周一上班，打工妹巧莲就觉得气氛不对头。果然领班赵小丫通知她去经理室一趟。巧莲来“月亮门”大酒店当服务员还不满两个月，听说经理找她，心里不由得咯噔了一下。

“噢，你就是西餐糕点组的巧莲?”值班经理马福才上下打量了她足足30秒，看得巧莲浑身发毛。马福才“涮涮——”两笔写了个便条，转身递了过去：“呶，拿好了。凭这个去财务室结清工资，明天你不用来了。不用问为啥，你心里有数!。”俗话说做贼心虚，巧莲闻言，战战兢兢不敢抬头。

巧莲噙着泪走出经理室，悔得肠子都青了。她怎么也想不到，昨晚收拾餐桌时，顺手塞进嘴里的那块蛋糕，竟然让她丢了饭碗。巧莲原来是洗菜工，调到前台当服务员才3天。本来昨晚打烊前的最后一桌轮不到她收拾，可见姐妹们捶背揉腰没人上前，她这新来的只得主动代劳。

千不怪万不怪，只怪残羹剩菜中不该有这块香喷喷的夹心蛋糕。巧莲忙到深更半夜早已饥肠辘辘，见此情景，肚子更是‘咕咕”直叫。再说这色泽鲜艳，造型别致的蛋糕，巧莲从来没见过，实在舍不得让其与鸡骨鱼刺为伍。巧莲想也没想，从盘子里捡起蛋糕塞进了嘴里。

“嘿，嘿嘿。”巧莲还没来得及体会蛋糕的美味，闻声抬头傻了。她怎么也没想到，离座的顾客为了取遗忘的雨具，去而复返。巧莲尴尬之极，嘴里的蛋糕吐也不是咽也不是，憋得两颊绯红，才憋出一句话：“这么好的东西扔了可惜，不、不是在提倡、提倡光盘行动……”巧莲记得当时顾客并没深究，可经理咋就会知道了。

一块蛋糕的代价，竟然用好不容易找到的工作来偿回，巧莲真真理解了什么叫“一失足成千古恨”。巧莲抹着眼泪回到宿舍。她知道僧多粥少，丢了工作再寻个打工的地方不是件容易的事，而离开这里她连个过夜的地方也没有。

一筹莫展的巧莲让打工妹们十分不屑。巧莲偷嘴的事连同被客人撞上，她们也只是当笑话传的，没想到让她丢了饭碗。她们没办法挽回，唯一能帮的就是让交了钥匙的巧莲暂时仍住在这里。

巧莲早出晚归为生计奔波，但一周过去了连打工的影子都没见着，更糟糕的是管后勤的已安排了新员工入住，眼看连落脚点都没了，巧莲愁眉紧锁，潸然泪下。也算是应了“天无绝人之路”的古话，这日两个中年男子找上门来：“请问，巧莲小姐住在这里吗？”垂头丧气的巧莲，闻声抬头不禁傻了眼。这个戴眼镜的不就是自己偷吃蛋糕时被撞个正着的那位？

巧莲不知来者何意，但想起一块蛋糕闹出的笑话，让她落到了今日的困境，心里实在堵得慌：“是，我是巧莲。就算我不该吃了你们的蛋糕，为此我连工作都丢了，你们还要怎么样？你们有钱人，钞票不当钞票，这么好的东西说扔就扔，我是见浪费了可惜才……”不知巧莲不吐不快，还是恼羞成怒，她瞪了来者一眼，理直气壮，侃侃而谈。

中年男子对巧莲的连珠炮猝不及防，面面相觑：“好，说得好。我们没找错人，怎么样愿意来我们酒家工作吗？我们决定……”巧莲得知来者聘她去城东新开张的“花非花”酒家工作，并让她担任领班，巧莲既惊喜交加，又将信将疑。

来者对视一眼，娓娓道出来龙去脉。原来俩人是兄弟，在外地都办有不小的实业。由于家中老人渐渐年迈需要照顾，虽请了保姆，但老人就想看到儿孙在身边，为满足父母愿望，俩兄弟决定抽调部分资金在本地开个酒家。但两人虽当了多年老板还未触及餐饮业，老话说隔行如隔山，两人为尽快摸清圈内行情，连吃几家饭馆、酒家。

撞上巧莲偷吃他们遗留蛋糕的是老大沈彪，当时巧莲无地自容的样子，确实让他忍俊不禁。弟弟沈虎听了哥哥的叙述自然也是嘻嘻直乐，但笑过后心里很不是滋味，因为俩兄弟也是从农村出来的，他们知道一块蛋糕对饥肠辘辘的肚子有多大的诱惑。更重要的是俩兄弟从中看出了商机，他们要把巧莲的节约理念，作为有别于其他商家的特色服务引进“花非花”。

沈家兄弟商量后，决定用高薪把巧莲从“月亮门”挖过来。哪知去店里一问，才知道巧莲就为这块蛋糕被解聘了。两人几经询问终于找到了巧莲，却不料一见面就被巧莲好一顿数落。不过，巧莲这番义正词严的话，更增加了俩兄弟要聘用她的打算。更何况，失业的巧莲不用高薪，就是只要有“月亮门”的薪金，她也是恨不得烧高香了。

半月后，城东新开张的“花非花”酒家开张了。不知咋得，酒家厨师并不是出类拔萃，镇店菜肴也非标新立异，价格更是与同行不相上下，可就是车水龙马、宾客满座。据几个大请三六九，小请天天有的包工头、小老板酒后吐露，他们爱在这里请客，主要是“花非花”的服务一级捧。因为在保证酒足饭饱的前提下，领班小姐都会笑吟吟地说一句：“先生，请慢慢用。暂时不要点菜了，冷了不好吃，多了吃不了。本店提倡光盘……”你想，除了公款吃喝，这些私营业主的大小老板，掏自己的腰包哪有不心疼的，当着客人的面嘴上说“加菜、加菜”，心里头是“肉痛、肉痛”，服务小姐如此一说，客人自然会附和一番，这请客的不就顺水推舟了。

“花非花”生意兴隆，不到半年开起了连锁店。据说，巧莲又回到“月亮门”上班了。不过她是以部门经理的身份杀回根据地的，因为“月亮门”经营不善，三月前转让给了“花非花”。

眨眼又有一年，巧莲不仅收入水涨船高，而且月老也向她抛了红线。那个对她情有独钟的白马王子，还是老板沈虎在大学里学饭店管理专业的亲外甥。巧莲做梦也没想到，一句提倡光盘行动，竟让她飞上枝头成凤凰。但从此她和打工妹们最爱说的一句话就是：穷不是俺们的错，甭看俺土得掉渣，这勤俭节约，吃苦耐劳就是俺的优势，到哪里也不会过时。

追星一族

东北姑娘林玲一心想留在南方发展，可走出大学校门后，四处碰壁，萎靡不振。不过，偶然客串了回超女粉丝，倒激发了她的青春活力。说真的，不知是05号选手的歌确实唱得好，还是现场氛围的刺激，林铃对自己要力捧的选手萧晓，充满了亲切和崇拜。

这段时间，林铃一直在为某饮料厂当促销员，报酬是每天20元外加一顿盒饭，虽然报酬实在太低，但暂时过渡一下也好。让林铃屈尊在此的主要原因，还是厂方安排了两个人员，白班夜班由她们自己轮换，时间支配上相对来说比较宽松。林铃正好趁这便利为自己的工作问题奔走，顺便又可去为自己的偶像捧场。

“嗨，告诉你个好消息，萧晓晋级了！呶，这个是给你的……”这日傍晚，发展她加入了粉丝团的阿力，兴冲冲寻到了林铃的暂住地，一见面就把一只信封递了过去。林铃不知何意，下意识接过来一看，里面是一张崭新的50元币，外加一张手机充值卡。阿力是比她低一届的同校学友，按年龄算林铃还是“师姐”，她不晓得阿力干吗要给她东西，自然不会稀里糊涂地收下。

林铃疑惑不解的神色，逗得阿力嘿嘿直乐。从阿力口中得知，那天在力捧超女萧晓时，林铃激情爆发、泪流满面的光辉形象，已经在电视直播中崭露头角，这钞票就是对她卖力的奖励。阿力还支支吾吾地透露，其实林铃名下的钞票不止50元的，只是作为追星一族，她还没在自己的粉丝团里交过会费，所以就按惯例扣除了……

林铃没想到为自己喜欢的选手助威，还会有钞票拿。这50元人民币在林铃眼里，就是天上掉下来的馅饼，自然不会再去追究馅饼本来有多大。“哦，这张手机充值卡，是专为场外投票用的吧！辛苦你特意送过来……”林铃是个聪明人，不想让阿力尴尬，忙把话题岔开了。

次日，林铃接到阿力又有追星活动的通知。忙和同事换了个班，早早地赶到了集合点。“……歌手萧晓顺利晋级了，这是对咱们粉丝能力最好的鉴定，今天下午……”阿力在进入比赛场地前，总要来点战前动员。其实，不用阿力鼓劲粉丝们的热情都十分高涨，而林铃干瘪的钱包里多了张50元币后，更对偶像萧晓有了种互相扶持的感觉。这不，一进比赛现场，林铃的眼睛就开始在超女中搜索，一见萧晓便牢牢锁定了目标。

“好，05号加油！05号萧晓，我们永远支持你！”超女萧晓身材苗条，扮相别致，本来也十分养眼，可林铃这声彩实在是喝得早了点。见阿力他们毫无反应，林铃十分不解。不待她询问，左侧的喝彩声已此起彼伏。这下林铃更是傻了眼，因为她明明记得喊得最起劲的那个光头，就是那天和阿力发生冲突差点打起来的，追捧11号超女刘雯雯的粉丝。

“嗨，你怎么搞的嘛……记住，咱们现在要追捧的是9号方芳……”阿力来不及细说，不满地瞪了林铃一眼，忙示意同伴给刚上场唱黄梅戏的，9号方芳助威加油。林铃不知所云，晕晕乎乎地跟着挥荧光棒，生怕一不小心又要出洋相，干脆“小人动手不动口”。

走出赛场，林铃才知道把5号萧晓送进了下一轮比赛，她们的任务就完成了。现在是旗鼓相当的9号和7号在PK。当然5号萧晓的家人，对事前的君子协定也颇讲信誉，丝毫未少。正因为有了成功让5号晋级的粉丝业绩，9号方芳的舅舅才找上门来。为了让外甥女的人气飚升，方芳做海鲜生意的舅舅还特意去买了这批手机充值卡……

“什么？你说这手机充值卡……”林铃目瞪口呆。说实话，力捧自己喜欢的5号选手晋了级，林铃心里还真的有点成就感，她理所当然地把阿力发给她的手机充值卡，当成了给萧晓加油的工具，在场外观众投票中，林铃把充值卡的功能发挥得淋漓尽致，当然这票是投给5号萧晓的。唉，用9号提供的充值卡，稀里糊涂地投了5号超女的票，岂不是成了“身在曹营心在汉”？大大咧咧的林铃，一直以为喜欢谁就支持谁，她真的不明白追星一族，也会有目标转换的。

“……萧晓……50元？……手机充值卡……9号方芳……粉丝会员费……”林铃彻夜难眠，在床上贴了一夜大饼，终于明白了为什么5号粉丝，摇身一变就成了9号的粉丝，原来这和可爱的“花纸头”扯上了关系。

次日，林铃不是扑在网络上搜索超女赛事、就是一头扎进追星一族里寻根探源。经过深入浅出地分析了解，林铃对明星制造这个新兴产业有了认同和理解。她觉得把到处碰壁的工作问题和追星直接挂钩，是眼前最现成的“饭碗”。

林铃决定做个追星经纪人，专门为追星的粉丝（歌迷、影迷）进行商业服务。她晓得阿力是本地人，那他的同学、邻居、七姑八姨就成了候补的粉丝资源。至于粉丝装备，历来是团购的数量越大，批发的价格越低。越算是羊毛出在羊身上，进价低了发到粉丝手上的价格也相应低了。她还听说在阿力手上弄套文化衫，比在别处整整便宜了5块钱，由此可见除了阿力的亲朋好友，弃暗投明的潜在追星者还大有人在。

俗话说：独木不成林。林铃首先要找的合伙人，便是让她客串粉丝的阿力。“对，对对，这荧光捧、文化杉肯定有钱赚……”听了林铃开诚布公的一番话，阿力才恍然大悟，这些粉丝专用装备，从市场进货到发到同伴手上，这中间肯定有批零差价。给二道贩子做嫁衣裳，还不如自己干，两人一拍即合。

林铃从中嗅出了“追星经济”的商机。她见识过阿力把乌合之众管理得有条不紊，干脆把粉丝的具体事务交由阿力全权处理，自己则负责大的集体活动。

半月后，她一手操办的“追星网”开通了。有需求就有发展，看来此话不假。不到一周，就有近千个追星俱乐部进驻了“追星网”。为选手寻找职业粉丝到现场助威、帮粉丝们联系雇主赚劳务费，“追星网”让林铃忙得不亦乐乎。

也算是应了“三百六十行，行行出状元”的古训，经过几轮实战摸索，对选秀与粉丝团体联手的制造明星模式，林铃了如指掌，成竹在胸。她知道雇主满意才是立身之本，每当接到业务，都要和上岗的粉丝再三沟通，设定一个符合心理学原理的力捧方案。为了体现多劳多得的原则，林铃公开名目标价，定下了粉丝在现场喊破喉咙50元，泪流满面100元，所捧选手晋级后另加奖金的职业规范……

眨眼夏去秋来，春江市的超女大赛落下了帷幕。但不等林铃考虑是否改行，新一轮选秀又开始了。林铃作为追星经纪人，周一为“酷男儿”大赛联系粉丝、周二给“厨房乐”的好主妇选手出谋划策，周末“夕阳红”歌咏比赛的老选手又找上门来。如今真的是张扬个性，一秀成名的时代，林铃手机打爆，邮箱堵塞，忙得只恨爹娘少生了几只手……

追星经纪人的职业确实不错，林铃银行卡上的数字，犹如前三名超女的人气一路飚升。据说，她已在新开发的城西住宅区买了房，首期款就付了20万。那个叫阿力的男孩，猛然间发现，自己忙得鸡叫出门鬼叫进门，是在给别人打工，为了避免剩余价值的流失，声言要重起炉灶……

虽说林铃也晓得“分久必合，合久必分”的大道之理，但在一个战壕里“浴血奋战”了怎么久，阿力突然要另立山头，林铃心里颇不舒服。

这日，忧闷不堪的林铃，漫无目的地在大街上溜达。“……当了明星就是不一样。瞧，这萧晓差点让我认不出来了……”闻声抬头，才知道自己稀里糊涂间，来到了第一次客串粉丝的地方。从这几个年轻女孩的嬉笑中得知，当初自己热捧的超女萧晓，正在市文化娱乐中心的演播室开个人演唱会时，林铃因阿力出走带来的不快，才有所释怀。她甚至觉得当初看好05号萧晓，力捧她晋级真的是有先见之明。林铃心头一热，不由自主地和她们聊了起来。

交谈中得知，这几个女孩是萧晓的老乡，从郊县来都市打工已有两年了。说起心中的偶像，个个兴奋得满脸绯红。争先恐后地表示，几年前萧晓在老家的露天广场参加歌咏会时，她们就喜欢上萧晓了，凡是萧晓唱的歌她们都喜欢，还都会跟着哼……

年轻女孩绘声绘色的模仿，逗得林铃嘿嘿直乐。但提起当了超女后的萧晓，打工妹神色黯然，声言从没去现场看过萧晓的超女比赛，就连电视重播也常常失之交臂。

“唉，本来回家过年时，还能去文化广场看萧晓演出，现在人家成了明星那还会去露天广场，就是俺小地方的剧院也请不起，听说出场费……”面对林铃不解的神色，那个自称和萧晓五百年前是一家的胖女孩，更是快人快言。

林铃追星经纪人的业务就是追星、造星，捧星，她原以为创造经济效益的同时，也给大众带来了娱乐，她怎么也没想到，看似最平民化的超女大赛，在为衣食奔波的打工妹眼里也会是那样的遥不可攀。这几个女孩满脸的沮丧、失望，让林铃始料不及，怔在了那里。

也许，林铃尴尬的神色，让打工妹把她也当成了超女。“哦，你也是唱歌的吧！其实也没什么，要我看啊，以前的萧晓是农贸市场的葡萄，现在当了超女就成了水果店里的提子，这葡萄和提子自然不是同一个档次。能理解，能理解……”胖女孩的调侃，引得同伴哄堂大笑。

转眼又半年余。阿力的离开对林铃的追星公司，好像影响并不大。林铃仍是忙得连轴转，公司也仍是财源滚滚。但不知咋的，有了钱的林铃并不快乐，尤其在昔日的同窗学友，考研的考研、发论文的发论文，在各自的一亩三分田里冒泡时，便会神色黯然，若有所失。更让人诧异的是，坐在老板椅上的林铃，常会喃喃自语，说什么葡萄、提子的，谁也不知道是什么意思。

第五辑

EPISODE 5

人生的驿站

捎口信的小男孩

正午时分，12 岁的小峰，急匆匆地奔进了城郊的出租屋。“啊——”推开 202 室虚掩的门，满室的凌乱，让他禁不住失声惊叫。

听到声音，两个正在卧室忙得满头大汗的男子，悄没声息地围了上来。小峰环顾四周，猛然省悟：“哦，这不是阿建的舅舅、表哥吗？听阿建说这里房租太贵想搬家，你们今天就过来帮忙整理啊。”

两个男子面面相觑，不知所云。12 岁的小男孩，笑吟吟上前提示：“怎么，不认识我了？我叫小峰，是阿建的同班同学。阿建妈妈和我妈妈在一个厂子上班。他……”小男孩自报了家门，说明今天是来帮阿建拿饭盒的，因为好朋友要排练节目，中饭在学校食堂吃了，让他捎信回家。

“哎呀，去年在这里见过舅舅的，瞧我这记性！……”小峰抬头四顾，不见阿建的爸爸，只有请舅舅代他转述口信。还懂事地为自己没能认出对方，连连致歉。

小峰顾不得多说就蹿进厨房，麻利地找到饭盒，转身又将一罐凉茶端进了卧室。说自己要赶回学校送饭盒，不能帮忙整理东西，这凉茶请他们自己慢慢喝。

两个男子累得嗓子冒烟，看见凉茶喜出望外。只是他们谁也没注意到，小峰从卧室出来时，，磨磨蹭蹭地似乎带走了什么。

“舅舅、表哥，拜拜!”小峰顽皮地做了个飞吻，临告辞还不忘顺手关上了门。

十分钟后，一辆 110 巡逻车疾驰而至。那两个在 202 室忙活的男子被乖乖地请上了警车。真是人不可貌相，这两个看上去貌不惊人的男子，竟会是连续三个月，制造“白闯”盗窃案的嫌犯。

“唉，落到你们手里，只怪我们运气不好……”经审讯，两嫌犯对所犯盗窃案供认不讳，至于为什么选择白天作案，又为什么专挑外来人员的租住屋下手？蟊贼的回答是，外来人员没稳定收入，很少有大白天待在家里的。而选择城乡结合部，是因为这里相对治安条件差些。再说，就是被人撞上了，不是转学到城里的孩子，就是进城来看父母的“留守儿童”，就算露了马脚，乡下娃也容易对付……

看来这“贼经”也有几分道理。两嫌犯改夜盗为“白闯”后，哪次不是顺手牵羊，全身而退？故而对这次失手被擒，认定是流年不利，运气不佳。

“怎么，看样子你们还不服气？好，我让你们输得口服心服！”经办此案的林警官见嫌犯毫无悔意，决定压压他们的气焰。

当小峰出现在窃贼面前时，两人目瞪口呆怔在了那里：“啊！你、是你报的警！我、我真的像你同学阿建的舅舅？不、不不，我是说，你到底是怎么看出破绽的……”年长点的回过神来，急急询问。

“舅舅？哼，做我舅舅门都没有！实话告诉你，202 室就是我的家。男子汉行不改姓坐不改名，刘建峰就是我的大名！”得知先前小男孩口中的阿建，只是他自己的小名，而盗窃现场竟然就是他自己的家，两个“白闯”嫌犯瞠目结舌。

说实话，这两个盗贼自出道以来，北上南下“工作”了 N 次，从未在“白闯”时失过手，他们做梦也没想到，阴沟里翻船，竟会栽在这个不起眼的乡下娃手里。

“原来、原来 202 室就是你家租的房！那你早就知道我们的底细，干吗不当场戳穿，还费劳什子劲，给老子来这一手！”年轻一点的盗贼，更是悔得肠子都青了。按他以往的经验，听到警笛声马上转移，还是有脱身机会的，只是被这臭小子有意锁死了门，才让他们成了瓮中之鳖。

十二岁的小小男子汉，见对方恼羞成怒，嘿嘿直乐：“干吗不当场戳穿？因为我还不想被你们俩送进太平间！喂，小峰可是我的昵称，让你两个小偷知道了，也真够我倒霉的了。呶，瞧瞧这个，怎么样？认栽了吧！”刘建峰诡秘地一笑，从兜里摸出那串在卧室里悄悄拿走的钥匙，调皮地在两个盗贼面前晃来晃去。

三天后，《春江晨报》的本地新闻上，刊登了十二岁少年刘建峰机智脱险、机智报警，最终抓获盗窃犯的报道。

让人后怕不已的是，据那两个被抓获的“白闯”招供，当时他们走到小男孩身边时，便有意堵在了门前，若是那天刘建峰敢当场呼救，便会让他“永远闭口”！……

差点露宿街头的超女

春江市超女赛区的10进7决赛，进入了白热化阶段。台上10个漂亮的MM除了唱歌，还施展了各自的才艺表演。经过激烈的角逐，终于有7个选手胜出了。

有晋级的自然就有淘汰的，06号超女田甜便是3个落败者之一。虽说是重在参与，可哪个超女不是抱着做李宇春第二的念头，踏上舞台的。眼看离成功希望越来越近了，却没了下一轮的参赛权，这其中的伤心、失望可想而知。

相对而言，06号田甜要比同病相怜的另外两个女孩坚强得多。虽然心里难过，但她还是强装轻松地，和那两个本地选手挥手告别。田甜落寂地回到宾馆，准备收拾行装，明日启程回家。

田甜走出电梯，只见墙上新贴了张白纸黑字的通告："按超女比赛赞助方规定，请此番比赛中淘汰的超女携带本人物品，在晚8点前离开房间。"看完通告，田甜犹如跌进了冰窖，从头冷到了脚后跟。她怎么也没想到舞台上刚被淘汰，这舞台下也会同步淘汰。田甜再也撑不住了，扑到床上号啕大哭。

半小时后，田甜拖着自己的旅行箱跨出了宾馆的大门。也算是应了："人倒霉喝凉水也塞牙"的老话。田甜这次出来参加超女比赛，走时匆忙竟把银行卡忘在了家里。幸好参赛期间的吃住费用全由主办方买单，田甜估摸着身边的现金除了零花，只要留下回程的路费就万事大吉了，故而心里倒也不曾为钱担忧。谁知被淘汰的当天晚上，就没了住宿的地方。兜里不多的钞票若要住了旅馆，明日的路费从何而来？田甜漫无目的地在街上穿行，转眼已近子时，仍没安顿下来。

"咦，你是甜姐儿，你真的就是甜姐儿……"拐角处，三个年轻的姑娘迎了上来。从她们浓浓的乡音和欣喜的神色中，田甜知道她们极有可能是自己的“粉丝”。想到对方不远千里赶来赛区为她捧场，自己却已成了个被淘汰的超女，田甜无言以对。

三个女孩对田甜尴尬的神情，毫无觉察。不是要请田甜签名，就是想听田甜唱歌。这样的礼遇让田甜感动不已。这三个女孩也算得上是田甜的铁杆“粉丝”，叽叽喳喳了好一会，不由分说，连邀带拽地把田甜请到她们的住处。

跨进简陋的出租屋，田甜才知道她们不是来捧场的“粉丝”，而是从老家来这里的打工妹。从三个女孩的叙说中得知，她们是服装厂的车工，刚从厂里加班出来。能在路上遇到老家来的歌手，女孩很是兴奋。她们争先恐后地告诉田甜，自从她在老家的广场歌咏活动中露脸时，她们就喜欢上她了。“甜姐儿，你唱过的歌我们都喜欢，都会跟着哼。听说你来这里参加超女比赛，我们真的好想去给你捧场，可，可我们连超女的电视重播也没时间看……”田甜没想到自己会被同龄人如此关注，更没想到看似最平民化的超女大赛，在为衣食奔波的打工妹眼里也会是那样遥不可及。女孩满脸的沮丧、无奈，让田甜感叹万分。

次日，出门买早餐的女孩，兴冲冲奔了回来：“甜姐儿，我、我帮你联系上了。快，有人找！”女孩语无伦次，听得田甜不知所云，抬头一看不禁傻了眼，她怎么也没想到，找上门来的会是这次超女大赛的会务组负责人刘老师。

刘老师先诚恳地向田甜道了歉。并再三声明，昨晚把她淘汰出宾馆不是大赛组会委的意思，只是主办方和赞助单位协调上尚待改进。又告诉田甜，昨晚总导演想和出局的三位选手，举行告别仪式时，才发现已人去楼空。故而为补办这个仪式，已通知了本地的两位选手。正欲设法和她联系，没想到看到寻人启事后的打工妹，主动打了组会委电话。自己是得知了田甜的落脚点，急匆匆赶过来的。

不知是不想去当胜出者的陪衬，还是对差点露宿街头心有余悸。田甜漠然地瞟了眼刘老师，仍低头顾自己整理行装。“哦，田甜，我破格告诉你，经场外观众热线投票，你死而复生晋了级。祝贺你！……”刘老师见田甜神色黯然，忙不迭透露了最新信息。

闻知自己的偶像，能重回舞台进入下一轮决赛了，三个女孩欢呼雀跃。

“不，我决定不当超女了，我要回家。因为，我的音乐、我的歌，我的粉丝不在赛场，不在演播厅……”田甜缓缓抬起头，清澈的目光凝视着收留她的三个同龄人，沉思片刻，斩钉截铁。

闻言，众人面面相觑。刘老师更是懵了，他目瞪口呆地愣在那里，好一会也没回过神来……

端起新年的酒杯

肖芸结婚四年还没回过老家。人说百年不断娘家路，千年不断外婆亲。虽然肖芸父母早已双亡，但姑表姨表都在，更何况还有个让她牵肠挂肚的小梅。

离过年还有段时间，肖芸还是趁早把自己的设想提了出来。听她说想回老家过年，丈夫林家驹哼哼哈哈，装聋作哑，就是不往话题上搭腔。

“我知道，知道你为难……你、你只考虑小强的感受，小梅呢？你，你这个没心没肝的东西，你这个冷血……”肖芸见老公林家驹一副死猪不怕开水烫的样子，十分恼怒。尤其提起小强想起小梅，更是触动了她内心的忧伤。自古“相争无好口”，挨了妻子夹头夹脑一顿训斥的林家驹，情急之下竟然口不择言，冷着脸回敬肖芸，大不了桥归桥路归路，各过各的年。

肖芸和林家驹是再婚夫妻，两人既是同事又意趣相投。当初林家驹暗恋肖芸，只是不敢表露心迹，一拖再拖，直到肖芸在单位分喜糖，林家驹才跺脚捶胸。

也算是造化弄人，三年前林家驹的妻子不幸病故，林家驹拖着个 12 岁男孩的一筹莫展。肖芸见衣冠不整的林家驹，拉着儿子隔三岔五往家扛方便面，不由地动了恻隐之心。见离婚多年的肖芸，向自己伸出援手，林家驹心里的暗恋情结“噌——”一下蹿了上来。林家驹痛定思痛，主动出击，终于和肖芸走到了一起。

肖芸和林家驹阴错阳差没做成结发夫妻，但眼前这个男人憨厚、善良，确也算得上是个靠得牢的人。她经历过一次失败的婚姻，对这段再婚姻缘自然十分珍惜。眨眼已有三年婚龄，两人还从未红过脸吵过嘴。谁知一句回老家过年，老公林家驹便原形毕露。肖芸委屈、伤心，躲进卧室号啕大哭。

说实话，要说林家驹自私、冷酷，也真有点冤枉。再婚后的那个春节，林家驹就准备陪肖芸回老家，看望判给她前夫的女儿小梅。但临出发的前一天，他儿子林小刚离家出走了。夫妇俩大惊失色，找遍了大街小巷，直到三天后才在郊区的一家网吧，找到了把压岁钱花得所乘无几的林小刚。“你们不是走了吗？反正我又没人要……”不等林家驹教训，倔强的小刚倒来了个先发制人。一句话呛得林家驹差点接不上气，老家自然也回不成了。

肖芸这才真真体会到了什么叫“肚不痛心不热”，但她相信只要付出真情，孩子终究会接受她的。自此，逢年过节除了往老家寄些东西，汇点款，再也没提出过要回去。这次，从表哥信中得知，她那个嗜赌的前夫在家设赌局抽头，被请进了派出所，女儿小梅只有撇给了年迈的爷爷、奶奶。想起可怜的女儿，肖芸心痛不已。偏偏不知状况的林家驹，对老婆突然提出要回老家，不以为然，反应冷淡。

肖芸伤心不已，躲在房里暗暗垂泪。“阿芸，你真的做过……唉，小梅有小儿麻痹后遗症，你不该……为什么、为什么瞒着我？你是为林家为小刚，我，我对不起你的这番苦心啊！对，回去看小梅！我，我这就去买车票……”突然，林家驹冲进卧室，情绪激动，语无伦次……

今朝是灶皇爷上天的日子，再过七天就是除夕，林家驹收拾行装准备起程，却翻箱倒柜也找不到车票了。林家驹心里一个激灵，冲进小刚的房间一看，果然儿子的随身物品都不见了。

儿子林小刚的再次出走，让林家驹措手不及。他曾提议让儿子同往，可小刚一口咬定不想出门，还说只要冰箱里有菜，家里有糖果，他自己就会活得好好的。无奈，林家驹决定送肖芸到家后，自己再赶回来陪伴儿子过除夕。想不到15岁的儿子，比三年前玩得失踪更离谱，不仅带走了压岁钱，还把车票顺手牵羊了。

“家驹，家驹快、快看，这是小刚……”林家驹正不知怎样向老婆交代，听得肖芸变了调的呼唤，忙不迭奔了过去。“我走了，去准备新年礼物。”接过肖芸递给他的那张只有一句话的留言，林家驹傻了眼。

肖芸得知看女儿的心愿又落空了，怔在那里，泪流满面。她知道责怪老公也没有用，到这年脚边还能去那里弄车票。再说，小刚又离家出走了，就算弄得到车票还能一走了之吗？“你还发什么愣，快，快去找啊！……”见老婆默默流泪，林家驹十分内疚，一时竟不知所措，这会才回过神来，撂下行装冲出门去。

林小刚就像在人间蒸发了。林家驹累得腰酸背痛腿抽筋，也没见儿子的踪影，急得满嘴火泡。肖芸更是以泪洗面，彻夜难眠。

“嘭、嘭嘭——”除夕傍晚，一阵急促的敲门声，让肖芸浑身一震。她一把拉开门，林小刚衣冠不整，气喘嘘嘘地撞了进来。林家驹听得声响，不知臭小子又闯了什么祸，急忙奔了上去。可不等他询问，林小刚又来了个先声夺人：“这、这新年礼物也太沉了。累、累死我了……”儿子没头没脑的话，让林家驹不知所云。

“啊！小梅？你、你是小梅？……小刚，谢谢，谢谢你的新年礼物。我，我……”最先反应过来的还是肖芸。她做梦也想不到，伏在小刚背上的，竟会是自己魂系梦牵的女儿小梅。肖芸此刻才明白，小刚留言上“新年礼物”的含意。她怔了片刻，猛然省悟，扑上去拥着女儿喜极而泣。

其实，林家驹也是在和肖芸怄气那天，才偶然发现那张病历的。得知肖芸瞒着他悄悄做过人流手术，林家驹惊愕不已。林小刚从父亲的这翻话中，才知道继母的女儿是个残疾，按规定是可以再生一胎的，可为了一心照顾好他们父子，继母却不要自己的亲生孩子。

继母的大爱无言，对小刚来说只能用震撼来形容。虽然15岁的男孩还懵懵懂懂，但这一刻，林小刚似乎是第一次，真切地感觉到了继母这4年来的不易。林小刚爱玩游戏、爱看武侠，但也自以为有几分剑胆琴心，他决定要为继母的真情付出做点事。林小刚无意中瞥见抽屉里的车票，突然萌生了把病姐姐接来，让继母也高兴高兴的念头……

林小刚的“坦白交代”，让肖芸激动得热泪盈眶。她猛地把一双儿女搂进怀里：“小刚、小梅，好孩子，你们、你们都是我的心肝宝贝……”

“团圆饭开席咯！来，过来，我们干一杯！”林家驹手脚麻利，不一会就把一桌丰盛的酒菜摆了上来。他还笑吟吟地宣布，端过了新年这杯酒，小梅也不走了。他要请律师帮肖芸从赌鬼前夫的手里，把小梅的监护权要回来。

“对，我也不让小姐姐走。妈，您放心！妈——”林小刚的这声妈，叫得肖芸心花怒放。嗨，有真爱，水也能浓于血。这不，这声妈在林小刚心里憋了四年，自然荡气回肠……

折翅的燕子

正午时分，风尘仆仆的凌天翔，走进了女儿那间17平方的出租屋。十天前，凌天翔的老伴病逝了。回家奔丧的女儿，不忍心撇下孤零零的老爸，只有将父亲带到自己打工的城市安身。

凌天翔的独生女儿凌雪燕，是小山村走出的第一个大学生。可不知咋地，乖巧、聪明的凌雪燕，大学毕业在城里找到工作后，不仅很少捎钱回家，就连节假日老爹娘想让她回家看看，也总是因为工作忙而一拖再拖。

这不，凌天翔来城里已半月余。凌雪燕仍是忙得鸡叫出门鬼叫进门，就连在家陪老爸一起吃顿饭也顾不上。不过，雪燕每次给父亲准备的饮食、菜肴倒都是既新鲜又合老爹口味的。

这日，凌天翔偶遇房东鲁大妈，两人便闲聊了起来。鲁大妈十分健谈，没五分钟就把左邻右舍介绍了个遍，对凌雪燕的概况更是了如指掌。“哎呀，小凌她爸啊，你们家小凌真是太节省了，现在那个年轻人的工资不是过路财神，像她这样攒了千钱攒万钱的，可还真的少见。哦，听说小凌每个月的收入近二千呢。唉，别瞧你女儿唇红齿白的，其实……”闻言，凌天翔目瞪口呆。

说实话，每月近二千元的收入在城里算不上高薪，可在东挪西凑培养女儿上大学的父亲眼里，简直成了天文数字。他并不是怨恨女儿有份不薄的工资，却几年来对老家从未曾援助，主要是他不明白，对自己同样节俭到极点的女儿，把钱用到了什么地方？

次日，凌天翔假装酣睡，等女儿起床洗漱便悄悄跟了上去。雪燕脸颊泛青，眼袋下垂，双目无神的真容，此刻在父亲面前原形毕露了。凌天翔一阵心痛差点叫出声来，他这才知道房东所言非虚，女儿已不是以前那只活蹦乱跳的燕子了，她的桃腮、红唇都是假的，是化妆出来的。

“什么，您说我瘦了？爸，不会吧。不过，真的能瘦点也好，人家还花钱减肥呢。”凌天翔责怪自己粗心，决定和雪燕好好谈谈。谁知话刚出口，就被雪燕打断了。虽然雪燕的回答很是轻巧，可凌天翔隐隐觉得女儿在刻意隐瞒着什么。

凌天翔暗暗打定主意，说什么也要弄明白如此节俭的女儿，到底把钱用在了什么地方？等女儿一出门，凌天翔忙溜进卧室搜索了起来。但不知咋的，凌天翔忙活了大半天，也没找到一件时尚的衣物，一件值钱的首饰。

凌天翔知道肆意查看女儿的衣物，是对她的不尊重。可他是父亲，他有责任了解自己的女儿。他要知道工作三年不吃不喝，不穿不戴，雪燕的钱到底去了那里？

“啊！注射器!!! 难道雪燕她、她……”凌天翔午饭后扩大了搜索范围，终于在卫生间的小木箱里发现了一只使用过的注射器。凌天翔傻了，呆了。他愣了好一会，猛然省悟，收入近2千的女儿为什么入不敷出，为什么容颜枯黄，原来从前的乖乖女，早已成了瘾君子……

“爸，您说得道理我都懂。我也想成家立业让您贻养天年，我也想永远和爸在一起生活，可我做不到，我是身不由己啊！爸，求您别问、求您别管……”发现注射器对凌天翔来说无疑是晴天霹雳，而在他再三盘问下女儿的这番言语，更让他痛彻心肺。

凌天翔彻夜难眠。从女儿悲哀、无奈的回答中，他知道女儿已被毒魔控制得不能自拔了。有心要挽救女儿，可势单力薄，谈何容易！

其实，雪燕这一晚也没睡好。次日起来迟了，见父亲不提昨晚的话题，雪燕才松了口气。她草草洗漱一番，正欲出门“嘭嘭——”突然，四个陌生男子闯了进来。

“……你们要干什么？放开，放开我……”不待雪燕询问，陌生男子对视一眼，蹿上前紧紧地扭住了她。

“孩子，别记恨爸，爸不能让你这样下去，你去强制戒毒吧，就算爸求你，爸是为了救你、救你啊！”雪燕恍然大悟，是父亲把这些缉毒警察，叫到家里来抓自己女儿的。她怔怔地望着父亲，欲语又止间，脸色激变，冷汗淋漓，捂着腹部瘫了下去。

晕厥的雪燕被快速送进了医院。凌天翔吓得魂飞魄散，他曾经在影视剧中看到过瘾君子，在毒瘾发作时生不如死的惨状，如今从医生护士忙碌、紧张的神色中，凌天翔知道那些可怖的镜头正在雪燕身上重演，凌天翔心痛如裂，欲哭无泪。

“你是凌雪燕父亲？哎，你们做爹娘的怎么搞的，为什么拖到现在……”凌天翔听得护士呼唤家属，忙不迭奔进了值班室。一进门就遭了接诊的许医生一顿训斥。他知道女儿到今天的地步，确实是自己平时的疏忽，若是女儿真的摆脱不了毒魔，她的一生就真的毁了。不寒而栗的凌天翔，“卟嗵”一声跪在了地上，苦苦哀求许医生一定要想办法，让女儿解除毒瘾。

凌天翔的举动，让许医生懵了。“什么，戒毒？你说，给你女儿戒毒？嗨，你胡说什么呀！凌雪燕是这里有病，病得不轻。看状况病史起码也有三四年了……”见许医生手指右下腹，凌天翔傻了眼。他做梦也没想到，女儿身上的种种迹象，竟然是她重病在身的症状。不待许医生说完，心急如焚的父亲，转身冲进了急诊室。在老爸的再三追问下，雪燕迟疑着吐露了真相。

三年前，凌雪燕以优异的成绩走出了大学校门。她知道父母培养她上大学的不易，决心好好找个工作、努力赚钱，孝敬父母。

凌雪燕为找工作到处奔波，终于被思奇广告公司聘用了。可天有不测风云，上班不满三月，凌雪燕就感到肝胆部位隐隐作痛。她没什么钱，又还在试用期内不敢声张，只得悄悄找了家小诊所……

医生检查后神色凝重，见她不肯住院更是十分惋惜。磨蹭了好一会，只得直告她按病症判断，若不正规治疗将活不过两年。得到医院判的“死刑”，凌雪燕伤心至极，泣不成声。

凌雪燕虽然不是学医的，但也知道肝硬化腹水的治疗是个无底洞。她不知道去哪里凑医药费，更害怕刚工作就住进了医院，公司知道了还不取消她的试用期?！自己患上恶疾，父母便没了依靠……雪燕咬咬牙擦干泪，她要趁自己还没躺倒，去赚钱，去存钱，去尽可能地安排父母的晚年。

“这注射器是……燕子，你有病、你不该瞒着爹娘。爸糊涂，爸错怪你了啊！”得知女儿为了省几个注射费，自己学会了打针，凌天翔呆若木鸡。女儿的孝心感天动地，而自己竟然误解她是在吸毒。“啪——”凌天翔狠狠地给了自己一巴掌。

也许，生命真的需要意念来支撑。用倒计时的生命，为父母积攒养老金的凌雪燕竟然熬过了三年。可雪燕心里明白，这次腹部的激烈疼痛，比以往任何一次都厉害，她知道自己的生命走到了尽头。

“不，燕子，爸不让你走，爸要救你，爸不让你走……”凌天翔不甘心女儿年轻的生命就此消失，毅然决定舍身救女。

二十分钟后，凌天翔找到了肝胆外科主任高晓峰，要求给女儿做肝移植。凌天翔声泪俱下的叙说，显然让高主任动了恻隐之心。但器官移植手术不是说做就能做的，他立马通知了接诊医生许亮，了解病人详情，制定医疗方案。

“咦，这不是急诊病人凌雪燕的家属吗，你，你来这里是……”许亮跨进门，一眼瞥见凌天翔在场，心里不由得有点忐忑。如今医患矛盾尖锐，他怕自己接诊时有什么差错，家属寻到主任处投诉来了。

许亮正欲询问，凌天翔窜上前紧紧拽住了他的手臂：“许医生，我知道肝源不好找，别找了，我有，我、我给雪燕移植。求您，求您救救我女儿……”许医生这才知道病人家属找到科主任的缘由。此刻，面对早晨还苦求自己帮其女儿解毒瘾，这会儿又义不容辞地要为女儿捐肝救命的父亲，许医生百感交集，哭笑不得。

“嘿嘿，捐什么肝，做什么移植，不用，全不用。凌雪燕根本就没有肝硬化！……”许医生此言一出，凌天翔与高主任面面相觑。许医生顾不得细说，赶紧将手里的病案和凌雪燕的检验报告单，一并呈给了肝胆科主任高晓峰。

其实，凌雪燕得的只是“胆结石”。只因当初在试用期内，不敢声张的凌雪燕才悄悄找了家小诊所求诊。而这家黑诊所为诱骗她住院谋利，竟将普通的“胆石症”谎称是“肝硬化晚期”。院方没料到这个90后的小姑娘，竟然会为了父母放弃治疗。

此后，蒙在鼓里的凌雪燕，每当疼痛发作时，便去那里配点消炎药，止痛剂顶一顶。说实话，“胆结石”在临床中属于多发病、常见病，可长期没得到对症治疗，结石自然越长越大，症状也是越来越严重。这次的激烈腹痛，就是“胆石症”引发了急性“胰腺炎”。

得知女儿疾病真相，凌天翔瞠目结舌。“……燕子，你没有肝坏死，你不用做移植，你、你不会离开爸。燕子，爸的好孩子……”凌天翔回过神来，趺趺撞撞冲进病房。喜极而泣的父女俩，紧紧地拥抱在了一起。

次日下午，凌雪燕推进了手术室。据说，她的胆囊摘除手术，是肝胆外科主任高晓峰亲自动的刀。凌雪燕不仅手术顺利，就连术后恢复也出奇得好。

半月后，有关部门查封了那坑蒙拐骗病人，差点害死了凌雪燕的地下黑诊所。

荷谢桂香，夏去秋至。最近又有了新的传闻，据说，凌雪燕的感恩、孝顺，让她打工的那家小公司的老板感叹不已。毅然决定，不仅报销了凌雪燕住院动手术的全部费用，还为公司所有的外来打工者补办了社会养老金和医疗保险……

不该凋零的玫瑰

离中考仅乘十天了。春江市红帆中学的初三年级，进入了白热化阶段。为了逼真，最后一次的模拟考，学校特安排了错班监考，303 班的凌老师去隔壁 302 班当了回监考老师。但毕竟自己教的班考得如何，直接关系到职称评定，工资奖金。凌老师把隔壁班的考卷捧进办公室，顾不得批阅，就迫不及待地想摸摸自己班的底。“凌、凌老师、不好了，白玫她，她，她跳、跳楼了！”凌老师正欲出门，303 班的小班长张燕神色慌张地冲进了办公室。

凌老师跌跌撞撞赶到出事地点。“白玫，你怎么样了，快，快叫救护车！”白玫是从四楼教室的窗口跳下来的，现场惨不忍睹。口鼻流血的白玫，吃力地睁开眼，望着把自己抱在怀里的凌老师，“冷，我冷，好、好冷……”凌老师知道内外出血的白玫，血压、血色素都在飞快地下降，她脱下外套紧紧地裹在白玫身上。然而，凌老师的外套没能保住白玫的体温。白玫的体温在送医院的路上，降到了极点……

白玫的死讯，犹如青天霹雳，把她的严父慈母震得魂飞魄散，肝胆俱裂。除了悲痛欲绝的死者父母，班主任凌老师同样痛心疾首。十五岁的白玫是她从初一带到毕业班的。白玫伶俐、乖巧，活泼、开朗，一直是她喜爱的学生。但不知咋地，近半年来白枚性情大变，不是长吁短叹，就是一个人发呆。见白玫日渐孤僻，凌老师再三询问，白玫眼泪汪汪，不肯吐露心结。只答应不给她丢脸，好好学习。

凌老师询问的次日，白玫提出了要求住校。白玫家在本地，按理不安排住宿，但初三班正面临中考的冲刺，凌老师求之不得。白玫果然争气，期中考试的总分，在整个初三年级里遥遥领先。

一周后，凌老师隐隐听到了一些学生的议论，说白玫要求住校只是不想回家，更有甚者说白玫住校是醉翁之意不在酒，为的是班里头号帅哥华晓翔。凌老师不敢掉以轻心，课前课后留意观察，虽然没发现两人有什么出格的地方，但从神态中不难看出，两人颇有好感。凌老师大吃一惊，她不能让这种早恋的倾向蔓延。凌老师把男生陈晓翔叫到了办公室，晓之以理、动之以情，让他以学业为重，撇开一切杂念。

凌老师的警钟敲得很是及时。此后，不论是上食堂吃饭，还是在晚自修教室，陈晓翔再没和白玫走在一起。而白玫除了少言寡语，学习似乎更抓紧了，唯一的变化就是她的食欲出奇得大，只要允许就不断地往嘴里塞东西。凌老师知道，对情窦初开的少女来说，当面点破此事，会让她十分难堪。避开男生，专找白玫谈，相对来说轻松得多。见白玫没缺课，成绩依然保持在前几名，凌老师曾暗暗庆幸自己处理的巧妙，谁知道白玫竟会……

市中女生的跳楼事件，成了春江市的头号新闻。人命关天的大事，校方自然脱不了干系。痛失爱女的白玫父母，哭哭啼啼堵在校门口，声言非要校方给个说法不可。

“凌老师，白玫、白玫她、她的遗书，在、在……”正在这难解难分之时，和白玫同桌的小芳惊慌失措地奔了进来。“什么，遗书？我家玫玫她……”真所谓母子连心，不待凌老师反应过来，小芳手里的遗书已到了白玫母亲的手里。“你，是你惹出来的祸根，是你害死玫玫的，你还我女儿，还我……”突然，白玫的母亲菊香疯一般扑向老公。

凌老师不知所措，下意识捡起白玫的遗书：“爸、妈，我求你们，求你们离婚吧！”凌老师傻了，她怎么也想不到，心爱的学生留在世上的最后遗愿，竟然会是这句话。从白玫父母悲戚的神态中，凌老师相信白玫的父母都是爱她的，可为什么……见白玫的父母扭打在一起，拳脚相加近似拼命，凌老师只得报警。警方的介入，很快把15岁轻生少女的生活轨迹，呈现在众人面前。凌老师这才知道，白玫不愿回家的传言并非空穴来风。

白玫的父亲白青云高考落榜回乡，母亲陈菊香是个目不识丁的农妇。长辈促成的婚姻本就没什么感情基础，两人大吵三六九，小吵天天有。半年前，进城做生意的白青云提出了离婚。菊香猝不及防，奋起反击。这个无知无识的农妇，捍卫自己婚姻的武器竟然是女儿。孤注一掷的陈菊香，把菜刀架在了白玫的颈上，扬言若要离婚就和女儿一起死在老公面前。白青云见心爱的女儿成了人质，哪敢轻举妄动，离婚一事只得不了了之。

自此，白青云回家的次数更少了，即便父女难得相逢，喝闷酒的白青云，反复唠叨的就是要女儿好好读书，一定要考上大学。而母亲陈菊香更是声泪俱下，她认定是老公会赚钱，嫌她娘家穷才要离婚的。陈菊香要求女儿，每次考试都不能落后前三名，因为只有成绩好，才能考上大学，才能找得到好工作，只有好工作才能赚钱，有钱才不会被欺负……

家庭的变故对白玫的打击可想而知。白玫知道自己是维系家庭的纽带，她知道爸妈都爱她，因为爱她才保留了这个完整的家。于是，拼命读书考上大学就成了白玫唯一的使命。

白玫背负着这样的重压走进了初三。她名列前茅的成绩，让同样优秀的男生华晓翔惺惺相惜。华晓翔一句礼貌的问候，犹如冰天雪地中的炭火，温暖了白玫孤寂、寒冷的心。渴望温暖的白玫，逃离了硝烟弥漫的家，住进了学校。

凌老师的干预，让白玫不知所措。而华晓翔有意识的疏远、回避，更让她无可适从。一想到自己可能真的早恋了，白玫内心除了恐慌就是深深的犯罪感。渐渐地，焦躁、失眠，接踵而来。这样的状态，让白玫在一次次测验中疲惫不堪，更想不到得的是，在最后一次模拟考试中，不堪重负的她突然间大脑一片空白……

白玫精神恍惚地走出教室，她知道自己考砸了。做出这样的试卷别说进重高，就连初中的毕业考能不能过关都成了问题。不知咋地，爸爸的哀怨，妈妈的眼泪，走马灯似的在她的眼前晃动。沮丧的白玫，责怪自己是个没用的累赘。她甚至觉得父母的痛苦都是她造成的，没有她的存在，父母就会有新的生活。白玫彻底崩溃了，她决定成全父母，也迫切想摆脱自己喘不过气来的重压。不该发生的事终究发生了，白玫双眼迷茫地扫过熙熙攘攘的同学，一咬牙飞下了四楼的窗台……

花季少女的跳楼事件，引起了有关部门的关注。经青少年心理门诊的资深大夫谢医生透露，白玫是被严重的抑郁症送上绝路的。当初白玫曾出现过的食欲猛增，正是抑郁症病状的特有表现。因为病人内心的压力、焦躁、郁闷无法排泄，她只有用不自觉的进食，来试图增加自己的承受能力。“什么，白玫她不停地往嘴里塞东西，是因为……”凌老师呆若木鸡。

白玫十五岁凋零的生命，成了凌老师心中永远的痛。虽然新带的初一班，又让她忙得够呛，但只要经过初三班的窗下，凌老师总会脸色激变，心慌气短。她知道，若是在白玫拼命往嘴里塞食物时引起警觉，白玫也许就不会死。不久，凌老师病了。据说她耳边常有个声音在说“冷，我冷，好、好冷”，发病时的凌老师反复嘀咕的是，“只要给点温暖就好，真的，只要有一点……”凌老师住进了医院，经专家会诊确定，她是极度疲劳，再加精神受到某种刺激后诱发的癔症幻听，幸好治疗及时，应该没什么大碍。

白玫的母亲失踪了。据知情人说，最后一次看到她是在白玫的坟上。陈菊香留在女儿墓碑前的哭诉，是懊悔自己不该抓住名存实亡的婚姻不放，为女儿保全一个不像家的家，反倒害死了女儿。

据说，没了束缚的白青云，终于开始了新的生活。又据说，白青云为寻找走失的前妻，城里城外到处转悠。整整三月，春江市流言四起，真假难辨。但有一则消息倒是千真万确，那就是白青云改行了。他开了家“离婚中介所”，专为那些婚姻走到了尽头又无法解脱的人，出谋划策。据说，只要白青云出马，无论拖了几年的死亡婚姻都能解体。不过，白青云的公司在正式注册时，未获准许。这也难怪，中国不是有句老话，宁拆十座庙，不毁一门婚……

寻找父爱

正午时分，13 床病人汪燕的父亲石磊、母亲汪菊跌跌撞撞地闯进了住院部值班室。“医、医生，我女儿汪燕，不、不见了……”闻言，值班护士小廖吓得跳了起来。这也难怪，虽然汪燕原定下午就要出院的，可没办出院手续前就是住院病人，如今在自己当班时出事，责任非同小可。小廖记得上午查房时，小姑娘还好端端靠在床上，怎么会说不见就不见了？小廖哪敢耽搁，“蹭——”一下蹿进了病房。

“咦，这里有张纸条！”小廖走进病房，东瞧瞧西看看，巴望能找到汪燕行踪的蛛丝马迹。终于在枕头下发现了一张对折的纸，忙不迭摸了出来。真可谓是母子连心，小廖话音刚落，汪菊已一把抢了过去。“燕子她，她说要去寻找……老石，对不起，求你，求你帮我把她找回来呀。呜——”看完纸条，汪菊泣不成声。小廖从两人的对话中得知，失踪的少女是汪菊的“拖油瓶”，也就说石磊是小姑娘的继父。由此看来汪燕的不辞而别，肯定是因家庭矛盾而致。小廖正欲了解详情，减轻自己看护不力的责任。一脸懊恼的石磊，已扭头冲出了病房。

至夜幕降临，汪燕才回到自己的小屋。她是在汽车站的候车室里被继父“缉拿”归案的。望着石磊那张苦瓜脸，汪燕悔得肠子都青了。她怪自己不该在病房里给母亲留下那张纸条，正是这个疏忽暴露了自己的行踪。汪燕五岁时父母就离了婚。十年来她都与母亲汪菊、继父石磊一起生活。半月前，汪燕晕倒在教室后，被急送进了医院。虽然她不知道自己得了什么病，但从母亲满面愁容中，她知道自己病得不轻。不知咋的，她突然冒出了个想见见亲生父亲的念头。尤其听到走廊上继父要她出院，母亲带着哭腔的争执声后，寻找生父更成了她迫切的愿望。

汪燕知道继父让她出院的原因，不是她的病好了，而是家里没钱。石磊这个冷漠的决定伤透了汪燕的心，她哀求母亲帮她找到生父，否则她还会再跑。三天后，汪燕寻父的启事在几家媒体见了报。从母亲口中得知为支付这笔广告费，继父东借西挪，还把他自己唯一值钱的那块老怀表也卖了，汪燕十分意外。

皇天不负有心人。一周后，生父凌华森主动和汪家取得了联系。放下电话汪燕嘿嘿直乐。可汪菊从和前夫取得联系后，便精神恍惚，暗暗垂泪。更让汪燕生疑的是，从确信找到生父后，继父就不停地和母亲嘀咕，还时不时瞟她一眼。看继父的神色似乎在努力说服母亲，汪燕不知道继父要母亲干什么，但她肯定这事和自己有关。

风尘仆仆的凌华森终于跨进了家门。但不等他喘口气，石磊就阴着脸把他叫了过去。五分钟后，卧室里传来了两个男人激烈的争吵。汪燕不知他们在吵些什么，可她知道要是动粗，瘦弱的亲爸绝不是继父的对手。汪燕放心不下，几次欲上楼看个究竟，都被母亲死死地拽了回来。

我养了燕子十年……你是她亲爸更有责任……今天起燕子就交给你了……”石磊不容分辩，抓起早已收拾好的包袱，怒冲冲扬长而去。说实话，石磊凑钱支付登寻人启事的费用，汪燕虽然嘴上没说什么，心里还是有些感激的。但她做梦也没想到，继父帮她找亲爸的真真动机，是为了自己能早日脱身。此刻看来为了把生病的自己推出去，继父是煞费苦心，谋划已久。

转眼三个月过去了。这天，汪燕在注射室遇上了护士小廖，闲聊中得知针对自己的疾病，医院已有了新的治疗方案，只要按常规进行治疗完全有望康复。汪燕开心极了，她迫不及待地把喜讯告知了父母。听了她的话，父亲凌华森和母亲汪菊面面相觑，欲语又止。父母反常的神情，让兴冲冲的汪燕百思不解。

“燕子，爸要走了，爸要干活赚钱去。你要懂事，要听你妈的话……”傍晚，父亲凌华森支支吾吾地透露了要离开的意思。父亲突然提出要走，汪燕目瞪口呆。汪燕怔了片刻，一把拽住父亲的手臂，泪流满面。继父的拂袖而去，让汪燕明白了血缘亲情的可贵。父女俩的朝夕相处，让汪燕体会了父爱如山。如今凌华森突然要走，自然让她猝不及防。汪燕舍不得生父走，可她也知道打针吃药，日常开支，父亲带回来的钱已所剩无几。

三天后，久没露面的石磊来了。见母亲接过继父的行装塞进了柜子，汪燕心里不由咯噔了一下。她原以为是贫病的压力让生父不得不走，可从石磊带着生活用品进门来看，继父是来“换防”的。她不知道两个男人间又会有这样的争执，她更不明白和生父复合了的母亲，干吗还要接纳继父？她唯一明白的是，生父突然提出要走不仅仅是为了赚钱，而是另有隐情。恍然大悟的汪燕，对石磊的自私、冷酷恨得牙痒痒。她打定主意就算母亲原谅了继父，她也决不妥协。

凌华森明日就要走了，为了让女儿高兴些，晚餐时汪菊特买了些饮料卤菜。“妈，咱以饮料代酒给爸送行。噢，爱喝酒的请便。饮料是咱爸喝得谁也别想碰……”汪燕把2瓶可乐硬塞进了凌华森的背包，说是让他带在路上喝。又霸道地把打开的雪碧抓在了手里。汪菊知道女儿使小性子是因为心里难过，她无奈地叹口气，从柜子里掏出半瓶白酒递给了石磊。

赌气的汪燕见继父尴尬的样子，心里很是解气。她悄悄瞥了眼母亲，似笑非笑地低下头。“大哥，燕子任性不懂事，你别怪她。我给你赔罪，我、我先敬你一杯……”凌华森瞟了汪菊一眼，举杯解围。头一仰杯中的酒滴水不漏落了肚。“爸，别、别喝！……”汪燕闻声抬头，失声惊呼。

“这酒里、酒里有老鼠药……三个月前你像扔垃圾一样扔了我，现在知道我的病能治了，你又回来了……我是人不是东西，不是由你想扔就扔想捡就捡！该死的是你，我恨你，恨你！……”汪燕见自己为继父准备的毒酒，阴错阳差地进了生父的肚子，急得捶胸跺脚。

“啪——”不等汪燕扑过去和继父拼命，凌华森扬手就是一巴掌。得知酒里有毒，众人吓得不知所措，而凌华森的这巴掌更是把汪燕打懵了。“……爸，您也打我？不，不怨您，是我下的毒害了您，我、我要和您死在一起……”汪燕捂着脸愣在那里，双目迷茫，喃喃自语。突然蹿上几步，抓起桌上的酒瓶仰头就灌。

最先反应过来的还是石磊，他一把打落继女手里的酒瓶，吓得魂飞魄散。“啊！燕子妈——快，快报警。叫、叫救护车……”汪菊怔了怔，冲了出去，

可不知咋得，汪菊并没报警求救。“啪——”汪菊去而复返，把一只鼓鼓囊囊的信封，扔在了女儿面前。汪燕依偎在生父的怀里，似乎忘了肉体上的痛楚。母亲嘀咕着什么，汪燕一句也没听进去。也不知道摔给她的信封里装的是什么？只是见继父欲上前阻拦，便本能地抢了过来。

“……慢性粒细胞性白血病……省医大附属第一医院诊断建议：骨髓配

型、脐血……”汪燕下意识打开信封，只见里面是厚厚一叠血检报告、医疗诊断。她不知道医生的建议是什么意思，可她知道白血病就是血癌！汪燕如雷击顶，目瞪口呆。

“对，你得的就是白血病。我们瞒着你是怕你害怕……你继父他，他所做的一切全都是为了救你……”从生父凌华森口中汪燕才知道，病恹恹的妈妈怀孕了。原来，自她确诊患上白血病后，母亲除了伤心流泪，一筹莫展。不善言谈的继父，不知怎么打听到了，同胞手足的骨髓移植、新生儿的脐血是治疗白血病的最佳途径。于是，萌生了为老婆找到前夫，让她和前夫复合再怀孕一次，用新生儿的脐血救继女的设想。而对汪菊而言，虽说母女连心，可夫妻同样情深。汪菊感激石磊的大爱无言，可她真的不忍心这样做……

汪燕傻了，呆了。此刻，她才明白继父为什么要帮她找生父，明白了母亲为啥郁郁寡欢，欲言又止。更明白了亲生父亲打她这巴掌的分量。14 岁的女孩还不能理解逾越伦理、法律障碍的继父，经受了怎样的身心磨难。可有一点是真的明白了，那就是继父是爱她的，只有爱她才会想方设法救她……

汪燕得知真相，痛悔不已：“……我、我错了。下辈子、下辈子我再做您女儿，我一定乖，一定听话，一定不惹您生气……”望着憔悴不堪的石磊，汪燕第一次意识到继父抚育她十年的不易。“爸爸——”汪燕声嘶力竭地呼唤着，跪倒在继父面前。

其实，汪菊和凌华森离婚时汪燕还不足 5 岁，她也从没探问过父母离异的原因，可倔强的汪燕硬是把红萝卜上到了蜡烛账上，认定石磊是父母离婚的罪魁祸首。汪菊再婚后的十年，都是夹在女儿和石磊闹的别扭中过来的。汪燕的这番真情表露，让汪菊激动地语无伦次：“燕子，我，不不，你，你终于肯接纳你继父了。谢天谢地，谢天谢地啊！呶，你瞧……”

汪燕闻声抬头，不禁傻了眼。母亲手里拿的半瓶酒，正是自己偷偷放了毒鼠强的。石磊憨憨地白了汪菊一眼，怪她不该事先掉换了酒瓶也不打个招呼，这二条人命呢！害他吓得够呛。

又是半年过去了。汪菊快要分娩了，汪燕的病情也十分稳定，按医生的说法，预定的用新生儿脐血的治疗方案，应该有很大的成功几率……凌华森仍在外地打工，他要为女儿的治疗多赚点钱。汪燕的一口一声爸，叫得继父眉开眼笑。不过，最开心的还是汪燕，她突然发现寻找了十年的父爱就在身边。生父、继父自己拥有两份如山的父爱，这不是赚了吗？哈哈——

艰难的矫正

周一上午，林大伯吃“钵头饭”的侄儿林琿琿，从青海回来了。为避免侄儿和左邻右舍发生摩擦、冲突，林大伯特在小区外租了间小屋安置侄儿。

转眼一周过去了。林琿琿不是倒头就睡，就是望着小区里进出的人发呆。对叔叔送来的日常用品照单全收，连个谢字都没有。林大伯老伴没工作，自己拿的是退休金，侄儿一回来开支徒然增加，实在是力不从心。沉思良久，只得提出让林琿琿找份工作自食其力。谁知他一提寻工作的事，侄儿的脸立马阴了。

林大伯彻夜难眠。侄儿不肯打工说有重要事情要办，可他离家已五年之久，刚回来会有啥重要事情？林大伯想破了头也想不出来。难道林琿琿又想祸害谁了？想起侄儿脸上那种怪异的神色，林大伯脊柱上直冒凉气。

次日，一筹莫展的林大伯，走进了清苑社区办事处。“哦，这社区矫正是新举措，有利于归正人员重新融入社会。我知道你有难处，可你侄儿的刑期……”他听不懂社区矫正，回归社会的大道理，但梁主任关于侄儿刑期的分析，倒也算是入情入理。哥嫂都被这逆子气死了，如今自己是林琿琿唯一的长辈，就算没这个社区矫正，等刑满释放还不是一样要找他这个亲叔叔……

“呶，这张名片你收好了。上面有我的手机号码……”刑内人员的社区矫正，梁主任也是第一次碰到，林琿琿到底会出什么状况谁也说不上。梁主任反复交代林大伯对侄儿要多留个神，发现什么不好的苗头，随时和他联系。

林大伯不露声色地跟踪了好几天，才知道不肯找工作的侄儿，每日在幼儿园门前溜达。那他不亦乐乎地围着“小萝卜头”转悠，到底意欲何为？林大伯决定明日来这里守株待兔，拦截侄儿问个明白。

次日，天气突变，风雨交加。林大伯取过雨具正欲动身，林珲珲反倒找上了门来。进门就缠着叔父，提出要在小区里逛逛。林大伯心里忌讳，可也不好硬邦邦回绝，想想自己陪伴在侧，谅侄儿也做不出什么出格的事，才勉强应允。

林珲珲在小区里逛了个遍。站在自家楼下，更是挪不了步。“唉，你入狱那年，你爸为还债才卖了这房子……这老屋阳台漏水，墙壁裂缝，你是学土木的，原指望……哦，那家买房的估计也没钱，听说里面还是老样子，连简单装修也没弄。”林大伯意欲用亲情来唤醒侄儿的天良，谁知说了半天没啥反应，只得作罢。

两人浑身湿透回到家中。林大伯的老伴忙不迭递毛巾、泡姜茶。“哎，婶婶别动，别动我的兜……”突然，林珲珲“倏——”地窜进卫生间，一把从婶婶手里夺过自己那件湿淋淋的衣服小心翻看。林大伯一瞥之下看不太清楚，似乎觉得侄儿视为宝贝的，是只褐色的塑料袋。他很想知道袋里装了啥，可贸然追问又怕适得其反，只好装聋作哑。

林大伯把侄儿送出小区，立马拨通了社区梁主任的手机。“你说什么？林珲珲的注意力放在幼儿园！”梁主任刚接到有关部门的紧急通知，要各单位密切关注暴雨、大风，防止恶劣气候引发意外事故。清苑社区辖下有好几个老住宅区，这会儿布置、落实正忙得焦头烂额。虽然林珲珲是颗定时炸弹，可事有轻重缓急，梁主任实在分身无术，只得让林大伯先设法弄清楚，林珲珲塑料袋里到底是凶器，还是白粉。梁主任还特别关照，如情况危急，只要能遏止犯罪，可自行采取有效措施。

林大伯从社区回来，就被等候多时的保洁员老李头拦住了。“什么？你说林珲珲独自进了小区……”得知侄儿趁他不在，冒着风雨在楼道、单元间转了好几遍，林大伯傻了眼。不待他摸清侄儿潜入小区的动机，楼下已脚步凌乱，人声喧哗。“救命啊！快来人呀，林珲珲抢小孩了——”闻声，林大伯哪敢耽搁，撇下老李头冲下楼去。

呼救的是7年前买下林珲珲家房子的沈姓夫妇。沈家儿女在外地工作，身边只有个不满三周岁的小孙子。不晓得是沈婆婆忘了关门，还是林珲珲砸开的门，反正林珲珲一旦闯入，两个年过花甲的老人绝对不是对手。沈婆婆猝不及防，林珲珲已夹起孙子狂奔而去……

林大伯猛然想起，林珲珲五年前就是贩卖儿童罪入的狱。怪不得侄儿穿梭在幼儿园门前，原来是蓄谋已久，故伎重演。常言道：兔子不吃窝边草。林大伯做梦也没料到，侄儿会把毒手伸向街坊邻居。林大伯不寒而栗，拔腿向侄儿追去。

林琣琣见众人蜂拥而至，非但没放下孩子，反而玩起了猫捉老鼠的游戏。小区里不是老就是小，这番折腾早已浑身泥水，脚步踉跄。“站住，放下孩子！你，你再跑，我……”林大伯晓得若让林琣琣跑出小区，孩子就更成了狼嘴里的肉。刻不容缓间，他什么也顾不得了，顺手捡起块碗口大的石头，猛力向侄儿扔了过去。

林大伯的石头不偏不倚，正中林琣琣的后脑。可这要钱不要命的混混，直至应声倒地仍不肯放开孩子。沈家老人见宝贝孙子哇哇直哭，拼了老命地往前扑。“砰嘭——”突然几声闷响，身后腾起一股尘烟。闻声，林琣琣猛然一惊，终于撒了手。

“快来人啊，不好了，房子坍了！……”保洁员老李头，跌跌撞撞赶了上来。也算是应了，福无双至祸不单行的老话，刚把孙子搂进怀里的沈家夫妇，得知坍塌的是自家的房子，顿时，傻了，呆了！两人好一会才回过神来，连哭带叫往回赶。

“倒、倒了，果真倒了！”林琣琣吃力地抬起头，口中念念有词。锣听声，说话听音。林大伯从侄儿的喃喃自语中，似乎觉得另有隐情。“琣琣，你说什么？你知道房子要坍塌？啊！你怎么了？快，快叫救护车……”林大伯抱起侄儿，声嘶力竭……

林琣琣被送进了市一医院的急诊室。清创缝合，输液，林琣琣的伤口，好半天才处理妥当。晕厥的林琣琣睁开眼，便东张西望，满脸焦急。林大伯忙不迭地把扔在急症室门外的湿衣裤捡了进来。

林琣琣迫不及待抢过衣服，从夹克衫内袋里掏出个褐色的塑料袋，小心翼翼地一层层解开。林大伯伺机凑上去一瞥，顿时目瞪口呆。他做梦也想不到，侄儿不离身的仅是张周岁模样的男孩照片。

“牛哥，我帮不上你的忙……我没用，我……”林琣琣对着照片满脸沮丧。林大伯知道梁主任还等他揭开谜底，自然紧追不舍。在叔叔的再三询问下，林琣琣才把来龙去脉全盘托出。

其实，林琣琣回社区矫正实属不易。胡作非为的林混混，直至失去了自由才知道自由的可贵。尤其，父亲因他入狱而服毒身亡的死讯，对他触动极大。管教抓住时机，动之以情晓之以理，终于让林珲珲低头服罪。自此，悔悟了的林珲珲积极劳动，服从管教，还请求狱警帮他找了一批建筑土木方面的工具书，他要把自己荒废了的专业重新捡回来。

转眼7年过去了。鉴于林珲珲的良好表现，监狱管教人员把他排入了首批社区矫正名单。出狱前一天，狱友阿牛交给他一张幼童的照片，恳求他帮自己看望儿子。阿牛是因老婆红杏出墙，一怒之下动了刀子，结果把情敌送进了医院，把自己送进监狱的。进狱三年来两人颇投缘，林珲珲对其托付的事点头应允。只是阿牛提供的信息，仅仅是和他离了婚的前妻仍在本地，和按时间推算入狱时周岁的儿子，应该是上幼儿园而已。于是……

林大伯恍然大悟。原来，侄儿几次进出小区，是为了观察暴风雨对年久失修房子的影响。在幼儿园门前转悠，是为了对狱友的承诺。看来政府让侄儿回社区矫正，真的是因为林珲珲已经不是7年前的林混混了……

次日，林珲珲的接诊医生赵大夫，把林大伯悄悄拉到了一旁。“啊！肿瘤？你、你说我侄儿……”从赵大夫处得知，林珲珲入院时做的体检报告出来了。被石头击中的头部，没伤着要害，只要伤口不感染休养几天就没事了，倒是胸片显示侄儿肺部有个乒乓球大的阴影，虽然良性、恶性还不清楚，但肺部有肿瘤的怀疑是成立的。突然的变故，把林大伯打懵了。

林大伯和赵大夫固守同盟，不露声色。但从急诊室转移到呼吸专科病房的林珲珲，似乎对自己的疾病有所察觉，拽住查房的赵大夫要求出院。“不，不不，珲珲你不能出院。我、我就是倾家荡产也要给你做手术！等你病好了叔叔、叔叔就接你回家……”只因为小区里人人都视侄儿为瘟神，没人肯搭理他，侄儿才会在房倒人亡的危急时刻抢孩子。可第一个把林珲珲当成瘟神的，竟然就是自己这个亲叔叔。如今侄儿重病缠身，若再放弃治疗，咋对得起九泉之下的哥哥。想起不分青红皂白砸伤了侄儿，林大伯更是追悔莫及。

“对，你还年轻，不能就这样轻言放弃！呶，这是小区里的邻居们凑的，这是社区牵头在公园门口捐募募来的……”梁主任急匆匆奔进病房，把几叠数额不一，票额不同的钞票，捧到了林珲珲的眼前。他也是刚刚得知，林珲珲一系列看似怪异的举动，其实是悔过、是向善、是重生……梁主任突然觉得，要矫正的似乎不仅仅是林珲珲。

林珲珲下意识接过钞票，呆呆地怔在那里。“管教说我表现好，让我提前出狱回社区矫正……叔叔、梁伯伯，谢谢、谢谢你们接纳我。爸，您听到了吗？我回来了，我真的可以回家了！爸爸——”林珲珲喃喃自语了好一会，不知咋的，突然间号啕大哭！

也算是有惊无险，半月后林珲珲出院了。据说，那张显示阴影的胸片，是X放射检查时，林珲珲内衣兜里那张包照片的锡纸制造的假象。又据说，会诊的名中医提出了新的判断，说林珲珲肺部的阴影是气滞痞结，那天捶胸跺脚的一场大哭，把郁结在胸的痞气泄泻了出来，气血一畅痞块自然就消失了。不是有句老话叫“忧郁成疾”吗？看来老中医的话不无道理。不过，无论那种说法，回社区矫正的林珲珲，真的新生了！

枣花婆婆的秤

南京郊县高淳，东邻溧阳，南接宣城，历来是交通枢纽，富庶之地。座落在县城8公里处的固城镇东侧，有个盛产秋酥脆枣的乡村名叫枣树湾。每逢暮春初夏枣花绽放的时节，岚绕雾漫，清水潺潺中，连绵起伏的淡黄，粉绿让枣树湾成了远今闻名的“画中村”。

俗话说：靠山吃山靠水吃水。枣树弯乡的父母官深谙此道，决定利用得天独厚的自然风光，把枣树湾开辟成旅游景点。乡长许明亲自出马，带着乡政府的几名得力干将，奔波了不到十大，便办妥了一应手续。

事实证明，许乡长颇有经营头脑，枣树湾的旅游景点，在试营业期间就赚了个盆盈钵满。来过枣树湾的人，对自然风光赞叹不已，在这里尝到的原汁土味的农家饭，自然也成了津津乐道的话题。也算是应了酒香不怕巷子深的老话，枣树湾渐渐声名远扬……

“哎，是，我是许明。什么，外国客人要来……”乡长许明，正有把开发旅游这块“蛋糕”做大的打算，接此电话，得知市旅游局，把几个想看看当代农民生活的外国游客，安排到枣树湾旅游的通知，犹如打瞌睡的遇上了递枕头的，十分高兴。

这是枣树湾景区开发以来的第一批外宾，许乡长自然不敢掉以轻心。他立马召集了乡政府的有关人员，仔细商讨接待事宜。经过大半天的会议，最终达成共识，决定以观赏枣树湾点点淡淡的枣花为特色，再用满山遍野的野果、野味接待来宾。

两天后，旅游小姐带着十来个日本游客来到了枣树湾。游客们品新茶，采菌菇，爬东坡，探西涧，嘻嘻哈哈，乐而忘返。一晃眼就到了晚餐时分，一路陪伴的乡文书林小芸，把来宾引到了事先定下的刘老汉家。

众人在摆满山珍野果的餐桌前一落座，便觉得阵阵枣花特有的甜香徐徐扑来，实在按捺不住，便趁上菜的间隙，纷纷离座赏玩。为首的游客山本先生，再次掏出了那只高像素的数码相机，对着满目枣花，和刘家隐在枣树林中的农居小屋拍个不停。

把晚餐地点安排在刘家，是乡长许明提议的。刘家的地理位置远眺山脉，近观村貌十分不错。更主要的是，枣树开花期因日照不同也参差不齐，而这两天就数刘家的枣花开得最好。乡文书林小芸见日本游客，手里的相机闪个不停，嘴里“哈依、哈依”兴趣颇好，不觉暗暗佩服许乡长的接待安排实在无懈可击。只要首批外国游客乘兴而来，满意而归，那枣树湾成旅游热线自然为期不远。

“哈依？嘿嘿，哈、哈依……”乡文书林小芸满心欢喜，正欲请山本一行落座就餐，一位白发、跛足的老婆婆，喃喃自语着挤了过来。林小芸和跛足老人不太熟，只依稀记得乡邻们都唤她枣花婆婆。此刻，见老人脏兮兮的蓝褂上粘满花瓣、草梢，两只裤脚挽得高低不一，这样的形象出没在枣树林间，实在是大煞风景。林小芸怕枣花婆婆坏了外宾的情趣，忙不迭把她拉到一边，劝她回家别在这里添乱。并告诉枣花婆婆吃饭的都是贵宾，他们是从大老远的日本来的。看来枣花婆婆腿脚不便，耳朵倒还好使，得知在座的是日本客人，怔了怔，转身就走。

“瞧，你瞧瞧一样重了。嘿嘿，够了、真的够了。哈哈——”林小芸劝走枣花婆婆刚刚松了口气，怎么也没想到老人会去而复返。更料不到的是重新出现在枣树林里的枣花婆婆，双眼发直，神色怪异，嘴里嘀嘀咕咕，手里还莫名其妙地拎着把油漆斑驳的老式提秤。见枣花婆婆手舞足蹈地扑向餐桌，林小芸忙上前拦截。但为时已晚，猝不及防的日本游客山本，眼见秤竿上尖尖的铁钩，朝自己的面门横扫过来，便下意识仰头躲避，却不料用力过猛“卟嗵”一声连人带凳倒了下去。

头部落地的山本吐出了半截门牙，见他满嘴是血，众人不知所措。幸好旅游小姐见多识广临事不慌，她一边掏出旅游团配备的急救包救护伤者，一边拨了120求救。林小芸见状才镇静下来，但她实在不知该如何收拾残局，只得赶紧用手机向乡长许明禀报。

许明得讯哪敢耽误，急匆匆飞奔而至。此刻，许乡长真是懊恼到了极点。你想，现在第三产业竞争相当激烈，枣树湾是新开发的景区，尤其需要好的口碑，这直接关系到村民的饭碗问题。故而，对首次接待外宾的准备工作，许明是煞费苦心，却不料百密一疏，最终让跛足的枣花婆婆给搅了。

“你、你干的好事！捡把破秤来捣乱，称什么称……”许明憋了一肚子气，偏偏本已被众人制住的枣花婆婆听得提起秤字，打个激灵再次手舞足蹈、胡言乱语。见她如此，许明火冒三丈，实难自禁，劈手夺过枣花婆婆手中的秤折成了两截。“秤、赔我秤。你称、称称看一样重，嘿嘿、哈哈、哇——”枣花婆婆见自己的秤断了，披头散发，又哭又笑地扑了上去。

枣花婆婆的举动无疑是火上浇油，许明左躲右档恼羞成怒，手一挥让随行的人员把枣花婆婆强行拉开。“许乡长，求你们放过她，我堂姐她有病，她真的有病。她这里……”正在这拉拉扯扯，难解难分之时，枣树林的主人刘阿虎和他年过古稀的爷爷奔了出来。老大爷跌跌撞撞地拦住了众人。从他结结巴巴、语无伦次的叙说中，众人才得知了枣花婆婆种种怪异举动的前因后果。

枣花婆婆本名叫刘枣花，上有兄姐排行老三。父亲是老实巴交的果农，母亲本分、善良，虽家境贫寒，但安居乐业，亲情融融。只叹天有不测风云，6 岁那年日军入侵中华，顷刻间陷入了兵荒马乱，流离失所的苦海。

固城镇枣树湾，距南京中华门不到百公里。自南京城里火光冲天，血流成河那日起，父亲就一直把枣花姐妹安顿在地窖里，自己带着儿子胆战心惊地躲在房后的草垛里，陪伴病重的妻子。这个勤劳憨厚的果农，指望一家能就此逃过劫难，谁知事与愿违。

这日，一队日军大摇大摆地跨进了枣树林。正是鲜枣挂满枝头的时候，一颗颗椭圆形的秋酥脆枣，个大，光洁，甜香扑鼻，馋得日本兵连啃带嚼，满嘴“哈依、哈依”。填饱肚子解了渴，为首的瞟一眼枝茂叶盛的果树，示意手下砍了修筑工事。原打算卖了枣子给母亲请医抓药，平日就是饥肠辘辘，父亲也舍不得摘几个给儿女充饥。听得强盗要向他们的命根子下毒手，刚满 17 岁的哥哥不顾生死一跃而起，挡在枣树前。“砰砰——”两声沉闷的枪声，哥哥应声到地。父亲见爱子丧命，疯了似的抄起扁担冲了上去。

可恶的日军，并没像击毙哥哥一样向父亲开枪，而是把父亲捆绑起来扔进箩筐，挂在乡亲们为摘枣时称重量备下的大秤铁钩子上。惨无人道的日本兵一刀刀砍下父亲的手、脚、耳朵，放进另一只装着哥哥尸体的箩筐。无辜者撕心裂肺的惨叫成了禽畜不如的施暴者乐此不疲的游戏。

父亲的惨叫，哥哥的安危，对亲人的牵挂，让躲在草垛里的小姐妹如飞蛾扑火，自投罗网。日军饿狼般扑向了13岁的姐姐银杏。呆立一旁的枣花，眼见姐姐被剥得一丝不挂，好像明白了什么，她猛地扑上去，在按着姐姐的那个日本兵腿上狠狠咬了一口。不等枣花站起身，一个满脸横肉的家伙狞笑着，飞起一脚把她踢下了山坡。6岁的枣花只觉得左腿一阵剧痛便晕了过去……

光阴如箭，转眼已过了半个多世纪，但家毁、人亡、腿疾的噩梦陪伴了枣花婆婆整个人生。而那几声记忆犹新的“哈依——”和一把沉重的大秤刻进了她的骨髓，成了她永远驱除不了的心病。虽然当初乡亲们流泪安葬她的亲人时，把那把带血的大秤扔进了深渊，可怜的枣花还是疯了。幼小的枣花像野枣树一样，艰难地活了下来，可她的疯病却毫无好转。每到青枣挂果的时节，更是哭笑无常，还不知道从哪里找了把带铁钩的提秤，见人就硬拉着要他们瞧，还不定地哭着嚷着：“一样重了，别砍了，别砍啊……”又疯又跛的枣花婆婆孤苦伶仃，唯一陪伴她的是老人节时学生娃送给她的一只小收音机。

“那，枣花婆婆的病就治不好？……”枣花婆婆惨绝人寰的遭遇，给人的震撼是难以形容的。乡文书林小芸抹着眼泪询问。梨树林主人刘阿虎无奈地告知众人，表姑婆的病治过好多次了，病情也时轻时重，但每年从枣树开花到挂果期间，她都会情绪不稳，双目发直，尤其不能听到、看到和日本人有关的所有声音、形象。为避免刺激表姑婆，俺家里连电视都不太敢看。

闻言，众人恍然大悟，怪不得枣花婆婆在枣树林里，听得山本等人的“哈依”声会突然发病。乡长许明沉默了好一会，似乎下了很大的决心，吩咐随行人员先把枣花婆婆送往医院，至于她捅下的漏子，只好自承倒霉，由枣树湾景区来收拾了。

次日，日本游客山本向旅游团提出了伤势鉴定、治疗，及精神损害费。并正式向有关部门起诉枣花婆婆，要求追究枣花婆婆的故意伤害罪。但不知咋的，山本与旅行社导游小姐的一番长谈后，不仅自动撤销了对枣花婆婆的起诉，还放弃了旅游团的一切赔偿。三月后装上假牙的山本要回国了，临走前他再次来了趟枣树湾。

“许乡长说你还要来看看，我就等在这里了。呶，这是我表姑婆让我交给你的。”日商山本一露面，等在枣树林下的刘阿虎，忙不迭把一只蒙着蓝花布的小竹篮递了过去。

山本不知道竹篮里装的是什么，好奇地揭开蒙在上面的花布。顿时，满满一篮清香扑鼻的枣干呈现在了眼前。枣干中间还插着张市精神病院的废处方，上面歪歪斜斜地写着“你们又来了，你们是来游玩的，是乡长和乡亲们请来的。我老婆子没什么好东西，招待远道而来的客人，这篮枣干是从我大哥、二姐、爹娘用血浇灌的枣树上摘下来的，是我老婆子亲手晒干的，带回去给你的孩子尝一尝……我老婆子只想问一句，你们的叫苦书（教科书），为什么不对娃娃承认打过中国，承认对我们烧过、杀过！你们竟然说没有过南京大屠杀。那年南京城里的火光、枪声，还在我眼前晃动。我爹娘、大哥、二姐的血还在我面前流啊流，可你们却想赖账！这几天，我还从话匣子（收音机）里听到，你们硬说钓鱼岛是你们的，还抓走了俺在钓鱼岛的十四个兄弟姐妹，这和当年闯进别人家里扬威耀武有什么两样……是我老婆子瞎眼说瞎话，还是你们昧了心。称吧，你们用秤称称自己的良心……”没等翻译念完，山本脸上红一阵白一阵，他怔了一会，长叹一声，向那片枣树林低下了头。

荷谢桂香，转眼已是金秋时节。枣树湾的湖光山色，挂上了旅游公司的导游图，慕名而来的海外游客，隔三岔五，频频光临。病愈出院的枣花婆婆，仍然常常在枣树林里转悠，听说她作为第一批享受乡政府赡养的孤寡老人，将在敬老院安度晚年。不过，这段时间她作为日军侵华受害人的活见证，往返在各学校，给娃娃们聊聊当年的事……

另外，据日商山本的翻译酒后吐露，董事长有张随身携带的照片，上面是山本董事长幼年时，和他爷爷在沙滩上嬉戏时的合影。照片十分清晰，老董事长左侧大腿上有块明显的伤疤，似乎是牙痕，又似乎不像……

最近又有了新的传闻，有关部门准备在枣花婆婆亲人遇难的地方，建立个青少年教育基地。据说，枣花婆婆那把锈迹斑斑的秤，已经挂在了当年被踢下山坡摔断腿的地方。而许乡长为日商山本送行时说的那句“……铭记历史不是为了延续仇恨，而是为了珍惜和平”的话，更是掷地有声，发人深省！

人生的驿站

中午时分，一列开往大西北的火车徐徐驶进了榴花车站。也许是年关将近，在外闯荡了一年的游子归心似箭，半路下车的乘客寥寥无几，吆兄唤弟挤上车的倒不少。车上本就座无虚席，只上不下更是挨挨挤挤，熙熙攘攘。

刚上车的阿珠夹在人群中挤得气喘吁吁，终于在过道上站稳了脚。她舒了口长气，瞟一眼混杂的车厢，脸上掠过一丝不易觉察的微笑。阿珠选择这班车，选择在这里上车，其实是经过深思熟虑的。她相信这里会有她发挥的空间。她决定在这里解决温饱问题，虽然实施起来有一定的风险，可现在干那一行没风险？阿珠相信只要技术到位，应该没什么问题。

十八岁的阿珠少年老成，颇有心计。当初她满怀希望去江南打工，谁知道转了一圈工作没着落，带来的盘缠倒早已不存分文。如今双手空空，不想法混上回家的车，不设法混个温饱，难道让她小小年纪客死他乡？阿珠揉揉唱空城计的肚子，左顾右盼，寻找能让她一展宏图的目标。

“哎哟，你坏、坏死了。不理你了……”车厢连接处，一位挨着秃顶男人扮痴撒娇的小姑娘落进了阿珠的视线。阿珠虽从农村来，可在城里转悠了几个月，早已大开眼界，见怪不怪。这个和自己年龄相仿的姑娘，和这个满身赘肉，珠光宝气的男人之间是怎么回事，阿珠只要用脚趾头想想，也已心知肚明，了然在胸。她暗暗高兴老天有眼，让她在这里碰上了只“肥羊”。

阿珠不急不躁地慢慢向目标移动。她虽读书不多，但天智聪颖，触类旁通，深知欲速则不达的真理。阿珠不慌不忙地靠近了对方，并不急于出手，只是若无其事地瞟着窗外的景致，耐心地等候最佳时机。秃顶男人老牛吃嫩草，自我感觉真是好极了。他只顾俯身低头，云里雾里地和小姑娘调情，丝毫不知道自己已成了别人的猎物。阿珠见他上身前倾，后裤袋里那只壮鼓鼓的钱包唾手可得，哪肯放过这天赐良机，“倏——”阿珠飞快出手，钱包正确无误到了她的手中。

眼看大功告成，却不料在这刻不容缓之时，阿珠突然站立不稳，几个踉跄向前跌去，“啪——”手里还来不及藏好的钱包，抛了个漂亮的弧线掉到了地上。“哎呀，小妹妹对不起，对不起。不好意思，我走路不留神绊了一脚，差点把你也撞倒了……喂，这位老板你钱包丢了……”一个年轻的少妇急忙扶起阿珠连连道歉，顺手拣起钱包递给了秃顶男人。秃顶男人接过失而复得的钱包，吓出一身冷汗，点头哈腰，连连道谢。

也许为了弥补自己的莽撞，少妇硬把阿珠拉到了自己的座位上，捧出了糖果、蜜饯欲与阿珠分享。阿珠知道那个战利品的重量。原本这钱包得手，不仅一路上能温饱无忧，还能风风光光地衣锦还乡，想不到被她冒冒失失一撞，让她功亏一篑。阿珠恨得牙痒痒，狠狠地瞪了她一眼一言不发。少妇见阿珠不领她的情，微微一笑，只好作罢。

眨眼又到了晚餐的时候。闭目养神的阿珠，被餐车上飘过来的一阵阵饭香菜香，熏得晕头转向。此刻，两天没进食的阿珠饥渴难熬，浑身疲软。她悄悄瞄一眼少妇，见她正神定气闲地捧着本书，看得十分专心。又过了好一会，少妇似乎突然想起了什么，放下书站起身急匆匆走了出去。十五分钟后，少妇托着蛋糕、拎着饮料，夹着卤菜兴冲冲回到了座位上。

“小妹妹，我叫辛笙，这次是应邀去……不好意思，我想请你帮我个忙，你能……”少妇放下食物，转身自我介绍一番，并开口要请阿珠帮忙。身无分文的阿珠，本来还有力气可用，可如今饿得连走路也打晃了，还有什么能力可帮别人的忙。阿珠正欲回绝，却不料少妇请她帮的忙，竟会是陪自己吃东西。什么，吃东西也算帮忙？阿珠怀疑自己听错了，愣愣地望着少妇不动。

“小妹妹，今天是我生日，可人在旅途，身边连个祝贺的人也没有。所以我想请你陪我吃蛋糕过生日，就算我求你了……”少妇掏出两只纸杯满满地倒上饮料，热忱地递给阿珠。阿珠机械地接过，下意识地地喝了一口。妈呀，这饮料好像是开胃剂，不进食尚可硬挺，这一口进肚，满腹的馋虫冲破了警戒线，争先恐后拥了出来。饥肠辘辘的阿珠，再也控制不了自己的食欲。顿时，蛋糕、橙汁、烧鸡、牛肉，阿珠饥不择食，来者不拒。

阿珠到底年轻本来又没什么病，几口饮食下肚，脸色渐渐泛起了红晕，身上也恢复了体力。其实少妇自己吃得不多，只是断断续续地和阿珠闲聊。

也许刚才相撞真是巧合并无恶意，也许是吃人家的嘴软，阿珠紧绷的脸在边吃边聊中松弛了下来。“哦，我前方车站就要下了。这些东西扔了太可惜，带走又不方便，只好请你帮忙打扫战场了。小妹妹我今天很高兴遇上你，过了个有意义的生日……”少妇把吃剩下的食物，连同还未扯开包装的饮料、食品全部推给了阿珠，笑嘻嘻转过身收拾行装。

“呜——”汽笛长鸣中，列车靠站了。少妇来不及多说抓起行李，急匆匆挤了出来，“噢，小妹妹我这就下了。你的旅途才刚刚开始，这样吧，我这本书也留给你，一路上也好解解闷。你、你可千万要保管好……”少妇临走前，又把捧在手上老半天的那本书塞给了阿珠。目送少妇消失在漆黑的站台上，再看看她留给自己的一大堆食物，阿珠原先的怨恨早已荡然无存。

吃饱喝足了的阿珠，慢慢翻阅少妇送她的那本书，消磨百无聊赖的时光。“啊！钱，这、这钱是……”突然，两张簇新的百元大钞从书页里飘了出来，和钞票同时落地的还有张对折的纸。阿珠下意识捡起来打开，只见洁白的信纸上是几行娟秀的字迹：“……人生的路很长，迈错了一步，就会让你迷失方向，小妹妹你的旅途刚刚开始……200元钱不多，给你母亲捎一包糖果吧。在儿女的心里母亲就是山，可母亲更希望她的儿女，像山那样挺直了脊梁……”

阿珠读书不多，虽然她不能完全理解字里行间的含义，可她终于明白，少妇请自己陪她过生日只是个借口，她是让自己不失自尊地接受帮助。阿珠是个知恩图报的人，吃了人家，喝了人家，又拿了人家的钱，可对方是干什么的，住在那里一概不知，那怎么能行呢？唯一能留下线索的这有这本书，阿珠只好重新打开书，一页页仔细翻看。

突然，一幅色彩鲜艳的照片，映入了阿珠的眼帘。照片上是一群胸前写着数码的少男少女，坐在他们中间的正是哪个少妇。照片下还配有一行说明文字：“昔日入室盗窃，今日绣品老板。‘新生’的归正人员，现身说法……”阿珠一口气读完这篇报道，傻了，呆了。她怎么也没想到阻止她当“钳工”的，竟会是八年前的高级“钳工”。阿珠猛然想起，那少妇曾经自称辛笙，这、这不就是“新生”的谐音……

次日午后，长途列车缓缓驶进了终点站。车厢内又是一片混乱，嘈杂。阿珠用专业的眼光，掠过这片理想的“工作”环境，微笑着站起身，整理一下简单的行装，不急不忙向车门移动，因为她已经知道了下车后的路该怎么走……

女儿的求助短信

梨花镇的许大妈，年轻下乡中年下岗，靠买断工龄的钞票，在小镇上开了家快餐店维持生计。谁知祸不单行，投入的本钱还没“回笼”，老伴就在送外卖的路上，被一辆摩托车撞进了太平间。许大妈连肇事者都没找到，只得关了小店料理老伴的丧事。

死了老公，关了小店，许大妈当保姆、做钟点，独自拉扯女儿，生活的艰辛可想而知。直到 19 岁的女儿去城里打工后，许大妈才苦尽甜来熬出了头。

许大妈的女儿翠花乖巧、聪明。自从进城打工后，每年捎回家的钱，总是小镇上在外打工的姐妹中最多的，许家的日子自然比别家过的更有盼头。

半年前，买断工龄自缴养老保险的许大妈，终于到了领取养老金的年龄。翠花见母亲的养老金虽然不多，但总是有了笔稳定的收入，再加上自己满月捎回家的钱，母亲的温饱已不成问题，便坚持让母亲辞了家政公司的工作。

说实话，一心要让老妈安享晚年的孝顺女儿，既怕老妈出去干活辛苦，又怕她待在家里烦闷，回家过年时，不光给老妈带回来一只诺基亚手机，还承诺等自己攒够了钱，就将母亲接到城里安家。

俗话说“儿行千里母担忧”。许大妈牵挂了一年的女儿，只在身边呆了没几天就又远走高飞了，心里很是失落难过。但她是个明事理的人，知道现在赚钱不容易，当老板的没一个会把钞票轻轻松松掏给打工者的，既然女儿挣的钱比小镇上所有出去打工的人都多，肯定也要比别人离家更早，更辛苦。更何况，女儿还手把手教会了她用手机。

许大妈强颜欢笑地将女儿送上了车。独自回到空荡荡的家，直觉得孤独、冷清扑面而来。想起翠花临出门时说过，有了手机就可以随时随地联系上她，许大妈忍不住跃跃欲试。可不知是许大妈拨错了号码，还是女儿在车上没有信号，许大妈试了两次也没联系上，只得作罢。

次日，许大妈起床的第一件大事，就是和女儿通电话。她匆匆洗漱了一下，顾不上吃早饭，就捧出了宝贝手机。正欲拨号，“滴滴——”手机响了。许大妈忙不迭查看，见诺基亚的屏幕上显示有条新信息。忙按翠花教她的使用方法，按部就班地点开了短信。

“妈，我被车撞了，现在刚到医院，请您赶快给我汇2000元钱来……”许大妈只一瞥，便吓得脸色剧变，心跳如鼓。她怎么也没想到，这条短信会是女儿发给她的，更没想到昨天刚离开家的女儿，竟然会被车撞断了腿。

虽然从短信上看，女儿神志清醒没什么大碍，但许大妈知道懂事、孝顺的女儿，从来都是报喜不报忧的。今日向她开口求助，肯定是万不得已。许大妈不知道翠花是被什么车撞的，伤势如何？恨不得立马飞过去探个究竟。

许大妈牵挂女儿，那里还按捺得住。翻箱倒柜将平日节余下来的800多元钞票，连同翠花过年带回家的1500元钱，全部揣进怀里，咬咬牙花50元钱，叫了辆摩托车送她去长途车站。

傍晚时分，踉踉跄跄的许大妈，跨下了春江市的班车。她难得进城，眼前的高楼大厦，车水马龙，晃得她头晕目眩，眼花缭乱，哪里还分得清东南西北。尤其，女儿短信上说已去了医院，也不知道是哪家医院。许大妈人生地不熟不知怎么找，怵了好一会才想起，翠花曾将在城里的落脚地址写给她过。当时许大妈宝贝似的把女儿的字条，和节余的钞票放在了一起。幸好，这会儿放钱的旧信封正带在身边。许大妈赶紧掏出了“联络图”。

许大妈上南落北，四处打听，累得腰酸背疼，终于找到了翠花的住处。“哎哟，来了来了。我说肥猫，你业绩不错也不用使劲敲门……，啊？怎么是您？妈，妈您怎么来了……”许大妈为女儿担了一天的心，累出了一身的汗，怎么也没想到，应声开门的会是她活蹦乱跳的女儿。面对安然无恙的翠花，许大妈懵了。

翠花不知道母亲咋会突然降临，也是满腹疑窦。但孝顺的女儿见母亲一身尘土、一脸疲倦，哪里还顾得上细问，忙不迭给母亲打水洗脸，让座奉茶。围桌而坐的几个年轻男女，得知她是翠花的母亲，纷纷上前嘘寒问暖，彬彬有礼。

许大妈喝了大半杯凉茶，才缓过劲来。许大妈见女儿与同事们相处融洽，很是欣慰。当然，最让她高兴的还是有惊无险，女儿平安无事。

不过，善良的许大妈想起那个求救短信，又情不自禁地为那个开口就叫妈的受伤女孩担忧上了。她不知道被车撞伤的女孩伤势如何？也不知道她晓不晓得发错了短信，叫错了妈？更不知道怎样才能帮上这个可怜的姑娘。许大妈左思右想，决定向女儿阐明进城的前因后果，也好听听翠花的建议，看看能否帮得上发错短信的女孩。

许大妈正欲和女儿叙谈，“叮咚——”门铃响了。许大妈见进门的胖小子满脸沮丧，女儿与工友们也是神色凝重，猜想孩子们一定有正事要忙，便知趣地避进了卧室。

“师傅，我按惯例操作的，可这批客户没一个配合的……”许大妈听得小伙子恭恭敬敬地叫女儿师傅，心里很是受用。庆幸，还没把进城来的缘故告诉女儿。许大妈觉得，既然翠花已晋升为师傅，肯定要为人师表，劳碌在前，岂能再拿一条发错的短信给她添乱。

“……我这里按劳取酬，肥猫这个月的奖金、提成全部取消……”许大妈决定明日就回乡下去，免得影响女儿的工作。正欲去客厅收拾衣物，还没跨出卧室，翠花严厉的训斥，徒然炸响。许大妈进退两退，很是尴尬。

翠花见母亲杵在那里，似乎也意识到自己的失态，瞪了肥猫一眼，亲昵地扶母亲在沙发上坐下，转身钻进厨房给她准备晚餐。许大妈晓得年轻人工作上的事，自己不懂也插不上嘴，可见胖小子被女儿训得唯唯诺诺，心里反倒有点不忍，便下意识走了过去。

“咦，这、这些都是你的客户……”许大妈不知肥猫在忙些什么，好奇地探头一看，顿时傻了眼。只见肥猫手上那张标题为“问题客户”的纸上，清清楚楚地记着一长串数字，而自己那个“吃要女儿睡要女儿”（13071223122）的手机号，赫然入目。

胖小伙子晓得眼前这位慈眉善目的大妈，就是师傅的母亲，哪敢怠慢，忙知无不言言无不尽。承认这上了他“黑名单”的就是今日联系的客户，还表示不怪师傅责骂，只怪自己没用，才会找了这批不肯配合他工作的客户……

许大妈听得“联系”两字，心里没来由地打了个激灵。见许大妈似懂非懂，胖小伙忙耐心解释：“哦，联系就是给客户发短信。我们用群发短信联系客户，既省时又省力。师傅这个提议真的不错……”看来，胖小子虽挨了一顿指责，但对师傅的领导才能、工作成效倒真是心悦诚服。

胖小子的一番话，听得许大妈瞠目结舌。她怔了怔，恍然大悟，原来手机上那条开口就叫妈的求助短信，真的就是她的宝贝女儿在“呼唤”。许大妈做梦也没想到，自己竟然也有幸成了女儿的客户……

“师傅，按您吩咐，我已经把这批不肯配合的客户列入‘黑名单’了，您看下一步……”肥猫见翠花从厨房出来，恭恭敬敬地向她请示。翠花环顾众人，让肥猫将“黑名单”复印出来，人手一份分发下去，然后轮番给上面的客户打电话。

“师傅，我知道了，打了挂、挂了打，让他们尝尝不配合的后果！嘿，师傅就是高明，师傅……”肥猫不愧是做徒弟的，没等翠花说完，早已心神领会，跃跃欲试。

胖小子口里一连串的师傅，似一根根钢针扎进了许大妈的心窝。说实话，含辛茹苦拉扯大的宝贝女儿，一直是许大妈的骄傲。她怎么也没想到，翠花谎称打工赚的钱，其实是在城里诈骗来的。女儿成了“骗子”的师傅，自己不就荣升成了骗子、混混的师公奶奶！更让许大妈难以想象的是，翠花竟然会想出用打骚扰电话的方法，来报复、坑害那些没汇款的“客户”。许大妈气得脸色铁青，胸闷气短，只听“卟嗵——”一声，急怒攻心的许大妈一跟头栽倒了地上。

翠花见母亲突然晕厥，吓得魂飞魄散。扑上去掐人中、灌凉水，乱了阵脚。“啪——”一只深灰色的手机，从许大妈的衣兜里滑落出来。肥猫忙上前捡起手机，转身递给了师傅。翠花接过诺基亚，倏然间神色聚变，呆若木鸡。她认得这只手机就是自己买给母亲的，可她做梦也没想到会大水冲了龙王庙，自己的手下阴错阳差地把诈骗短信，发到了母亲的手机上……

“妈，您怎么了？您醒醒呀！妈，我错了，我知道错了。我，我去投案！我、我跟您回家去。妈，求您，求您快醒过来啊！”翠花抱着昏迷的母亲，悔恨交加，跺脚捶胸……

寻找“末日”前的光明

这几日，世界末日来临，地球将会不分昼夜连续黑暗3天的流言，在春江市越传越甚。虽然，高二三班的男生柳弘，对此等谬论一笑而过，但网络上那则“末日前你最想做什么”的帖子，倒引发了他强烈的好奇心。柳弘决定双休日约同桌一起去图书馆看书，顺便听听他在末日前的宝贵时间里最想做什么？

转眼就是周六，柳弘正欲出门，“嘀嘀——”桌上的电话响了。“……啊，姨、姨妈，什么，您、您在市一医院？……好，我马上过来！”柳弘家在郊县，考上市里的重点高中后，就在姨妈家安营扎寨。这几日姨夫出差了，家里只有他和姨妈两人吃饭。可姨妈心疼外甥，怕学校的伙食差营养跟不上，执意要出去买点好菜给他补补。姨妈出门还不到半个钟头，咋会好端端进了医院？柳弘哪敢耽搁，撂下电话，直奔医院。

柳弘的姨妈是去超市途中，被一辆电动车撞倒的。也算是不幸中的大幸，虽然手脚上都有破口，倒也没伤筋动骨。待柳弘陪伴姨妈清创缝合，处理妥当，已是正午时分。他这才想起原本是要和同桌乐文强去图书馆的，可不知咋的，自己没去赴约，同桌竟然也没再找他。是乐文强被他放了“鸽子”，气恼之下，故意不肯先联系他，还是……柳弘琢磨来琢磨去，决定悄悄去乐家“实地勘探”。

二十分钟后，柳弘的单车拐进了星月街。转身抬头傻了眼，熙熙攘攘的人群，把乐家的杂货店围得水泄不通。虽说此地人口较密集，但同桌家的小杂货店并没有什么特色，生意不至于好得如此啊。

满腹疑窦的柳弘，拦住了一位刚从中巴车上跳下来的胖大妈。“什么，买蜡烛？您从城东赶过来买、买蜡烛……”怕耽搁几分钟，前面就会多插几个人的大妈，不待柳弘细问，甩开他径直挤进了人群。

柳弘怔住了，他怎么也没想到，好朋友乐文强没和他联系，是因为要忙着卖蜡烛。“排队，排队！每人限购一包！咦，阿弘你咋来了……”乐文强吆喝好队伍，抬头瞥见柳弘，忙让他过去帮忙收钱。

柳弘因姨妈是被抢购蜡烛的摩托车撞伤的，这会儿见身为班干部的同桌，也在赶这趟浑水，禁不住心生反感。偏偏乐文强不识相，竟然要他“入伙”，更是气得够呛。他瞟一眼顷刻变长的队伍，气呼呼扭头就走。

柳弘和乐文强虽然不是光屁股长大的伙伴，但自从跨进重高的校门，乐文强就和柳弘成了同桌。两人同进午餐，同桌上课，早成了无话不说的哥儿们。柳弘一怒之下愤然离去，这会儿静下心来，和同桌朝夕相处的场景，一幕幕浮现在了眼前。

尤其，当晚新闻上，有识之士对“末日黑暗论”的剖析、辟谣，及有关部门对那些乘“末日黑暗”肆意抬高蜡烛价格，赚取暴利的不法商人的谴责，更让柳弘为乐家担心不已。

柳弘彻夜难眠。周日一早，便忧心忡忡的赶到了星月街。“什么？不退，要凭证？你一元钱一根的蜡烛卖到了五元……”柳弘转身抬头，只见几十号手里拿着蜡烛，嘴里嚷嚷着要退货还钱的顾客，把乐家杂货店的大门堵得严严实实。

柳弘从人们愤忿的议论中得知，聚集在此的人群，就是昨天买了高价蜡烛的顾客。今天是赶过来退蜡烛的。但店主不肯退钱，还非要顾客拿出买去的证据。这小杂货店又不是超市买东西还有小票……柳弘做梦也没想到，财迷心窍的同桌一家，会用如此低劣的说辞耍赖。

“哼，什么好朋友，好同桌，好哥们，乐文强我鄙视你！”柳弘正欲拂袖而去，“嘀嘀——”一辆行政执法部门的敞篷车，戛然而止。喧哗的人群见大盖帽来了，不由得士气大振，争先恐后地请求其主持公道，勒令店主退蜡烛还钱。

“哦，你们聚在这里是想退蜡烛吧？都是在这家店买的蜡烛？有证据吗?！……”柳弘原以为执法车一来，卖高价蜡烛的同桌一家在劫难逃。谁知执法者既没查封，又没罚款。竟然也提出了只有出示在此购买的证据，才能退货还钱。

身着工商所制服的高科长此言一出，石破天惊。顿时，指望退蜡烛还钱的人们，三五成群，交头接耳，围着执法车骂骂咧咧。事态的进展实在出人意外。看来大盖帽犯了众怒，柳弘的心提到了嗓子眼。

俗话说“邪不压正”，一个戴鸭舌帽的中年男子，见执法者做了黑心店家的“后盾”，实在按捺不住，跳出人群，据理力争。扬言买蜡烛时不可能开发票，既然你们“官商”一家，那就由你们拿出不是这家店卖出来的证据，否则大家伙就去找上级部门评理去！

柳弘在一本课外书里看到过案例，知道鸭舌帽的举措叫“反举证”，在法律条文上完全可行。柳弘对鸭舌帽的应变能力颇感佩服，禁不住多看了他几眼，这一瞥让他大吃一惊，只见一只沉甸甸的纸箱，压在鸭舌帽单车的书包架上。

“嘿嘿，你这是要反举证吗？行，我给你证据……”高科长弯腰从驾驶室里，掏出了一包还没扯封的蜡烛，朗声告诉众人这就是证据，因为这里卖出的蜡烛每袋两根，包装袋上，都盖着个三角形的章。何况，昨天这里卖出的蜡烛一律两元一包，无任何不法行为！

高科长话音刚落，便引发了退蜡烛队伍的“骚乱”。人们下意识地低头查看，没在自己的包装袋上找到三角形印章的，又忍不住互相打探。

“嘿，退蜡烛还要证据。这里有几个的蜡烛上有记号？没有吧，大多数都没有……”看来，鸭舌帽男子也没找到一包有记号的蜡烛。他环顾众人，嘿嘿一笑。非要执法者让买了带记号蜡烛的当事者现身，才能认可有证据一说。

“我能作证，我就是当事人。昨天我就是在这里买的蜡烛，呶，这就是记号……”柳弘正不知闹剧如何收场，一个头发花白的大妈挤进人群，信誓旦旦地要为卖蜡烛的店家作证。

柳弘只一眼便认出了毛遂自荐的证人，就是昨天从城东坐中巴车赶过来买蜡烛的胖大妈。他确信胖大妈的蜡烛，真的是在乐家买的。可他想不通同桌家的小店，既然不为赚钱，为啥还要趁“末日”的非常时期来卖蜡烛？这不是羊肉没吃到反惹了一身骚！

鸭舌帽男子对证物、证人根本不信，还义正词严地把行政不作为，提升到了收受“好处”，纵容奸商的高度。胖大妈被指认作“伪证”又气又急，转身把乐文强的母亲桂兰拽了出来。

“胖大妈没有说假话，昨天从我儿子手上卖出去的蜡烛不仅是一元一根，而且还是限量供应的，因为……”只是桂兰话没说完，就被熙熙攘攘的议论声打断了。

“怎么，搬了整箱蜡烛来，铁了心想赖上人家啊?! 来，小乐，你来说……!”见鸭舌帽在人群中上蹿下跳，协警老刘厉声表示星月街是他的分管辖区，昨天乐家卖蜡烛的全过程看得煞清爽。他狠狠瞪了眼鸭舌帽，把念高中的小老板拉上了敞篷车。

从乐文强的叙说中得知，乐氏杂货店改行卖蜡烛，为的是给真正需要的人救急。因为十年前，那场因非典引发的中草药哄抢时，身患病毒性感冒的母亲，跑遍了大小药店，也配不齐一张抗病毒的中药处方。连翘、防风、苍术、贯众、金银花这些常用药，身价倍增不说还成了断档货。

常规的抗菌素治疗，对病毒性感冒效果不显著，而中草药讲究的是配伍，一剂没配齐的中药疗效可想而知。母亲的病毒性感冒被拖成了病毒性心肌炎，乐家清贫，又没能得到常规治疗，母亲桂兰的身体就此垮了。

这回“末日黑暗”的传闻，引发了失去光明的恐慌。眼见得满城的人大包小袋地往家里囤米、囤油、囤蜡烛，桂兰便想起了“非典”过后，那些被丢弃在垃圾桶里的长了绿毛的中药……

桂兰没什么文化，但他知道这里是个老小区。虽然人口密集，但除了租房的外来务工者，本地的居民大都是退休的老人。星月街半年前就已划入了旧城改造的范围，无论自来水管还是电缆线都已十分陈旧，不管是否真有末日黑暗，这寒冬季节雨雪天多，停电的日子倒是在所难免，眼见得蜡烛成了哄抢品，桂兰很为那些儿女住在别处的老人担忧，倘若电缆故障的日子，家里连个照亮的东西都没备下，黑灯瞎火跘了磕了咋办？为了别人不再像自己一样，成为哄抢的受害者，桂兰决定让儿子和她一起卖蜡烛。

得知这条小街上的杂货店还有蜡烛供应，被末日黑暗闹得心慌的人们，蜂拥而至。其实，杂货店库存的蜡烛也不多，桂兰只得限定每人一包。为让顾客放心蜡烛的质量，他又让儿子在包装袋上敲上了自己店的印章……

桂兰遭遇的哄抢“后遗症”，和原价卖蜡烛的善举，在排队退蜡烛的人群中炸开了锅。这里真的有哄抢来的高价蜡烛，只是真真卖高价蜡烛的奸商早就“战略转移”了。在别处找不到正主儿的，和真的不记得是那家店卖出的顾客，自然而然把红萝卜上到了这蜡烛账上。得知真相，众人面面相觑，一哄而散。

“怎么，你也不想退蜡烛还钱了？哼，夏天西瓜，冬天白菜，你哪次不囤货抬价，今天非得治治你的扰乱市场秩序不可！……”戴鸭舌帽的中年男子正欲开溜，协警老刘和高科长同时跃起，堵住了其去路……

柳弘做梦也不会想到，同桌赶这趟寻找、囤积“末日”前光明的背后，会是这样的纠结和隐情。“……是你，不，不不，是我、是我错怪你了！小强对不起，我，我不知道伯母吃过哄抢的苦……”柳弘百感交集，语无伦次。

乐文强循声抬头，这才知道同桌柳弘，一直和自己站在同一条阵线上。两个少年肩并肩冲进小店，提起笔三两下挥就一副对联，兴冲冲贴到了店门上。

上联是：药慌、油慌，盐慌、慌慌层出不穷，下联是：抢米、抢棉、抢蜡烛，哄抢害人不浅。横批：淡定、淡定。说实话，两个理科班的“高材生”文采不咋地，但这白纸黑字倒也醒目。尤其，“淡定、淡定”的横批，更是让人会心一笑，若有所思。

生命的风帆

暮春时节，17岁仅有80厘米高的绝症少年陈彬，坐着他的轮椅，登上了“杭州市第五届残疾人文艺汇演”的舞台。由他本人出演的小品《生命的风帆》，获得了这次大赛的特别奖。泪雨纷飞，为这个柔弱的生命扼腕，掌声如雷，为这个坚强、豁达的孩子鼓起……作为小品的编剧，突然间，我有了股强烈的冲动，我要把陈彬的故事写出来，因为他让我感动，我要让读者和我一起感动……

一、伴着生命降临的还有苦难

17年前，陈彬降生在杭州刀茅巷泰和苑2单元101室。父亲陈敏，至今记得圆脸大眼的陈彬，出生时似乎十分健康活泼，只是后背脊椎上有个小骨突。在杭州看了几家医院，医生都不能确诊。陈敏又带着儿子去了上海新华医院。“你的孩子肯定活不长，你们也不用再费心了。”5分钟后专家的回答让初为人父的陈敏猝不及防。看着怀中充满活力的儿子，陈敏简直怀疑自己听错了。

然而，现实就是如此的残酷。6个月后，陈彬被确诊患的是“粘多糖病”。这种病十分罕见，全国只有33例，他是杭州市的第一例。据医学记载这种病基本上无药可治，最长的生存纪录不到20周岁。医生曾断言陈彬活不过18岁，但陈彬的父亲没有放弃，陈彬自己也没有放弃。于是，如山的父爱驮着苦难深重的儿子一路同行。

陈彬从小不会走路，由父亲陈敏每天抱去学校，放在第一排板凳上。7岁时全身骨骼器官就停止了生长发育，到8岁时已经不能行动，下身逐渐失去知觉，大小便失禁，每隔三小时要换一次尿布。即使如此，不向命运低头的彬彬依然从小学升入了初中。也算是造化弄人。不会跑不会走的彬彬却偏爱体育，他喜欢看足球比赛，聊起球赛兴致勃勃，中央五套体育节目主持人黄建翔更是彬彬的偶像。虽然因为病痛，坐在电视机前完整地看完一场球赛对陈彬而言成了奢望，但正是这一切成了父亲陈敏不言放弃的动力。

在前进中学上到初三的陈彬，眼看就要毕业了，可他突然间病情恶化，浑身疼痛难忍。父亲抱他去了上海一家著名的儿科医院，医生检查后说，还是回家吧，这种病最终都会有骨癌晚期病人一样的痛苦……陈敏傻了。他不信坚强、乐观的彬彬真的活不过 18 岁？他更不愿看到 17 岁，身高仍然只有 80 厘米的儿子，每天蜷缩着身躯，忍受万针刺骨的疼痛……

“我知道我儿子时日无多了，可在病痛中熬到闭眼的那天多痛苦啊，谁能想想办法，让我的孩子不要这么痛苦地走……”心痛如绞的父亲走投无路间，想起了通过媒体向杏林高手求助。陈敏知道儿子患的是绝症，痊愈的希望十分渺茫，他只求减轻些儿子的痛苦，让彬彬能安静地走完最后一程。

次日，供职于杭州某医药公司的沈先生为小彬提供了一个偏方——七叶莲。这位今年 56 岁，自称“老药工”的沈鸿坤先生，已有 37 年从事中药饮片生产的经验，他对中草药的药效、炮制方法了如指掌。他说“七叶莲”活血散淤、利尿止痛，镇痛效果尤其明显。特地送来给陈彬试试。沈先生的到来给陈家带来了一线曙光。

陈彬服了两三天中药后疼痛就明显缓解了。连续服了一个疗程中药后，陈敏见儿子的疼痛解除了，脸色也好了许多，他把儿子抱进医院仔细复查了一遍，希望能打破“粘多糖病”患者，国内最高存活年龄不超过 18 岁的界限。然而，医学记载毕竟不是那么容易就能改写的，科学的仪器，严谨的分析，诊断陈彬的内脏器官已全部衰竭了。不过，目前陈彬的身体，精神状态都是最好的。医生善意地暗示陈敏，孩子有什么心愿可以抓紧在这段时间完成……

17 岁的陈彬听到了医生的判断。其实，父亲陈敏在家里从来不忌讳在他面前谈论生死，彬彬也早已能坦然置处。而这次不同，彬彬的眼里有种难以捉摸的神色……

二、我知道自己的命不长……

回到病房，陈彬变得沉默了，就连观看他最喜爱的球赛也常常走神。“爸，我命不长的，2008年奥运会肯定去不了，趁我现在活着，带我去北京看看奥运会场地好吗？……”在父亲的再三询问下，陈彬透露了有生之年去趟北京，去看看长城、看看奥运会比赛场地的愿望。

陈敏流泪了，他恨老天为什么怎么狠心，偏偏要带走对生活、对生命如此热爱的儿子。他理解儿子，他知道彬彬没有死的恐惧，唯有生的眷恋。因为他还有梦想、还有希望……陈敏悄悄抹了把泪：“好，爸答应你，就算是跪地求人、上街乞讨，我也要帮你实现这个心愿。”对儿子承诺时，陈敏眼里除了晶莹的泪还有父亲的慈爱与责任。

然而，一个清贫如洗的家庭，一个奄奄一息的生命，这样的愿望能实现吗？彬彬能去得了北京吗？就是沿街乞讨，儿子的生命又能支撑多久，彬彬等得了吗？走出病房，这个四十多岁的父亲号啕大哭……

彬彬是不幸的，但他又是幸运的。当他的愿望、他的景况被媒体披露后，这个17岁绝症少年引起了全社会的关爱。企业赞助，媒体跟踪，在生命烛光日渐微弱的最后阶段，身患绝症的17岁少年陈彬，在社会各界的帮助下，终于在2005年3月29日至4月2日圆了他去趟北京的心愿。更让彬彬预想不到的是，全程伴同的“浙江在线新闻网”记者小力，早在出发前就和“浙江在线”领导一起，费尽周折联系上了，中央电视台五套节目主持人黄健翔。当陈彬在北京火车站和心中的偶像见面时，那种惊喜、满足，溢满了他80厘米高，蜷缩在轮椅上的整个身心。

3月30日下午2点，陈彬和随行人员参观了天安门广场。轮椅上的陈彬在天安门广场的阳光下定格。不到长城非好汉！3月31日11时10分，陈彬乘坐缆车登上了八达岭长城，17岁的瘫痪少年在长城上呐喊“长城，我来了！”。他情不自禁地伸出严重畸形的手，轻轻触摸城墙；触摸尘封的岁月，触摸风侵雨蚀后的巍然屹立。

全程伴同陈彬北京之行的浙江在线，在网上连续发布的最新消息，及北京媒体的追踪报道，引起了北京一例“粘多糖病”患儿阳阳家长的注意。3月31日20时，6岁的粘多糖病患儿阳阳，在父亲和姑姑的带领下与陈彬哥哥见面。6岁的阳阳还不知道自己得了什么病，而17岁的陈彬看同病相怜的小弟弟时，眼中充满了惋惜、怜爱和心痛。虽是短暂的相见，从此6岁的阳阳成了陈彬的牵挂。

4月1日下午1点50分，陈彬终于来到了2008年奥运场馆建设场地。遗憾的是这里还是一片废墟，陈彬深沉地叹了口气，为没有看到迎接世界奥运健儿的高楼大厦？为自己很难拥有2008年的曙光。

2005年4月1日傍晚，陈彬即将返回杭州。在北京火车站等候上车时陈彬东张西望，心神不宁。因为他心中的偶像黄健翔叔叔，曾经答应给他送行的。18点20分，中央电视台五套节目主持人黄健翔，终于匆匆赶到了车站。他还给陈彬带来了一份珍贵的礼物：罗纳尔多11号真品球衣一件。“彬彬，回到杭州如果没钱治病，你就把礼物在网上拍卖了吧”黄健翔的话让17岁绝症少年热泪盈眶。陈彬柔弱而又坚定地回答：“不，我舍不得，我会好好珍藏的！”

三、别人跑着踢，我们可以爬着踢

4月2日早上8时30分，列车准时到达杭州站。这是陈彬的生命之旅，这是他16年来第一次摆脱了病房、病床，打针、服药的生存空间。从北京回来后，陈彬话语多了，笑声多了，对黄健翔叔叔送他的，那件罗纳尔多11号真品球衣，更是视为宝贝，连睡觉都搂在怀里。

然而3天后，陈彬又变得沉默寡言，心事重重。尤其，当陈彬哀求好心的送药人沈先生多给他几副中药时，更让父亲陈敏揪紧了心。他不知道儿子的骨痛怎么又加重了，不知道连这种特效的止痛药也镇不住痛后，可怜的儿子又该如何走完人生的最后几步……“爸，我请您帮个忙，帮我把这几包中药，寄给北京的阳阳小弟弟好吗？”陈敏忙不迭地点头。他这才知道，北京那个和陈彬同病相怜的6岁阳阳，已深深地藏进了儿子的心里。

4月中旬陈彬告诉了父亲，在北京八达岭长城上悄悄萌发的期望。他想成立个“粘多糖病”患者俱乐部，就像癌症患者俱乐部一样，定期请专家会诊。得这种病的人互相鼓励就不会孤独，就会很开心。“爸，即使我不在了，我也还会很开心的。”陈彬请求父亲就是自己走了，也要坚持把俱乐部办下去。这样的嘱托让父亲泪流满面。陈敏答应儿子一定会照他的做，一定！

见父亲应允了下来，陈彬的小脸绽放了甜甜的笑靥。其实，陈彬还有个从小就埋藏在心底的愿望，这个天生爱体育的孩子就想能踢一场球。他还想等“粘多糖病”患者俱乐部建立后，和患同样病的弟弟、妹妹一起踢场球。自己当队长，踢前锋。陈彬的眉飞色舞，更让父亲陈敏心似刀绞。陈彬看出了父亲的痛楚，无奈。这个17岁的绝症少年，响亮、轻松地安慰父亲，我们真的能踢球，别人满地跑着踢，我们可以爬着踢啊！只不过球要特制的，要轻一点，不然我们可真的踢不动。面对轮椅上拖着80厘米畸形身躯的儿子，父亲陈敏暗暗垂泪，他清楚地记得儿子曾告诉他，想建立“粘多糖病”患者俱乐部，是因为别人帮助了我，我也要帮助别人！

17岁绝症少年陈彬，想建立“粘多糖病”患者俱乐部，想踢一场足球的愿望；以及他对生活的态度，他16年来与病魔抗争的勇气、坚强；让人惊叹感动。次日，认识和不认识的人们，自发地去浙江省中医推拿医院看望。而前段时间，一个好心人送来的那台笔记本电脑，不仅让轮椅上的彬彬，通过网络了解了外面的世界，还为他建立“粘多糖病”患者俱乐部的设想，提供了便利。

生命需要梦想支撑，17岁绝症少年陈彬的努力没有白费。很快全国有5个粘多糖病患者和他们取得了联系。陈彬对建立“粘多糖病患者俱乐部”也有了进一步的安排。他和父亲商量准备八月份在南京开一个专题会议，把有名的专家请过来上一堂课。选择南京是因为让全国各地，患“粘多糖病”的患者赶过来都方便。

至于踢一场足球，陈彬自己也知道，其实只是会爬的会移的，聚在一起玩玩足球。但这真是瘫痪在轮椅上，又偏偏爱体育爱足球的他，对命运的抗争，对生活的渴望。中央电视台五套节目主持人黄健翔，得知陈彬要把同病相怜的患者组织起来，搞一次足球比赛的设想后，答应到时来给他们作次现场解说……

四、捐献遗体，因为珍爱生命

那个暮春时节，怀着强烈感恩心情的陈彬，硬要父亲陈敏把他抱到了，浙江大学负责遗体捐赠工作的高老师的办公室。17岁的陈彬要捐献遗体；“我这么痛苦，我不想别人和我一样痛苦”是这个花季少年的唯一理由。

高老师做了11年的遗体捐献接收工作，第一次碰到这样年轻的捐献者。为慎重起见，高老师查阅了陈彬的病例，又和陈彬的父亲陈敏进行了长谈。在小彬曾经就医的红十字会医院相关医生的病例分析，记载中得知，由于粘多糖在纤维细胞内沉积，在肝、脾、淋巴组织的网状细胞中，在软骨细胞和成骨细胞，中枢神经系统和周围神经节，在心内膜、主动脉、肺动脉、冠状动脉和脑、肾、肝、脾和四肢的动脉壁均有沉积。目前，陈彬全身各项功能都在衰竭。换句话说，陈彬的病确实无药可治，按国内“粘多糖病”患者生存年限来看，陈彬已是同类疾病中，唯一的“高寿”者。也就是说身患绝症、无药可治，来日不多的彬彬完全符合自愿捐献遗体的条件和要求。

似乎看出了高老师的疑惑和不忍，抱在父亲怀里的陈彬，费力地抬起了头：“叔叔，我知道这个病罕见，您接收我吧。有我的遗体作研究，也许再过几年，得这个病的人，就能活过18岁、28岁、38岁，甚至更久……”高老师流泪了，他经手接收的遗体捐献者，大多是老年人中患绝症，又思想开通的人。而彬彬有这样的勇气做出这种决定，令人唏嘘。

高老师第一次用颤抖的手，把一张“遗体捐赠志愿者登记表”，沉重地交到一双年轻、而又严重畸形的手上。陈彬和高老师的儿子只相差一岁，为人师、为人父的高老师感叹陈彬的不幸，更被他的意愿感动。直至陈敏抱着儿子离开他办公室好一会，他的耳边仍然回响着陈彬的话，“大家对我都这么好，我就想把遗体捐献出来……叔叔，接收我吧……”

5月14日，从未关注过残疾人这个弱势人群的我，揭了浙江在线新闻网和杭州市下城区残联在网上发布的把陈彬的故事搬上舞台而招募小品编剧的“皇榜”，从而走进了这个17岁绝症少年的生活。5月26日在浙江报业集团第一次见到了陈彬，虽然已经在心里有了无数次对他的想象，但当一个眉清目秀的少年，拖着他80厘米高，极度变形的身躯在轮椅上向我微笑时，我才理解什么叫扼腕、怜惜和心痛。

17岁的生日蛋糕摆在了桌上。17岁的生命烛光日渐微弱。这个蛋糕很可能就是彬彬在人世间见到的最后一个生日蛋糕。“医生伯伯说我的眼角膜是好的，听说一双眼角膜能让好几个人恢复光明，我也舍不得你们，我就用别人的眼睛看你们……”面对亲人的唏嘘，17岁的绝症少年陈彬，白皙的脸上露出了宁静而了无遗憾的神色……

“阿姨，您别难过，其实我也很快乐，我的生命也有色彩啊……”彬彬微笑中透露出的那种笑谈生死的豁达，让我憋了很久的泪终于流了下来。今年的生日，也许就是他最后一个生日，我责怪自己的粗心，明知道会见到他，竟没有给这个可爱的孩子准备一份礼物。我决定写这篇纪实，我要把我创作的文字当做礼物，给他祝贺，为他生命的最后一程送行……

我的情绪依然沉浸在悲怆、沉重的氛围中，因为在这篇文字即将完稿时，得到了一个最新消息，上海一个患陈彬同样病的11岁孩子去世了；因为据省中医推拿医院的大夫告知，陈彬也是说走就走的……我默默祈祷我的文字能让读者和我一起感动；更祈祷我笔下的主人公，17岁的绝症少年陈彬的身体能有所好转，能活过18岁。毕竟活着是美好的！

“陈彬是不幸的，但他有自己的梦想，他的人生也是精彩的……”“和陈彬相比，我们还有什么理由不好好生活！”浙江在线论坛上的网友帖子仍在增加中。是啊，和陈彬父子相比，我们有什么理由不孝敬父母不疼爱孩子；我们有什么理由，不快乐、健康地活好每一天！！！